カチャ…
お待ちなさい……
みん様
そのお膳は
私が運びましょう
舞原家邸内
——とある間
そこは今や
舞原家の姫君と
堂島コウの
愛の巣
悪魔のミカタ666⑥
ノットB
著◎うえお久光　イラスト◎藤田香

想いをとげられて
からのイハナ様の
美しさときたら！
悪魔のミカタ
666《ノットB》
6

みんは……
そんな姫様のお世話が
できて幸せ倍増です

あら……
ジィ そこで何をしているのです？
メイド長……
えっと その……
ぶんっ
ぶんっ
姫様方 大丈夫かな——と
コウ様がでしょ？

ごめんなさいっ
ホミンも・
ギュッ
ピタ
ホミンっ!?
バレバレです
イハナ様はまだ
お休み中ですよ
にゅ～～～
ス……
スミマセン
わあっ

キィ・・
あれ？ みんさん ジィとホミンも
コウ様
ふあ～～・・
あ
ああ ちょっと トイレへね
ごにょ・・
ごにょ・・
ふっ
え～～・・・と 姫さん達なら・・・ 昼過ぎまで多分 起きないと・・・
承知しております
とりあえず コウ様だけでも 朝食を と
あ…… わざわざ ども……

昼食はのちほど大広間のほうにご用意いたします
何か精の付くものを作らせますので
姫様方に・・・です
おいおいこれ以上!?マジかっ!!
違います。
それから……お願いがございます
なに?
おっつまえ～

いつか……姫様の
おしとねに
私もお加え下さいまし
ヒヤ!!
じょ、冗談!!
ズザッ
みんなは
イハナ様さえ
幸せなら
あら……
本気ですけど
みんなさぁ――ん
それで
いいのです
おわり

# 悪魔のミカタ 666

⑥

ノットB



カバー／口絵／本文デザイン◎荻窪裕司

# 登場人物

堂《どう》島《じま》コウ――――死んだ恋人・冬月日奈を生き返らせることを目標とする悪魔のミカタ。にもかかわらず、この度なぜかイハナ、サクラの二人とお付き合いをはじめることに。

堂《どう》島《じま》アトリ――――九年前に『宇宙人にさらわれた』コウの妹、のふりをしている、悪魔につくられたという少女。

舞原《まいばる》サクラ・イハナ――日炉理坂を支配する舞原家の姉妹。二人一緒にコウの恋人に。

真《ま》嶋《じま》綾《あや》――――内に『日奈』の人格を宿す、日炉理坂高校三年生。

小《た》鳥《か》遊《な》恕《しじょ》宇《う》――――綾と『日奈』のことを知る、日炉理坂高校二年生。

ジィ・ニー――――舞原家の実働部隊隊長(代行)。イハナのお気に入り。

山本《やまもと》美《み》里《さと》――――日炉理坂高校二年生。サクラの親友にして『ザ・ワン』事件の立役者の一人。『MLN』に名前を与えた。

大隈《おおくま》次《じ》郎《ろう》――――日本において『特殊な事案』を扱う『内閣情報調査室／別室』の室長。悪魔のミカタを知っている。

嘉《か》門《もん》ねね――――『和歌丘タワーワールド』でコウが出会った女性。

『MLN』――――『ザ・ワン』事件で生み出された生命体。

『ノットB』――――葉切洋平につくられた、堂島コウのコピー体。現在和歌丘に潜伏中。

# 序／分岐と状況とはじまりと

# 1.

東京某所《ぼうしょ》、とあるビル内。

喧騒《けんそう》に包まれていた部屋の中は、『内閣《ないかく》情報調査室／別室』――通称『別室』――室長・大《おお》隈次郎《くまじろう》が姿を現すと同時にぴたりと静かになった。

ブースのそれぞれで、書類に向かっていた者、電話を取り上げていた者、ファイルケースを片手に席を立っていた者――だれもが行動を止め、大隈に注目している。

大隈はため息が出そうになるのをこらえ、ゆっくり部屋内を見回した。

確かに自分は大柄だし、しかも彼らの上司だが、この緊張はそのせいだけではないだろう。

時が止まったかのような静寂は、一瞬《いっしゅん》の奇跡《きせき》だったのか、すぐに、凍《こお》った空間を切り裂《さ》くように電話のベルが鳴り響く。

それを追いかけるかのように次々と、各デスクからも着信を知らせる音が上がり出し、

「はいはいみなさん。お仕事お仕事」

大隈が手を叩《たた》いたことで、室内は活気を取り戻した。

「はい、申し訳ありません。ただいま――」

「――お待たせいたしました。こちらは厚生労働省《こうせい》――」

電話に応対する部下の声を聞き、仕事ぶりをながめ、それでも途絶《とだ》えぬ視線を背中に感じつつ、大隈は簡単な衝立《ついたて》で仕切られたデスクブースの間を縫《ぬ》って、オペレーションルームへと向かった。

オペレーションルーム内もまた、静けさに包まれていた。

縦《たて》に細長い部屋内は、扉《とびら》の反対側の壁一面がモニターで埋《う》め尽くされ、四つのオペレート席が設置されている。

部屋の中央には楕円形《だえんけい》のテーブルがあり、そのうえに置かれた様々な機材が活動中の光を発している。

テーブルには、黒いケープをかぶった女性が一人。大隈の入室などどこ吹く風といわんばかりに本を読み続け、代わりに、オペレーターの背後に立ってモニターをのぞきこんでいた男が素早く寄ってきた。

どちらかといえば童顔のその男は、名を中山国光《なかやまくにみつ》といい、公的には航空自衛隊《こうくうじえいたい》に所属している三十一歳《さい》（大隈が室長を務める『別室』は、世間から隠匿《いんとく》された組織であるため別室のメンバーはそれぞれ表向きの社会的身分を持っている。大隈だけは戸籍《こせき》上『存在しない人間』だったが、それも昨日《きのう》までの話）。

類《たぐい》まれなる航空機《こうくうき》操縦《そうじゅう》の腕前《うでまえ》と若さに劣らぬ行動力で日本中を飛びまわり大隈《おおくま》を補佐してくれる中山《なかやま》は、いまや右腕といってもいい存在で、本人にこそ告げていないが、大隈は、彼を自分の後釜《あとがま》に据《す》えようと考えていた。

まだ『室長』を引退する気はないが、この仕事の限界は早い。

後進を育てるのは大人《おとな》の義務。備えるにこしたことはない。

中山なら、——確かに若すぎるというか、いまだに子供っぽいところがあって、落ち着いて考えることができない、という欠点はあるが、そちらは年月にしか解決できぬこと。頼れる補佐をつければいい。あまりに有能すぎて『紫馬崎《しばさき》』のようになるよりはずっといい——

引退後のことを考えている自分に気づき、大隈は、唇《くちびる》の端《はし》を吊《つ》り上げた。

前に立った中山に、話しかける。

「——もう、十年、経《た》ったのですね。防衛大《ぼうえいだい》の学生だったあなたを、『別室』にスカウトしてから」

はい、と中山は、手を後ろに回して背筋を伸ばし、肯定《こうてい》した。

「あのころは、まさか自分がこの件に関われるとは思ってもいませんでした」

関われる、と中山は表現した。

前向きな野心は、中山の美点のひとつだろう。

そうだ、と大隈は心にうなずく。

これは決して最悪な災厄《さいやく》などではなく、チャンスなのだ。自分の手で、長年世界に潜在《せんざい》していた危機を、日本に有利な形で乗り越えるための好機。自分が室長の代でこの件に巡《めぐ》り会えたのは、幸運以外の何物でもない。国民のため、日本のため、後進のため、――そして安らかな引退生活を送るためにも、自分は逃げるわけにはいかない。

中山の目を見つめ、たずねる。

「準備は？」

「完了しています」

では、と大隈は、視線をテーブルに送った。

「それでは、ミス・クルス――いいえ、来栖英子《くるすえいこ》さん。お願いできますか？」

肩《かた》をすくめると、ケープの女性――フェイト・クルスは立ち上がった。

手に持っていた文庫本をテーブルに置くと、クリップファイルを手に、壁際のオペレート席へと向かう。

一人だけいたオペレーターの隣《となり》に座り、デスクに置かれたマイクの高さを調節し、クリップファイル――『来栖英子』の設定と、これから行う交渉における決まりごとが書いてある――に軽く目を通すと、フェイトはのどの調子を確かめたのち、うなずいた。

「いいわよ。はじめて」

オペレーターの視線を受けて、大隈は口を開いた。

「では。はじめてください」

なにかの接続を知らせるちっ、ちっ、という音の後。

電話の呼び出し音が流れ出す。

もっともそれはわずかな間だけのことで、緊張《きんちょう》を感じる間もなく、すぐに相手は出た。

スピーカーの向こうから聞こえてくる、切羽《せっぱ》詰《つ》まったような、上擦《うわず》った声――


《もしもし？　英子《えいこ》さん？　英子さんなの？》

「はい。お久しぶりですね、嘉門《かもん》さん」

マイクに向かって笑顔をつくり、いつもの無愛想《ぶあいそう》さなどかけらも感じられないよそゆきの声で応《こた》えたフェイトに、中山《なかやま》がぎょっと目を見開いた。

くだらぬことでうろたえている、若い部下の顔をながめながら、大隈《おおくま》はぼんやり思った。

ああ、ついに、自分たちは、『事件』を傍観《ぼうかん》するのを止《や》めて、行動をはじめたのだな、と。

2.

外部スピーカーから流れる声に合わせて、正面モニターに表示された音声の波形が変化する。オペレート席でヘッドフォンをつけたオペレーターが、サブモニターで波形による心理解析《かいせき》を開始する。もっとも、それ自体は目的ではなく副次的なものでしかないが。
電話の相手が、怒鳴るように、いった。
《もう！　ずっと心配してたんですよ？　ぜんぜん連絡取れなくて、……和歌丘《わかおか》で大きな事件があったっていうし——あ、そうだ、旅行、ありがとうございました。とても楽しかったです》
「そ、そう。それはよかっ」
《それでですね、——そうだ！　おみやげのことなんですけれど、ごめんなさい、ほら、事件のこと聞いて急に帰国したから、買えなくて、だって、途中《とちゅう》で合流するって思っていたので、それからでいいかなとか思ってて、そんなとき事件のこと聞いたから、あたし、テンパっちゃって——》
「いえ、別に気にしな」

《そうだ！　社長さん、じゃなくて海藤《かいどう》さんは元気ですか？　二人とも、無事なんですか？　いまどこに――いままでどうしていたんです？》

食い気味にまくしたててフェイトの言葉を最後まで続けさせない勢いに、隣《となり》に立った中山《なかやま》が、ささやいた。

「嘉門《かもん》ねね、さん、調書では内気とありましたが、けっこう元気な方ですね？　内弁慶《うちべんけい》タイプでしょうか？」

大隈《おおくま》も首を振って、嘉門ねねの人物ファイルに目を落とす。

「……まぁ、ようやく、不明だった友人の安否がわかったわけですから、おかしくはないかもしれませんが……」

電話の相手は、嘉門ねね。

『別室』のメンバーである海藤重彦《しげひこ》とフェイト・クルス（来栖英子《くるすえいこ》という偽名《ぎめい》を用いていた）が、アミューズメントパーク『和歌丘《わかおか》タワーワールド』に勤務していたときの同僚《どうりょう》で、彼女自身はなにも怪しいところのない正真正銘《しょうしんしょうめい》の一般人。

だがしかし、フェイトの『予知』が当たっていれば――姉妹と違って、フェイト自身の予知は外れることも多い――嘉門ねね、彼女は非常に重要な人物となる。

オペレート席に視線を送ると、ヘッドフォンをはめたオペレーターは、振り返って首を振った。

嘉門ねねの背後から、『怪しい音』は聞こえない、と。
怒涛《どとう》の勢いで言葉をつむいでいた嘉門ねねが、ようやく落ち着いてきたのを待って、フェイトは、口を開いた。
「……とにかく、そういうわけで、事件には巻き込まれたけど、私も海藤も、なんとか無事です。……海藤は、ちょっと事情があって、しばらく連絡取れないんですけれど——、嘉門さんのほうは、だいじょうぶでしたか？」
《はい。あたしが帰ってきたころには、もう全部終わっていたみたいですから。正直にいえば、事件が起こっていたなんて思えないぐらいで——あ、その、ごめんなさいこんなこと——》
「いえ。確かに特殊な事件でしたし。それはともかく、……久しぶり、ということで、どうでしょう、今度、会えませんか？」
《はい！　もちろんだいじょうぶです！　いまの仕事、不規則なんですけど、そうですね、土曜なら——》
「積もる話もありますし、……その、知っているとは思いますけれど、私は人ごみが苦手なので、できれば、嘉門さんの家で」
《ああごめんなさい。それはダメです》
ためらいなく返された拒絶の言葉に、場が凍《こお》りついた。
慌《あわ》てたのか、一瞬《いっしゅんじ》地を出し、フェイトが言葉を継《つ》ぐ。

「ダメ？　なんで？　――ですか？　……いえ、その――」

《ごめんなさい。けれどもやっぱりいまの時代、用心はしないといけないと思うんです。なにしろこんな田舎《いなか》でも、バイオテロ？　とか起きる世の中ですから。いえ、もちろん英子《えいこ》さんが突然狼《おおかみ》になってあたしに襲い掛かってくるとは思いませんけれど、でも――ねぇ？》

「そ、そうね、それは確かに……」

《ええ、そういうことで、自宅は勘弁《かんべん》してください。それではどこで会いましょうか。お互いお酒は苦手ですし――》

流れる声を聞きながら、大隈《おおくま》は、さて、とあごに手を当てた。

それなりに親しい仲であるはずなのに、――はたして嘉門《かもん》ねねは、本当に言葉通りのことを考えているのか？

それとも、家に見られたくない『何か』があるのか？

これだけではまだ判断は下せないが、どちらにせよ、これほど見事に拒絶されては、とりつくしまもない。

ひとしきり考え、話の流れを組み立てたのち、大隈は、メモ帳にペンを走らせてフェイトの前へと置いた。

ちらりとそれを一瞥《いちべつ》し、フェイトが、マイクに向かってたずねる。

「……ところで嘉門さんは、事件のこと、どう聞いているんですか？」

《え？　それは新聞と、あと会社の人たちに聞いたくらいしか——人間をまるで吸血鬼《きゅうけつき》のようにする、ウィルスみたいなものがばらまかれたんですよね？　だから舞原家《まいばるけ》が、和歌丘《わかおか》を隔離《かくり》して消毒作業？　を行ったって。詳《くわ》しくは知りませんけれど、あたしの部屋もなにか処理していったみたいです。大家《おおや》さんがいっていました。あたしに断りもなく、……まぁしょうがないんでしょうけれど》

「帰ってきて、びっくりしませんでしたか？　町中に、カメラとか設置されているのに気づきました？」

《はい。すごいですよね。全部舞原家の寄贈《きぞう》なんだとか。まぁ、防犯、という意味では安心ですけれど、ちょっと落ち着かないような気も——》

「それでですね、変に感じたことはありませんか？　なんというか、……はっきりいいますと、町の人間が、——あなたの同僚《どうりょう》とかも、どこか、変わってしまったような——なにか見えない壁があるような——そう感じる瞬間《しゅんかん》って、ありませんか？」

《そうですね。強《し》いていうなら……その、みなさん、やっぱり、同じ災難《さいなん》を乗り越えたからでしょうか、前より仲良くなっている気がします。……それで、あたしは、旅行していてその場にいなかったせいか、ちょっと、壁を感じるというか、そういう点では疎外感《そがいかん》がありますね。でもまあ、あたしはもともと派遣《はけん》ですし、それほど気にはなりませんけれど》

すぐに返事をしてくるなぁ、と大隈は思った。

嘉門《かもん》の答えに、そうですか、とフェイトは少し溜《た》めをつくったのち。

「……神経質だと思われるかもしれませんが、私は、……ちょっと、気になって」

いかにもしおらしく、続けた。

「被害妄想《もうそう》っぽいですけれど、なんていうか、……あの事件は本当に、ひどかったんです。知っている人が『吸血鬼化《きゅうけつき》』して、同じ人間に襲《おそ》いかかって、それが本当に怖くて、それで私、最近まで外に出られなくて――変に邪推《じゃすい》してしまうんです。まだ『吸血鬼』がいるんじゃないかって。でも、大事にならないよう、舞原家《まいばるけ》はそのことを隠《かく》していて、『吸血鬼』を探すために、あんなにカメラを設置して、町中を見張っているんじゃないかって――」

《わかります。被害妄想ってやつですね！》

「……そう、ですね。だから、……嘉門さんなら、事件のときこの町にいなかったから、間違いなく吸血鬼化していないと思えるので、できれば、――恥ずかしい話ですけれど、まだ、他の人は怖いので、町中じゃなくて、――嘉門さんの家で、会いたいんですけれど――」

一拍の、間ののち。

《恥ずかしい話なんかじゃないです！　よくぞ――よくぞここまで話してくれました！》

感極《きわ》まったかのように咆《ほ》える声が、スピーカーから聞こえてきた。

そのテンションの高さ、というかわざとらしさに、自分の悲しげな言葉に合わせて――意識してではないだろうが――沈痛な表情を浮かべていたフェイトの目が丸くなる。

大隈《おおくま》も、目を瞠《みは》り、思わず手元のファイルに視線を落とす。

嘉門ねねという女性について、内気、という以外になにか見落とした記述でもあるのではないのかと。

オペレーションルーム内の微妙《びみょう》な空気など知らぬげに、やけに明るい声は続いた。

《ああ、英子《えいこ》さん！　話しづらかったでしょうに、そこまで打ち明けてくれたからには、わかりました！　このねねも正直になります！　いいづらいことなんですけれど——だから、ショックを受けたときのために、近くに椅子《いす》があるのならそれに座って、ないならなにかにつかまってください。いいですか？　いきますよ？　では、はっきりいっちゃいますけれど——》

《英子さんはあたしを、愛して、いますか？》

絶句してしまったフェイトを、責めることはできないだろう。

大隈自身も、一瞬《いっしゅん》思考が真っ白になった。

ついで、まじまじとフェイトを見てしまう。いったいどういう関係を構築してきたんだと。

中山《なかやま》も、オペレーターまでフェイトを見ていて、注目されていることに気づいて、あたふたと首を振りながらフェイトは言葉を発した。

「——あの、嘉門さん、いったい、なにいって——？」

《ですから、あたしのこと、ちゃんと愛しているんですか？　って聞いているんです！……ああ、実のところをいえば、英子《えいこ》さんに愛を告白されてもあたしとしては、お友だちでいましょう？　としか応《こた》えられないんですけどね？　いえ別に、同性だからってわけではなくて、──だってあたし、じつはいま、好きな人がいるんですから。ていうかあたし、こと嘉門《かもん》のねねちゃんは、もうその人に身も心も捧《ささ》げているわけで──、ですからたとえ英子さんになにを告げられようとも友だち以上にはなれないんですけれど──》

「いや？　だから、なにいって──」

《──それでどうです？　英子さんも海藤《かいどう》さんも本当に、あたしのことを、友だちだと思ってくれているんですか？》

「──え？」

大隈《おおくま》さん、と中山《なかやま》に小声でうながされ、大隈は前面のモニターから、オペレーターへと視線を移した。

片耳のヘッドフォンをずらして振り返ったオペレーターは、ささやくように、いった。

「──かすかにですが、捉《とら》えました。嘉門ねね以外の音声です」

「ほう？」

「ただ、確認されたものは二種──周囲騒音《そうおん》により、はっきりとは断定できませんが、──少なくとも嘉門ねね以外に二人、同室内に存在しているものと思われます」

——二、人？　一、人ではなく、二、人？

大隈はあらためて、モニターを見ながら考える。

——二人、だと？

『一人』ならともかく『二人』となると、——二人とも、まったく関係ない人物なのか？

それとも、その『もう一人』こそが、こちらの捜査《そうさ》を妨害《ぼうがい》している『謎《なぞ》の手段』の正体なのか？

いや、確か『相手』には、《レフトアーム・スピーキング》という存在が憑《つ》いていた——

フェイトがためらいがちに、聞いた。

「……その、いったい、どういうことでしょう？　あたしはもちろん、その、友人のつもりなんですが」

どこか腰《こし》の引けたフェイトの言葉に、ほがらかな答えが返ってくる。

《……そうですか？　本当に？　じゃあ、和歌丘《わかおか》で事件が起きる前に旅行に誘《さそ》ってくれたのは、純粋に好意からだと思っていいんですね？　あたしが吸血鬼《きゅうけつき》になると都合が悪いから、ではなくて、あたしを守るために、和歌丘の外に避難《ひなん》させてくれたのだと》

大隈が止める暇《ひま》もなく、フェイトはうなずいた。

「え、ええ、もちろんです」

《そうですか。よかった！　……でも、あれ？　その言い方だと英子さんと海藤さん、事前に、あの事件が起こることを知っていた、ってことになりますよね？　事前に知っていて、だからあたしを避難《ひなん》させた――？　まさか、予知能力でもあるんですか？　そういえば英子《えいこ》さん、タワーワールドでも占《うらな》い師の格好をしていました。わぁ、すごいですねぇ》

「……いや、あの、ええと……？」

今度は大隈《おおくま》の手が間に合い、『否定するな』『即答するな』と描《か》かれたメモを見ながら言葉を濁《にご》したフェイトに、嘉門《かもん》ねねは笑い声を上げた。

《でも、なるほど、そうか、予知能力ですか……

……ずっと、おかしいなって思っていたんですよね？　初対面のときはともかくも、タワーワールドでも和歌丘《わかおか》でも、どうしてこう、行く先々で海藤《かいどう》さんと出会うのかなって。偶然《ぐうぜん》にしては何度も何度も、まるで先回りしているかのように遭遇《そうぐう》して……極めつけは、あの予言！　なんでしたっけ？　ラッキーカラーはゴールド？》

「！」

《知っていたんですね？　いわゆる予知で、『事件』が起こることを。――たぶん、的中率《てきちゅうりつ》一〇〇％！　とまではいかない限定的なものなのでしょうけど、だからこそ、あらかじめ先回りすることができた。あたしより先に事件現場にいることができた。だからこそ、和歌丘で吸血鬼《きゅうけつき》事件が起きることも知っていた。だからこそ海藤さんは和歌丘に現れ、だからこそ、あたしを避難させ――だから、あたしはあなたに、あなた方にもう一度、問います。

あなたたちは本当に、あたしのことを友だちだと、思っていますか？
利用するだけの駒《こま》ではなくて？》
答えを返そうとしたフェイトの肩《かた》に手を置き、止め、マイクに顔を近づけると、大隈は、口を開いた。
「……失礼。お電話代わりました。私は、厚生《こうせい》労働省所管の実施機関、『案件六百六十六対策機関設置推進準備室』室長、大隈次郎《じろう》と申します」
《…………あら、どうも》
「迂遠《うえん》な方法を取ったことは謝ります。さらに、うちの者の行動により嘉門さんを傷つけてしまったのなら、本当に、申しわけなく思います。できるなら謝罪と釈明《しゃくめい》の機会をいただきたいと、――ええと、ところで、失礼ですが私たちは、あなたのことを、なんとお呼びすればよろしいでしょうか？『葉切洋平《はぎりようへい》』さん？ですか？それとも？」
《そうですね、じつを言えば、なんと呼ばれるべきかいまだに迷っているんですが、――とりあえず、当座は『ノビ・コーヘイ』で、お願いします》
間髪《かんはつ》容れず返った言葉はそれまで聞こえていた女性のものではなく、まがうことなき男の声だった。
予期していたが、なんの前触《ぶ》れもなかった突然の変化に、心音が跳《は》ね上がる。
「……ノビ・コーヘイ、ですか？」

《はい。ノビ・コーヘイ。ノビはおれが目標とする、偉大な先人の名字《みょうじ》からいただきました。コーヘイは、……まあ、想像つきますよね？　設定としては、突然金に困らなくなり、結果将来の道を見失い、遠い親戚《しんせき》であるねねさんを頼ってやってきた、モラトリアムの真っ最中な二十歳《きい》、といったところです。二十歳ですよ二十歳、そこのところをお忘れなく。……はは、なんといいますか、大見得《おおみえ》切って名乗ったまではよかったんですが、『ノットB』というのは、日常で使うにはちょっと、恥ずかしくて――》

――確認。『ノットB』は現在『ノビ・コーヘイ』として、嘉門《かもん》ねね宅に潜伏《せんぷく》中――

知らず握《にぎ》り締めていた手を、大隈《おおくま》は、ゆっくりと開いた。

ついにファースト・コンタクト。

世界存亡の鍵《かぎ》を握《にぎ》る『黙示録の獣《The Number Of The Beast》』、との。

3.

『ノットB』――おそらく『黙示録の獣《The Number Of The Beast》』の頭文字からつけられたのだろう――とは、葉切洋平《はぎりようへい》、という堂島《どうじま》コウを慕《した》う少年が、己《おの》が身を贄《にえ》に《グレイテストオリオン》という《知恵の実》を使用して生み出した、と思われる、現在日炉理坂《ひろりざか》にいる悪魔《あくま》の『代行者』、堂島コウのコピー体につけられた呼称。

どうしてそういうことになったのか——葉切洋平が、堂島コウを畏敬《いけい》するあまり本人になってしまいたい、と望んだのでは、と推測されるが——実際のところはわからない。

だれにも伝えずの計画だったらしいから、理由を知るのは葉切洋平本人だけだろう。

だが、いまここで重要なのは動機ではない。

問題は、『彼』がコピーされたとき、《It》と呼ばれる《知恵の実》までが複製されたらしいこと。

——複製、という言葉は正確ではないだろう。

元来、《知恵の実》に定まった形はない。

時代を反映し、状況に合わせて自由自在に変化する。

今回二つに分かれてしまったことも、じゅうぶんその変化の枠内《わくない》なのだろう。

だが、その事実は、とりもなおさず分かれた《It》がどちらも本物であることを意味しており、つまり、堂島コウと『ノットB』、オリジナルとそのコピー、両方ともが依然として『代行者』のままであることを示している。

はたしてこれはチャンスなのか、それとも最大の危機を招くのか——

「それにしても驚きました。電話の相手は嘉門さんだと、まったく疑っていませんでした。最初から、……ノビ、さんが話していたのですか？」

大隈《おおくま》の質問に、ノビ、と名乗った相手は申しわけなさそうに、いった。

《すいません。友だち相手ならともかく目上の方にこういうことはよくないとは思ったんですが、……ていうか、この手の特技はいつか役に立つときのために隠《かく》しておいたほうがいい、とも思ったんですけれど、どうにも、試す誘惑《ゆうわく》に抗《あらが》えなくて》

「はは」

《いや、わかっているんですけどね？　能ある鷹《たか》は爪《つめ》を隠《かく》す——ああ、いい言葉だと思うのに、結局おれは鷹になれないということなのか。——先に謝っておきます。大隈さん。おれはこういう人間です。チャンスと見れば損得かまわず己《おのれ》の業《ごう》を発揮《はっき》せずにはおれないような、ちゅんちゅんさえずるちっぽけな雀《すずめ》のような存在——ですから、もしかして、これからも何か失礼を働いてしまうかもしれませんけれど、そのときは、広い心で大人《おとな》の対応をお願いできればありがたいです》

「いえいえ。無理に取り繕《つくろ》う必要なんてありません。お互いの理解を深めるためにも、こちらこそ、素のあなたでお願いしたい。……とはいえ、私もそろそろ若くないので、できましたら、お手柔《やわ》らかに」

ほがらかに答えつつ、大隈の内心は苦《にが》い。

電話の相手が途中《とちゅう》で交代した様子はなかった（交代していればオペレーターが気づいたはず

だ）。

そして声まねとは思えぬほどに、『ノットB』は嘉門《かもん》ねねの『声』を自在かつ自然に操っていた。

――いったいどうやったのか？

日炉理坂《ひろりざか》を脱出したとき、『ノットB』が持ち出したという二つの超常アイテム――《ゴールデンライトアーム》と《レフトアーム・スピーキング》、そのどちらかの《能力》の応用なのか？　それとも、他にもなにか『切り札』があるのか？

『ノットB』が生まれた際、鍵《かぎ》を持たない葉切洋平《はぎりようへい》が、家屋になんの損害も与えず堂島《どうじま》コウの部屋に侵入した方法は、舞原家《まいばるけ》の調査でもいまだに明らかにされていない。

そして、いたるところに防犯カメラの設置された和歌丘《わかおか》にいるにもかかわらず、舞原家はいまだに『ノットB』を見つけられていなかった。

フェイトの『予知』によって居場所の見当がついていた自分たちでさえ、今日まで確認を取ることができなかったのだ（もっともこちらは、舞原家に見つからないよう、思い切った手段を取れなかったことも大きいが）。いったい、どのようにして自分の存在を隠《かく》しているのか、現在の彼にはどれほどのことができるのか――確かに舞原家の後ろ盾《だて》こそないが、むしろそれゆえにこそ、見事に潜伏《せんぷく》し続けている『ノットB』はある意味堂島コウより油断できない相手だろう。

それでもやはり、組織力を持たない、というのは大きなネック。

それはお互いわかっているはず。

こほん、とのどを鳴らして、大隈《おおくま》は続けた。

「それで、その、……嘉門《かもん》さんはそちらに？」

《はい。後ろで聞いています。ただ、うちのねねさんはシャイなので、二十文字近い肩書《かたが》きを持つ人との会話は緊張《きんちょう》しちゃうと思うので――》

「そうですか。では、伝えてください。嘉門さんが、自分は利用されたのだと、そのためにうちの二人が近づいたのだと思われても、しかたがありません。本当に、申しわけありませんでした」

《それじゃあやっぱり、――予知、していたんですね？　おれが、『嘉門さんと接触《せっしょく》を持つ未来』を、――おれが生まれる前から》

ええ、と大隈は肯定した。

「ただ、あなたのおっしゃるとおり、うちの『予知』は完璧《かんぺき》ではありません。外れることもありますし、そもそも制御《せいぎょ》ができないのです。だから私たちにわかっていたのは、和歌丘《わかおか》が『何者か』に襲《おそ》われ、嘉門さんが『もう一人の堂島《どうじま》コウ』と接触する『可能性がある』、ということだけでした。だから、海藤《かいどう》と来栖《くるす》は嘉門さんに海外旅行をプレゼントし、和歌丘から遠くへ脱出させました。この点については、『もう一人の堂島コウ』が、吸血鬼《きゅうけつき》と化した嘉門さんと接触しないように利用した、と思われてもしかたがありません」
《わー。いまねねさん泣いていますよ？　ほろほろと》
「……いえ、ですが、これだけはわかってほしいのです。これは二人の独断であり、海藤と来栖には、疑われるような行動を避《さ》ける意味でも嘉門さんを脱出させない、という選択もあった、ということを。そして――
　海藤は、自ら和歌丘へともどったのです。自分の意思で。――『堂島コウ』とは関係なく、己の身を犠牲《ぎせい》にしてでもあの町を救うために」
《……ええ》
「そして、誤解しないでほしいのですが、うちの海藤と来栖が嘉門さんのことを知ったのは、『予知』したからではありません。『堂島コウ』が和歌丘タワーワールドで《知恵の実》の事件に遭遇《そうぐう》する――その可能性を『予知』したからこそ、二人はタワーワールドに職員として潜入《せんにゅう》しました。そこで嘉門さんと知り合ったことは演出ではなく、まぎれもない偶然《ぐうぜん》です。そのちだますような結果になってしまったことは、本当に申しわけありませんでしたが、せめてその部分だけは、信じてあげてください。二人は嘉門さんをだますために、嘉門さんに近づいたわけではないと」
《いえいえ、いいんです。ねねさん泣いてはいないですし。ていうか後ろでからから高笑いしています。あ痛ッ。……それに、海藤さんが和歌丘にもどってきたのも本当ですしね？　そのことについては正直感謝しきれませんし、——あなた方も助かりましたね？　だから、そのへんについて含むところはありません。

ところで、一つ聞いてもいいですか？》

——ノビの言葉の最後あたり（『あなた方も助かりましたね？』）の意味するところを考えつつ、大隈《おおくま》は、聞いた。

「なんでしょう？」

《予知という手段で事件を知った、というのは納得できました。けれどなぜ、海藤《かいどう》さんたちは、おれ、というか『堂島《どうじま》コウ』の行く先々に現れたんですか？　邪魔《じゃま》をしていた、という感じでもなかったですけど、手助けをしてくれていたということもなく、正直、ただいるだけでしたが？　監視？　にしてもおかしいような——》

ああそれは、とため息をつき、大隈は、答えた。

「……実をいいますと、当時の海藤たちの目標は『堂島コウ』ではなかったんです。二人は私の命令で、とある男を追っていました」

実際、そのときは、まだ高校生の堂島コウがここまで重要になるとは思っていなかった。

《……それって、もしかして？》

「ええ。あなたが『夕日を連れた男』と名づけた人物です。結局、あなたの事件で表に出てくることはありませんでしたが——」

『夕日を連れた男』。

《知恵の実》を使い『契約者』をつくりだし、『堂島コウ』と戦わせてきた、史上もっとも『獣《けもの》の数字』の完成に近づいたという、元代行者《もと》。

表の――オカルトと縁《えん》のない社会は知らない。知らされていない。

かつて、事件があったことを。

そして、いまだ事件が続いていることを。これまで何度も何度も、戦争とは違った形で、世界が崩壊《ほうかい》しかけていることを。形を変え手段を変え、さまざまな場所で『宗教的な侵略』が起きていることを――

狼男《おおかみおとこ》や吸血鬼《きゅうけつき》は存在する、などといったら大抵の者は笑うだろう。悪魔《あくま》の実在なんて信じない。あるいはなにかの比ゆだと取るか。

もちろん、こちらがそう仕向けているという面もあるのだが――

えへん、とせきをして、大隈は、あらためてマイクに向き直った。

「ノビさんは、『ブラックプリンス』、という名前を聞いたことがありますか？」

しばらくの間ののち、答えが返った。

《……ブラック、プリンス、ですか？　いいえ。嫉妬《しっと》するほどナウいセンスだとは思いますが、あいにくと》

「……センスはともかく、本人自体はその呼称を心底嫌《しんそこいや》がっているようで、このたび、本人から正式に声明が出されました。全世界の――私たちのような者が属する、いわば『裏《うら》の』世界中に。これからは自分のことは『ブラックプリンス』ではなく、『夕日を連れた男』と呼ぶように、と」

《……ダメですか？　ブラックプリンスって？》

「……いや、そのへんは好き好きだろうと思いますが、とにかく、彼は画像ファイルつきのメールに、ご丁寧に自分の写真と現住所と氏名までつけて、限られたものしか知らないはずのアドレスに送り、裏の世界に知らしめたのです。およそ六十年前に死亡したはずの『ブラックプリンス』は、いまだこうして生きて日炉理坂にいるぞ、と。実は三日前の話なんですけどね？　世界に激震《げきしん》が走りました。裏の世界は今でも混乱の真っ最中です。――私たちはとある筋から彼の生存を確信していたので、それほど動揺しないですみましたが――」

もっとも、驚いたのは『別室』も同じだ。

ある意味では、『夕日を連れた男』が生きていることを知らなかった世界以上に驚いている。『夕日を連れた男』が表舞台に現れるのは、『堂島《どうじま》コウ』が『獣《けもの》の数字』を完成させたあとだと考えていたのだから。

『夕日を連れた男』自身も、当初はそのつもりだったのだろう。

少なくとも、先日対面したときは、表舞台に出てくる素振りなどかけらも見せていなかった。

それがなぜこの段階で正体をさらすことになったのか――おそらく日炉理坂《ひろりざか》でなにかがあっ

たのだろうが、現在日炉理坂で起きている異変に邪魔《じゃま》されて、諜報《ちょうほう》活動は遅々として進んでいない。


ただ、彼が自分の生存を世に知らしめたことで、裏の世界の注目は、日炉理坂から『夕日を連れた男』へと移った。

『ブラックプリンス』の大胆不敵《だいたんふてき》な生存声明は、かつて世界を震《ふる》わせた『代行者』の復活を意味するのではないか、と。

再び『獣の数字』が完成しかかっているからこそ、『ブラックプリンス』はあらためて表舞台に出てきたのではないか、と。

『夕日を連れた男』の発表は、大隈《おおくま》たちにとっても完全な不意打ち――事前に、彼と接触《せっしょく》を取っていたにもかかわらず――思いがけないことではあったが、一方で、歓迎すべき事態でもあった。

これでもうしばらくは、日炉理坂を世界――『西側』から守り、当代の真の代行者――『堂島コウ』の存在を隠《かく》すことができる。

この点は間違いなく、自分たちのアドバンテージとなる。

だからこそ、『別室』は予定を早め、準備不足を承知で『ノットB』との接触を開始した。

まさかいきなり、潜伏《せんぷく》している本人と話をすることになるとは思わなかったが――

ふと、嘉門《かもん》ねねのことを思い出し、大隈は、自分が彼女のことを忘れていたことに気づく。

はたして彼女は『悪魔《あくま》のミカタ』のことを、どれくらい知っているのか？
いま交わされている会話を、どういうふうに聞いているのか？
少なくともノビは、会話を打ち切ろうとはしていないようだが、それはつまり彼女を、完全に巻き込んでいるということなのか。——もちろん、彼の言葉通り、本当に後ろに彼女がいるのなら、の話だが、もしもそうなら、彼女の重要度はさらに跳《は》ね上がる。
ノビが不思議そうに、聞いた。
《六十年前、っていいました？　そいつ現在何歳《さい》なんです？》
「資料が正しければ、少なくとも百年以上は生きているようですね。信じがたい話ですが」
《百……まぁ、確かに年は年ですが、いまどきのプリンスなんて年いっている方《かた》多いですし、そうおかしくもないと思うんですけれど。ブラックプリンス、のなにが気に入らなかったんでしょうね？　実は色白だとか？》
「……いえ、年や外見を気にして辞退した、というわけではなさそうです。少なくとも、添付《てんぷ》されていた画像ファイル——写真に映った人物は、よぼよぼのおじいさんではなく、二十代後半、ぐらいの外見でした」
《……そんな若い外見なのに、信じたんですか？　その写真の人物が『ブラックプリンス』本人だと》
「信じるに足る根拠《こんきょ》、というか状況ができていたのですよ」

大隈《おおくま》はデスクに置かれたグラスを取り、水で唇《くちびる》を潤《うるお》した。

嘉門《かもん》ねねの存在を意識して、言葉を選んで、続ける。

「和歌丘《わかおか》の事件で、『ザ・ワン』と呼ばれる『世界遺産』が消滅したことは、おそらくあなたもお聞きになっていることでしょう」

《ええ》

「しかし、本来『ザ・ワン』を滅ぼすことは、不可能だったはずのです。世界中に点在し、しかもそれぞれの国が極秘に保護している《ザ・ワン端末《たんまつ》》をすべて同時に破壊しなければ、『ザ・ワン』は滅ぼせないはずだったのですから。しかしそのようなこと、地球丸ごと破壊するぐらいでなければ、物理的に不可能、といってもいいでしょう。

にもかかわらず、『ザ・ワン』は、完全に、消滅しました。

このようなこと、超常の手段でなければありえない。そして、件《くだん》の『ブラックプリンス』は、まさに『ザ・ワン』を『消滅』させられる『超常の手段』を持っているのです」

《さすがプリンス！》

「……日炉理坂《ひろりざか》へと侵攻《しんこう》した『ザ・ワン』が、不可解な手段で完全に滅ぼされたことはまぎれもない事実であり、その日炉理坂から、『ブラックプリンス』の発表がありました。自分は生きてここにいる、だから『夕日を連れた男』とこれからは呼ぶように、と。

『ザ・ワン』を殺せた以上、本人か、あるいはその意思を受け継《つ》ぐものに間違いない——

なにしろ、かつて世界を滅ぼしかけた存在ですからね。六十年近く前に死んだと思われていた伝説の怪人の復活に、いま、世界は揺れているのです。

——かくいう私も、その『夕日を連れた男』について対策するために、昨日《きのう》付けで『案件六百六十六対策機関設置推進《すいしん》準備室室長』などという肩書《かたが》きを押しつけられました。そして、もう気づいておられるかもしれませんが、『ブラックプリンス』——いいえ、『夕日を連れた男』とは、かつての代行者、つまり、あなた——いえ、『堂島《どうじま》コウ』の、いわば先輩《せんぱい》だった男なのです」

《プリンスが先輩！》

「……と、いうことで、どうでしょう。ノビさん。場所と時間はおまかせします。できれば一度お会いして、現在の代行者、といえる立場にあるあなたのお話を、聞かせていただきたいと思うのですが——」

——返事は、すぐにはなく、大隈《おおくま》は、不審《ふしん》を覚えた。

なぜここで、言葉が止まる？

堂島コウのコピーなら、この状況は想定済みのはずだが？

自分がこの申し出をすることは、ノビにもわかっていたはず——そして、いずれは受けざるを得ないことも。嘉門《かもん》ねねのまねをして見せたぐらいだから、予想して、むしろ備えて待ち構えていたはずで、だから、おちゃらけるにせよまじめに答えるにせよ、これまでの傾向から、すでに答えは用意してあり打てば響くように返事をしてくるものと思ったのだが――

なにか条件をつけるにせよ、なぜ、ここで考える？

じらしてもったいつけているのか？

それに意味のないことは、お互いわかっているはずなのに――心にメモをつけておく。『どうやって声を変えたのか』という疑問の上に。こうした小さな不審点《ふしん》が、いずれ有益な情報となることもあるから。

なかなか返らぬ答えに、大隈は水を向けてみた。

「ちなみに、まだ舞原家《まいばるけ》――堂島コウとは接触《せっしょく》していません。ちょっとした事情がありまして、というか、『ある人物』から頼まれましてね？　あなたと会ってほしい、様子を確かめてほしい、と。そういうわけで、ノビさん――いえ、『ノットB』、私たちは、まずあなたとお会いしたいのです。と、いうわけでどうでしょう、時間をつくっていただけませんか？」

それでも、電話の向こうの相手は、沈黙《ちんもく》を守ったままだった。

しばらくして――

ためらいがちな声が聞こえた。

《……ひとつ、いいでしょうか？》

「なんでしょう？」

《それって、ええと、たとえば、取材料、みたいなものは出ますか？》

「は?」
《……いえ、そのいまのおれ、ぶっちゃっけヒモのようなものでして。金《ゴールド》はあるのに金《かね》がなくって、できれば、少しでもお金もらえたらありがたいなぁ、とか?》
「……ああ、はい、もちろん、些少《さしょう》ですけれど、謝礼はお支払いします」
《それなら、……ねねさんの了解も取れましたし、おれは別に構いません。そうですね、では、次の土曜の午後以降、場所はねねさん家《ち》、ということでどうです? ——こちらの住所はわかりますよね?》
「はい。……あの、ただ……」
《ご安心を。土曜の午後からなら、きっと、うちに来るのになんの邪魔も入らないと思います。……ああ、そうそう、ここは六畳一間《じょうひとま》なので、いらっしゃるのは大隈《おおくま》さんお一人、ということでお願いしますね?》
「わかりました。では、土曜の二時頃、おうかがいします」
《では。お待ちしております》

4.

電話が切れると同時に、中山《なかやま》が、大きく息を吐《は》いた。

「いましたね。『ノットB』、嘉門《かもん》ねね宅のマンションに。……最後の言葉からすると、やはり、なんらかの手段で私たちの調査の妨害《ぼうがい》をしていたのか」

首を振り、大隈は、独り言のように、たずねた。

「……中山くんは、どう思いましたか？」

「は？」

「……なぜ、彼は、すぐに返事をしなかったのか？　……すいません。いまの通話を、最初から再生してください」

オペレーターがうなずいて、通話が頭から再生され出す。

《もしもし？　英子《えいこ》さん？　英子さんなの？》

あらためて聞き直しても、ノビが嘉門ねねの声真似《まね》をしているのだとは思えない。

高いテンションで、ぽんぽんと言葉をつむいでいく様子——これはとっさの機転なのか？

それとも待ち構えていたものか？　ほとんど言葉の止まることがない。しかし——

「波形《はけい》には、一貫して動揺は認められません。そして——変声機も使用していないはずです。……ええと、機械的ものは、という意味ですが」

「ふむ。……ミス・クルス？　たとえば《レフトアーム・スピーキング》なら、他人の声を真似《まね》する、ということが可能だったりしますか？」

「さあ？　少なくともあたしが知っている限り、マサヒトはそんな使い方はしていなかったけど、……アレならできても驚かないわ。アレはかなり有用だったし、《Ｉｔ》のあるいまの状況なら、エネルギーの心配とかもしなくていいわけだしね」

大隈《おおくま》の問いに、フェイトは、肩《かた》をすくめ、口もとを斜めにした。

「……それにしても、ノビ、だったかしら。『夕日を連れた男』の正体に、まったく食いついてこなかったわね」

「……ええ」

大隈は深く息を吐《は》いた。

知っていることをほのめかしてみたが、ノビはほとんど興味を示さなかった。

自分たちが『ある人物』に頼まれて、堂島《オリジナル》コウではなく『ノットＢ《コピー》』と接触《せっしょく》しようとしていることについても、理由をたずねてこなかった。

いずれ知れると思ったのか。後々のことを考えて弱みを見せたくなかったのか。

現在の『ノットB』ならば、置かれた状況的に、情報に飢《う》えているはずだが――『夕日を連れた男』の正体、なんて、『堂島《どうじま》コウ』の当座の敵《てき》対存在なのだから、興味がないはずがないのに、まったく質問してこなかったのは――年に見合わぬ自制心だといわざるを得ない。

情報をチップに使うのは、考えたほうがいいだろう。逆に足もとをすくわれかねない。

それにしても――

「日炉理坂《ひろりざか》の堂島くんのほうは、自身の信念を揺るがされたことで不安定になっている、とのことですが、ノビくんについていえば、そういう感じはありませんでしたな」

首をかしげた大隈に、中山が、首を振った。

「……意地を張っているだけ、ということは？　子供とは、そういうものだと思いますが。妙《みょう》に元気がよかったのも、こちらの話に興味を示さなかったのも、自身の状態を知られたくないための意地とか」

「ふむ」

「返事を延ばしたのも、間を取り溜《た》めてオチを効果的にしたかったのでしょう。なんだろう？と思わせといて取材料！　なんて、いかにも『堂島コウ』らしいかと。プロファイリングによれば、彼はちょっとナルシスト、というより芸人気質なところがあるようですし。嘉門《かもん》ねねになりすまして我々をからかうなんて、いかにも、といった感じですし――」

そうなのだろうか。

自分が考えすぎているだけか。

再生された通話記録を聞きながら、大隈《おおくま》は、あごに手を当てる。

中山《なかやま》の意見を反芻《はんすう》してみる。

電話では『堂島《どうじま》コウ』らしさを演じて意地を張っていただけで、実際には、逃亡者らしく追い詰められた精神状態にあるのか？

だからこそ、あの場面で動揺してしまい即答できなかったと考えれば——そしてそれをギャグとしてごまかしたというのなら——筋は通る気もする。

だが、もしもそうではなく、オリジナル側とは違い、すでに煩悶《はんもん》は乗り越えた状態にあるのだとしたら、それではやはり中山の言葉の通り、ギャグとして間を取っただけだということなのか——

パン、と手を叩《たた》き、大隈は場を見渡した。

「まぁ、考えすぎてもしかたありませんね。いまはやれることに集中しましょう。——私は土曜に向けて準備をします。中山くんとミス・クルスも、それぞれお仕事のほうをよろしく」

「はい！」

「……仕事ねぇ。お偉《えら》いさんから接待を受けるのが？　まぁ、あたしは楽だからいいけれど」

「会合です会合。せいぜい脅《おど》かしてきてくださいな」

では！　と勢いよく敬礼して、中山は部屋を出て行った。

が、その後に続いたフェイトは、扉《とびら》の前で立ち止まり、振り返った。

大隈に笑顔を見せ、告げる。

「マサヒトが表に現れ、あなたたちも、ついに接触《せっしょく》を取った——これでもう、日本も傍観《ぼうかん》しているわけにはいかなくなったわね」

「……ええ」

「悪魔《あくま》のミカタの味方をするのか、それとも敵《てき》に回るのか？　あるいはすべてを強引になかったことにするか——あなたの決断に、この国——あるいは世界の存亡《そんぼう》すら、関わってくるかもしれない。

……オリジナルと『ノットＢ』、どちらを選ぶにしても、もう、後戻りはできないわよ？」

「——重々肝《きも》に銘《めい》じましょう」

フェイトの退出を見送って、大隈は再び嘆息《たんそく》した。

そうだ、わかっている。

ゆっくりとでも、状況は動き出したのだ。

もう後戻りはできない——

オペレーターの近くに寄って、あらためて、通話の再生を聞く。

おりしも記録はノビが長い沈黙《ちんもく》を見せた付近にさしかかっていて、大隈は、オペレート席の背もたれに手を乗せつつモニターを見つめた。

ふと、考える。

いつまでも隠《かく》れ続けられるはずもなく、いずれ見つかる、だれかの接触《せっしょく》を受ける——それが避《さ》けえぬ道であることは、ノビにもわかっていたはず。

立ち直っているならなおさらのこと。心構えはできていたはず。

嘉門《かもん》ねねの声真似《まね》までしてこちらをからかったぐらいだから、こちらの要求に答える準備はできていたはず——にもかかわらず、らしくない躊躇《ちゅうちょ》。

——それはまさしく、ノビ・コーヘイと名乗る人物の、本音の表れなのかもしれない。

ただ単に、彼もまた、ためらってしまった、ということなのかもしれない。

状況が動き出すことへの、ためらい。

新たな局面が、はじまることへの、踏み出すことへの、躊躇。

だとするなら、逃亡者であるにもかかわらずノビは、挫折《ざせつ》のどん底にあるオリジナルとは違って、いまの状態に満足しているのか。楽しんでいるのか。こちらの問いにためらうほどに、いまの生活を満喫《まんきつ》しているのか——

だとしたら。

——『ノットB』がコピーとしての懊悩《おうのう》なんてとっくに乗り越え、いまの生活を楽しむ余裕《よゆう》すらあるのなら——

「——とりあえず土曜日は、ノビくんが『目標を見失い道しるべを必要としている逃亡者』という前提は、忘れたほうがいいでしょうね」

相手は、いまだ立ち直っていないオリジナルの堂島《どうじま》コウよりも、はるかに手強《てごわ》い存在だと見るべきだろう。

話しかけられた、と思ったオペレーターが顔を上げたのを手で制し、大隈《おおくま》はモニターを見続ける。新たな前提をもとに、頭の中を整理しつつ。

さて、どう話をするべきか、どこまで話してしまうべきか。

はたしてオリジナルとコピー、どちらを選ぶべきか——

《……ひとつ、いいでしょうか？　——それって、ええと、たとえば——》

彼が現状を惜《お》しんでいるというのなら、さだめし自分は彼にとり、平和な生活を打ち砕《くだ》く、——文字通り、悪魔《あくま》の使いのようなものか。

《——では。お待ちしております——》

「悪魔の使い、か」

奇妙《きみよう》な符号《ふごう》に思わず口の端《はし》をゆるめ、大隈は、しばらくモニターを見つめていた。

# 第一幕／問題と答えと新たな問い

## 1.

土曜の午後、二時前――秋も半ばのその午後は、いかにも気分が晴れ晴れとしてくる、見事なまでの快晴だった。

だからだろうか。それとも、嘉門《かもん》ねねの住居に至るまで、なんの妨害《ぼうがい》も受けなかった（じつは彼女の家を訪れようとしたのははじめてではないのだが、これまでは、不可解な事情が重なってたどり着くことすらできなかった）、ということで、どこか気が抜けていたのかもしれない。

マンション四階の三号室、表札のないドアの前に立ち、メガネを確認したのちインターフォンを鳴らした大隈次郎《おおくまじろう》は、ドアを開いて現れた人物を見て、絶句した。

玄関《げんかん》から部屋にもどりかけた『それ』は、振り返り、まるで彫像のように固まったまま動かない大隈を不思議そうに見上げ、たずねた。

「……オオクマ・ジロウ、ではない？」

「…………いえ、大隈次郎です。どうも、……はじめまして」

「ならばついてこい」

腰《こし》に手を当て、幼い胸を張り、ここではきものをぬげ、といい放ったのは、七、八歳《さい》になるかならないか、くらいのメガネをかけた少女だった。

降り注ぐ雪を思わせるような、ふんわりとした灰銀色の髪《かみ》は、床《ゆか》に届くほど長く。

まるでワンピースのように着ているぶかぶかのシャツ（ちなみにそのシャツは、黒地に青文字で『the stand for the dark』というロゴが入っていた）からは、そこだけ気温が違うような錯覚《さっかく》を生むほどに真白い手足が伸びている。

しかし何よりも目を引いたのは、白磁《はくじ》の肌《はだ》よりも髪よりも、メガネの下の二つの瞳《ひとみ》。

少女の瞳は、赤色だった。

茶色と見まごうようなものではない。明らかな、まるで血の色を透《す》かせたかのような、白兎《うさぎ》を思わせる赤色に、思わずじっと見入ってしまう。

赤い虹彩《こうさい》の模様《クリプト》が残像を残すほど脳に焼きついて、気がつくと、まるで魂《たましい》が吸い込まれていくような——

この目を、知っている。

この目は、まるで、彼女の——

「——大隈さん？　どうしました？」

声をかけられ、大隈は我に返った。

メガネをかけた赤目の少女は不思議そうに首をかしげてこちらを見上げ、その後ろに、同じくメガネをかけた少年——堂島《どうじま》コウと同じ顔——が、どこかにやにやと大隈《おおくま》の顔を見つめていて、その表情に、自分が観察されていたことに気づいて、大隈はごほん、と空咳《からぜき》をした。

「いえ、なんでもありません。……ええと、こちらのかたは？　嘉門《かもん》さんにしては少しお若いようですが？」

「こいつはエム、っていいます。おれが扶養《ふよう》している家族です。……おっと、何者かは、聞かないでください。……実をいえば、おれも正確には知らないので」

少年の言葉に、エムと呼ばれた少女は誇らしげにうなずいた。

「エムもしらない。ノビと、おそろい」

「とりあえず、おれの妹分、ってことでよろしくお願いします。では、どうぞこちらへ」

少年と手をつないでとことこ歩いていく少女の背中につき従いながら、大隈は、ゆっくり呼吸を整えた。

いまだに激しく脈打っている心臓を意識して、心の中で、つぶやく。

……妹分、か。

やっぱり『堂島コウ』には、『妹』という存在がキーらしい。

the
Stan
fo
the
ark

2.

嘉門《かもん》ねねの部屋は1DK《ワン》の、つつましいものだった。

ダイニング＋キッチンの廊下《ろうか》から扉《とびら》で仕切られた部屋は、半分近くを緑色のカバーのかけられたベッドが占《し》め、反対側にはカラーボックスと液晶テレビとテレビラック。ところどころにキャラクター物のアクセサリーが置かれ（和歌丘《わかおか》タワーワールドのグッズもあった）、部屋の隅《すみ》には衣装ケースが二段、三段、と積まれている（ケースの中に入れられているものは衣装ばかりではなく、文庫や洋書らしきもの、ボードゲームのパッケージなどもある）。

その上にさらに畳《たた》んで積まれた布団《ふとん》は、ノビ・コーヘイのものか。

ベッドの横には小さなガラスのテーブルがあり、座布団が向かい合わせになるように置かれていた。

いかにもプライベートな空間に、学生時以来このような部屋に入った記憶《きおく》のない大隈《おおくま》は、妙《みょう》な気後《きおく》れを覚えて思う。

生活の様子を確かめる必要があったとはいえ、嘉門ねねの部屋で会うことにしたのは失敗だったかもしれない――

「あ、あの、どうぞ、緑茶です。……その、……おしぼりとか？」

「ああ、いえ、けっこうです。本当におかまいなく」

震《ふる》える手でお茶を運んできた女性も、いかにも場違いな大隈のような人間をどうもてなせばいいのかわからないのだろう、かわいそうなくらいにあたふたしていた。

――嘉門ねね。

ふちのあるメガネをかけ――もっとも大隈は、彼女が本当はコンタクト派なのを知っている――長い髪《かみ》を小さく後頭部でまとめ、薄《うす》く化粧《けしよう》をしている、派遣《はけん》社員の二十四歳《さい》。

中学・高校生時、二年をまたいだストーカー被害に遭《あ》い、そのためか非常に内向的な青春時代を送った。

趣味はボードゲームと資格の習得――大学で友人に勧められるままボードゲームのサークルに入り、現在も休みごとに友人たちとボードゲームに興じている（ただし、ここ最近は顔を出していない）。

ゲームへの興味が昂《こう》じて和歌丘《わかおか》タワーワールドへと就職し、そこで『堂島《どうじま》コウ』と出会い、なぜか現在、『ノットB』を保護しているという女性。

どれくらい、『ノットB』――ノビ・コーヘイと親しくなっているのか。

「……ほら、落ち着いてねねさん。この人はおれに用があるんだから、噛《か》みついたりはしないって」

「こ、こら」

ぽんぽん腰《こし》をたたかれて、ねねはお盆《ぼん》を持ったまま、ノビの後ろに居心地悪げに座った。

そんな二人を何気なく観察しながら、大隈《おおくま》は、あらためて確信する。

二人の態度には、緊張感《きんちょうかん》、といったものがない。

不自然なものは感じられない。

やはり嘉門《かもん》ねねは、ノビに脅《おど》されているわけではなく、不承不承《ふしょうぶしょう》でもなく、自分から望んでノビを保護しているようだ。

それは、『ノットB』という存在をどこまで知ってのことなのか――

さて、とノビが向き直ったのを機に、大隈は名刺《めいし》を取り出した。

「――では、あらためまして――、どうも。私はこういうものです」

「ああ、これはご丁寧《ていねい》に。……ほほう。なるほど。案件六百六十六対策機関設置推進《すいしん》準備室の室長さん、と。すいません、お返しできるものがなくて」

「いえいえ」

「では、せめておれのプライスレスな笑顔でも」

「……いえいえ」

慇懃《いんぎん》な仕草で確認すると、ノビは大隈の名刺を、隣《となり》に座った赤目の少女に渡した。

少女は首をかしげてしばらくながめたのち、後ろのねねへ。

受け取ったねねは困ったようにそれを見て、そわそわ視線を走らせる。

この中で交換できる名刺を持っているのは彼女だけだろうから、ノビを押しのけ自分も名刺を取り出すべきか迷っているらしい。助け舟を出すべきか――大隈が口を開く前に、ノビが、いった。

「ではあらためて、こちらも自己紹介《しょうかい》を。どうも、おれは、ノビ・コーヘイといいます。モラトリアム真《ま》っ只中《ただなか》の二十歳《さい》、という設定です。二十歳、をお忘れなく。彼女は嘉門ねねさん。おれの遠縁のお姉《ねえ》さん、と見せかけて、恋人だったりするかもしれない――あ痛っ、ねねさん爪《つめ》でつねらないで……、保護者をやってもらってます。あと、こいつの名は『ジンゴ』――」

言葉が終わらないうちに、ノビが差し出した左手の甲《こう》に唇《くちびる》が現れ、開いた。

「いやいや、お近づきになれて光栄です大隈さん。ワタシが『ヒダリ・ジンゴロウ』です。もっとも大隈さんのような方には、《レフトアーム・スピーキング》という名のほうが聞き覚えがあるかもしれません。おそらくアンケン六百六十六タイサクキカンセッチスイシンジュンビシツシツチョウならご存知でしょうが、ワタクシこう見えまして、かの賢人ソロモン王の逸話《いつわ》に名高き七十二柱の眷属《けんぞく》を使役する指輪をルーツにバージョンアップを繰り返し年を経ること幾星霜《いくせいそう》あ痛っ」

「――で、先ほど大隈さんを出迎えたのがエム。さっきもいいましたけれど、おれの、まあ、突如現れた謎《なぞ》の存在・妹分」

テーブルにたたきつけた左手で紹介《しょうかい》されるまま、エム、と呼ばれた少女は深々と頭を下げた。

これはこれはご丁寧《ていねい》に、とお辞儀《じぎ》を返した大隈《おおくま》を赤い目で見つめ、エムはいった。

「——エムはエム。ノビのエム」

「ほう？」

「——こちらは、ノビ・コーヘイ。エムのわがせ。——こちらはカモン・ネネ。エムのかぞく。こちらは、ヒダリ・ジンゴロウ。エムの、…………エムの、……エムの……？」

「……もしもワタシに目があったならキミはワタシを泣かしているぞ？　よかったなワタシが口先だけで」

「——あー、エムちゃんはしばらくあたしとこっちにいようか。ね？」

ノビの左手を見つめきょとんと首をかしげたまま、少女は後ろから伸びてきた手に引っ張られ、ノビの背後に消えていった。

さて、とノビが手を打ち合わせた。

「では、時間ももったいないですし、とっとと本題に入りましょうか。大隈さん。今日は、おれに聞きたいことがある、とのことですが——」

「ええ、では、……ところで、その、ええと——」

大隈の視線に、ねねが中腰《ちゅうごし》になる。

「あの、あたしたち、席を外して——」

最後までいわせず、ノビが首を振った。

「甘《あま》いですよ？　ねねさん。もう部外者じゃないんだから、逃げようなんて許しません！……まじめな話、なにが助けになるかわかりませんからね。ねねさんもしっかり聞いていてください。——大隈さんもかまいませんね？　おれ、隠《かく》し事は嫌《きら》いというか、ぶっちゃけいつでもだれかの助けが必要なんで」

「……もちろんです。嘉門《かもん》さんさえよろしければ、せひご同席ください」

うなずきながら、大隈は、こっそり嘆息《たんそく》した。

——《レフトアーム・スピーキング》や赤目の少女の存在も惜《お》しげもなく明かし、嘉門ねねにもさらさせる——なるほど、コピーだとしても、この度胸、やはりこいつは『堂島《どうじま》コウ』だ。逃亡者、なんてねじけて余裕《よゆう》のない存在だとは考えないほうがいい。

ブリーフケースから三部、冊子《さっし》を取り出し、一部をノビ、一部をねねへと差し出しながら、口を開く。

「それでは、まず——電話でも少しお話ししましたが、私どもは『案件六百六十六』と名づけられた事案への対策機関を設立するためにつくられた組織です。——今日は、その『案件六百六十六』に関して、現『代行者』に近い位置にいらっしゃるノビさんに、せひお話を伺《うかが》いたく、やってまいりました」

「……日炉理坂《ひろりざか》の本物じゃなくて、コピーである、おれのほうに、ね」

「ええ。これにはいろいろ事情があるのですけれど、……じつは私、個人的に、とある方からもあなたに会うよう頼まれていましてね。それで――」

「ええ。わかっていますとも！」

大隈《おおくま》の言葉を断ち切って、ノビは強くうなずく。

「依頼人の名前は秘密、なのですよね？　誇《ほこ》りにかけて明かすわけにはいかない、知られたが最後、相手を生かしておくわけにはいかない、それが裏《うら》の世界の掟《おきて》――ええ、あなたの立場はわかります。ですから聞きませんとも。むしろ頼まれたって聞きたくありません。聞くものか！」

「……いえ、できれば、聞いていただけたらなぁ、と、伝言も頼まれていますので――」

「………そう、ですか？　………まあ、どうしても、というのなら――」

大隈は、額《ひたい》の汗《あせ》を拭《ぬぐ》う真似《まね》をした。

「いやすみません。どうぞよろしくお願いいたします。……あと、そうですね、まずこのことをいっておくべきでしたが、これからお話しすることは国家機密に属するものであることをご理解ください。……もっとも、わが国の法律では、口外されたからといってなにかできるわけでもありませんが。そもそも私たち自身が秘匿《ひとく》された組織ですし……というか、裏の世界、なんていってしまいましたが実際のところ、私たちはただの役人なわけでして、知られたが最後

――などという血なまぐさいことは一切ありませんのでそこのところはご安心を」

「……本当ですか？」

「……ノーコメントで」

「やっぱり聞きたくなくなってきた……」

ごほん、と気を取り直して、大隈は、あらためて、口を開いた。

「それでは、まずは私たち組織についての説明をさせていただきます。

私たち組織が頭に掲げる『案件六百六十六』というのは、六百六十六番目の事案、という意味ではありません。六百六十六とは、いわゆる『獣《けもの》の数字』――聖書を出典とした、私たちの組織において『代行者』を表す呼称です。お配りした資料に詳細《しょうさい》は載《の》せてありますが、……まず、お互いの知識のすり合わせ、という意味もこめまして、基本的なところから話をさせていただきますので、なにか食い違いがありましたらご指摘《してき》ください。

――ではまず、……なんというか、いきなり話しにくいことなのですが――

――この世界には《知恵の実》と呼ばれるものが存在します。

人間の『魂《たましい》』と引き換えに、契約したものの願いをかなえる、文字通り魔法《まほう》のアイテムが」

3.

「――だれが名づけたかはわかりませんが、いつのころからか、それは《知恵の実》と呼ばれるようになりました」

小冊子《しょうさつし》を視界に収めながら――といっても内容は暗記しているが――大隈《おおくま》は語り出した。

「……元来《がんらい》知恵の実とは、旧約聖書に語られる、人類最初の女性であるイブが悪魔《あくま》の誘惑《ゆうわく》に負けて食べてしまったという、エデンの園《その》に生えているといわれる『善悪を識《し》る木』の実のことです。アダムとイブはその罪によりエデンの園を追放されたといいますから、悪魔が人間を誘惑するためのアイテムの呼び名としては、これほどふさわしいものはないでしょう。

人の願いをかなえるかわりに、魂《たましい》を奪うという、悪魔のアイテム――《知恵の実》。

もともとは、《知恵の実》なんて使わず悪魔は直《じか》に人間と契約していたといいます。悪魔が直接願いをかなえる代わりに、人間は魂を差し出す――駆《か》け引きも何もない、シンプルな取引。

しかし、時代を経るにつれ、形は変わっていきました。

願いに三つの猶予《ゆうよ》が与えられたり、悪魔の『名前』を当てることで契約《けいやく》を無効にできたり――なぜそのような変化が生まれたか、そのことはひとまず措《お》いておいて。

現在の形式では、願いをかなえたいものは、まず自分の願いをかなえられる《知恵の実》を見つけ、契約しなければなりません。

また、《知恵の実》自体にも制約が設けられるようになり、契約者はその点を踏まえて《知恵の実》を使用しなければなりません。

これはルールであり、契約者はもちろん、悪魔側も、これを無視することはできません。

『堂島《どうじま》コウ』の事例でいえば、《ピンホールショット》は必ず相手を写真に写さねばならず、また九分以内に能力を発揮《はっき》しなければならず、《パーフェクトワールド》は音楽として流し続けなければならない、というように――もっとも《知恵の実》の能力と制約は、契約によってそのつど変化するようですが――

そして、使用が制限されるようになったその一方で、この制約のおかげで契約者は、《知恵の実》の使い方次第で契約を無効にできるようになりました。

なぜなら、ルールと制約の存在によって、悪魔をだます、ことが可能になったからです」

大隈は、ノビを見つめた。

ノビも、熱く視線を返してきた。

いかにも自分はドキドキしていますよ、と訴えるように上目遣《うわめづか》いをしてくる相手に脱力しかけるのをこらえ、大隈《おおくま》は、話を続ける。

「だます、というよりは、いいくるめる、というのが適当でしょうか。つまり、ルールが絶対であるのなら、制約に反した状況では《知恵の実》は使えない、すなわち使用されなかった、ということになります。そのルールを利用すれば、《知恵の実》の使用を確認し魂《たましい》を取り立てに来た悪魔《あくま》側に対し、こういえるわけです。――確かに自分は《知恵の実》を使用した、つもりだった、しかしよく考えると状況的に、制約のせいで使えていないはず、だからいま願いがかなっているように見えるのは偶然《ぐうぜん》であり、《知恵の実》の能力によるものではなく、よって魂を渡す必要はない、と――

ルールと制約は絶対、という前提がありますから、たとえば契約者《けいやく》が、――《ピンホールショット》を使ったときにはすでに一〇分経《た》っていた、だから制約により《ピンホールショット》は使えなかったはず、よって魂を渡す必要はない、などと主張する限り、悪魔は無理やり魂を奪《うば》うことはできません。その主張に穴を見つけなければ、つまり、なんらかの手段で《ピンホールショット》が九分以内に使われた、ということを証明できなければ、その言い分を認めなければならなくなります。――これはまぁ極端な話ですが、とにかくこんな感じで、悪魔は使用者をゆさぶり、論理の破綻《はたん》を見つけようとし、契約者は、制限を逆に利用して悪魔をだまそうとする――いわば『知恵比べ』が行われるわけですね。

これは公平とルールの精神に則《のっと》った、純粋な意思の対決であり、悪魔側は無理やり魂の譲渡《じょうと》を強要することはできず、契約者側も、土壇場《どたんば》になって逃げ出すことはできません。それは、もはや摂理《せつり》といってもよく、――このあたりのことは、『堂島《どうじま》コウ』の事件でノビさんも体験しておられることと思います。

――そう、悪魔側が勝利したとき、あらゆる存在は抵抗することを許されず、『魂』を奪われることになる――

たとえ『悪魔側』の使者が、本物の悪魔ではなく、ただの人間であったとしても。

そうした、悪魔の代わりに魂の回収を行う人間のことを、私たちは『代行者』と呼んでいます。……ここまではよろしいでしょうか？」

「そうですね、だいたいおれの理解と同じです。語り口もお見事で、声もよく、まるで子守唄《こもりうた》を聞いているかのようでした」

その言葉を証明するかのように、エムはねねのひざを枕《まくら》に寝息を立てていた。

うなずき、冊子《さつし》の開いたページにしるしをつけて、大隈は、続けた。

「では次に、《知恵の実》と契約した場合の一連の、――『一般の手順』について、説明させていただきます。

《知恵の実》を使用するためには、まず、《知恵の実》を見つけ、その語りかけに応《こた》え、願いをかなえたそのときは悪魔に魂を渡す、という『契約』をしなければなりません。

契約することによって、はじめて所有する《知恵の実》の使用方法と制約を知ることができますが、契約《けいやく》した記憶《きおく》自体は封じられ、願いをかなえるまで思い出すことはありません。契約を思い出すのは願いがかなえられるのを『自覚』したときで、そのときはじめて契約の記憶はよみがえり、同時に《知恵の実》から『契約完了魔力《まりょく》』と呼ばれる信号のようなものが発信され、それが悪魔《あくま》を呼び寄せて——ここからが、『知恵比べ』となります。

契約を思い出した側は、悪魔が『召喚《しょうかん》』されるまでになんとか悪魔を出し抜く方法を見つけ、召喚された悪魔側は、状況を調べて《知恵の実》を使用したという証拠《しょうこ》を探す。『召喚』の在《あ》り方は、《知恵の実》によってかなえられる願いの状態によってまちまちで、いきなり相手の前に召喚されたり、みずから訪れ見つけなければならなかったり、ケースバイケースというか、いろいろ『例外』も許されているようですが——」

——そしていま、目の前にいるのは、その『一般の手順』を踏まない『例外』的な事件ばかりを解決してきた『代行者』。

それがどれほど異常なことか、はたして本人は気づいているのか——？

大隈《おおくま》の視線を受けて、ノビはふむふむ、といった具合に、うなずいた。

いかにも真剣な表情——わかっているのかいないのか、ポーカーフェースという言葉があるが、無表情どころではなくさまざまな感情を露《あらわ》にしている少年からは思っていた以上にその内心が読みにくく、大隈は内心舌《した》を巻く。

感情を表に出さない、というのは、出すよりはるかに難しく、そして木は森に隠《かく》せという言葉の意味を本当に理解しているというなら、――確かに、目の前にいるのはただの高校生だと思わない方がいいだろう。

んん、と冊子《さつし》をめくって気を取り直し、大隈は、話を続けた。

「とにかく、まぁ、そのようにして、悪魔は人間の魂《たましい》を回収しているわけですが、そうなると、やはり疑問が浮かびます。

――なぜ、悪魔はそのような面倒《めんどう》な真似《まね》をしているのか？

そして、そこまでして、なんのために、魂を集めているのか――

そうした疑問の、一つの答えとなるのが、悪魔の代わりに『知恵比べ』を行い魂を回収する人間、『代行者』という存在です。

もちろん、これはあくまで集積したデータからの推測に過ぎませんが、――結論からいいますと、私たちは、こう考えているのです。

――《知恵の実》のシステムはそもそも『代行者』のためにあり、『代行者』に集めさせた魂で六百六十六番目の《知恵の実》を完成させることが、悪魔の目的なのではないか、と」

# 4.

「『代行者』となることを承諾《しょうだく》した人間は、悪魔《あくま》より《It》と呼ばれる《知恵の実》を与えられます」

ノビたちから質問が上がることはなく、場は大隈《おおくま》の独壇場《どくだんじょう》となっていた。

「《It》とは、世に常に六百六十六柱《ばしら》あるという《知恵の実》の、第六百六十六番目の存在であり、一方で、《It》の名の示す通りいまだ正しい名前のない、完成していない《知恵の実》であるといいます。この《知恵の実》に一定量の『魂《たましい》』を集め、適切な名をつけられたとき、《It》は完成し、新たに『代行者』の願いをかなえられる《知恵の実》を生み出す、といわれていますが——

それが事実かどうかはわかりません。

これまで、《It》を完成させた『代行者』は、いないのですから。

過去、さまざまな『代行者』がそれぞれの時代に存在していました。しかし、そのだれも《It》の完成には至りませんでした。なかには、《It》から《知恵の実》を生み出せた『代行者』も確かにいたのですが――『ブラックプリンス』やあなたの知るランドール・コーンウォークもそうした中の一人ですが――そのどのときにも結局、《Ｉｔ》に六百六十六というナンバーを与えられることはありませんでした。

よって、《Ｉｔ》はいまだ名づけられぬままであり、六百六十六柱あるべき《知恵の実》は、実際には六百六十五しか存在していない、ということになります。

その、最後の《知恵の実》を完成させること――《知恵の実》を六百六十六という数に揃《そろ》えること、それが悪魔の目的であろうと現状では考えられており、そして、それが完成したとき『起きるなにか』に対策する、――正確には、対策を取れる態勢をつくること、それが、私たち『案件六百六十六対策機関設置推進《すいしん》準備室』が置かれた目的なのです」

大隈は言葉を切り、あいもかわらず読めない笑顔を浮かべたノビを見て、ついでその後ろに座ったねねに視線を送った。

ねねはエムの髪《かみ》を撫《な》でつつ、神妙《しんみょう》な顔をして、ノビの背中を見ていた。

大隈の話に動揺した素振りはないが、その一方で、不安な様子も隠《かく》せていない。

緊張《きんちょう》しているようだが、それは場の雰囲気《ふんいき》のせいではないだろう。

むしろこの場のことなど忘れたように、ただただノビを見つめている――

――大隈の視線に気づいたのか、一瞬《いっしゅん》目を合わせ、逃《のが》れるようにうつむいたねねの表情から、大隈は推測した。

ねねは確かに、『代行者』についてすでにくわしく聞かされているのかもしれないが（にもかかわらずノビをみずから受け入れている、というのはなかなか度胸のあることだ）、しかし、もっとも肝心《かんじん》なことは聞かされていないのではないか？

はたしてノビは、これからも冬月日奈《ふゆつきひな》のため『代行者』を続けるのか？

その場合、堂島《どうじま》コウと協力するのか？

あるいは道を分かつのか？

それとも、もはや恋人復活をあきらめているのか――

おそらく、ねねもまだ聞かされていないのだろう。

まあ、教えられていないのではなくて、ノビが口にした『モラトリアム』という言葉がそのまま本音ということかもしれないが、もっとも大隈《おおくま》自身は、ノビがいまだに迷っている、とは思っていなかった。

これまで観察してきた短い時間で、確信していた。

ノビ・コーヘイは、日炉理坂《ひろりざか》にいる堂島《オリジナル》コウとは違い、すでに挫折《ざせつ》を乗り越えて自分の道を見つけている。

その道をどう歩むかについては迷っているのだとしても、おそらく、ゴールはすでに見据《みす》えている――

いや、しっかり自覚しているのだろう。どのみちもう、いまさら自分は逃げられないと。

先へ進むしかないと。

いったいどんな経緯《けいい》でオリジナルより早く立ち直れたのか、まったく興味は尽きないが、いまはそれを調べるべきときではない。

間をおいてみたがノビもねねも発言することはなく、咳払《せきばら》いして、大隈は、あらためて口を開いた。

「……とまぁ、以上が私たちの組織が設立された目的なわけですが——

悪魔《あくま》の目的は、六百六十六番目の《知恵の実》《It》を完成させることである、と仮定したとき、どうしても、不思議に思うことがあります。

六百六十六の《知恵の実》がそろったとき、なにが起こるにせよ、——なぜ、悪魔は《It》の完成を、『代行者』——人間にゆだねるのか？

なぜ、悪魔自身がやらないのか？

事実、《知恵の実》から『契約完了魔力《けいやくまりよく》』が発信されたとき、不慮《ふりよ》の事故などで『代行者』が存在していないような場合があり、そういう状況では、悪魔は自身の使いを契約者のもとに送り、魂《たましい》の回収を行っています。『堂島コウ』自身、最初の戦いでは『代行者』ではなく『悪魔の使い』の訪問を受けたはずです。つまり、悪魔は人間の手を借りなくとも魂を集めることができるはずなのです。

——なのになぜ、あえて『代行者』を使うのか？

この点について、『西側』は——あえてこう表現させていただきますが、つまり、西洋側の私たちと同じような組織では、次のように考えています。

悪魔《あくま》とは、結局のところ誘惑《ゆうわく》するだけの存在であり、六百六十六番目の《知恵の実》の完成は、人間の手で行われることに意味があるのだと。

むしろ、本当に大事なのは六百六十六番目の《知恵の実》などではなく、それを完成させる人間のほうなのだと。

——そうですね、信心深い『ザ・ワン』をブレインにしていた影響でしょう、舞原家《まいばらけ》もこちらよりの考え方をしているようです。つまり、《知恵の実》とは結局のところ、人間を『代行者』として成長させるためのシステムであり、悪魔の本当の目的は、《Ｉｔ》の完成によって、いわゆる『反救世主《アンチクライスト》』を育てることなのだと。

『反救世主』——それは新約聖書の最終章、『ヨハネの黙示録《もくしろく》』にて語られる、世界を悪魔の力で支配してやがて終末をもたらすという、『獣《けもの》の数字』を名に持つ存在の呼称です。

神の御心《みこころ》を広めたのが、神自身ではなくその御子《みこ》である人間であったように、悪魔の王国を打ち建てる者もまた、その代行たる人間でなければならない——

だからこそ、悪魔は《知恵の実》を使い『反救世主』を育てている、というのが『西側』の主張なのです。

獣の数字六六六が完成したとき、『反救世主』が現れこの世界は悪魔の支配するものとなる、それこそが悪魔の目的なのだと。

——もっとも、これは聖書の記述を前提にした、宗教よりの解釈であることは否《いな》めません。よくできた筋書きだなぁとは思っても、宗教的な解釈である以上、鵜呑《うの》みにするわけにはいかない、というのが私たちの、——日本国としての立場です。

そもそも、——便宜《べんぎ》上『悪魔』としていますが、私たちは『それ』を宗教的な絶対悪の存在、とは考えていません。

『魂《たましい》』という呼称を使用していますが、それもあくまで精神的な存在などではなく、いまだ解明されていないエネルギーの一種として捉《とら》えています。概念《がいねん》的であるというだけで否定するつもりはありませんが、あくまで、そこにはなにかの体系があり、法則が働いているのだと。私たちにはそれが理解できないだけなのだと。悪魔だから誘惑《ゆうわく》するのではなく、なにかの法則により動いているのが誘惑するように見えているだけであり、悪魔だから魂を奪える、というわけではなく、人間をそうした『エネルギー』に変換するなんらかのシステムが存在しているのだろうと。それがあまりに高次的なものであるために、宗教的な概念の表れに見えているだけで、——こういってしまうと語弊《ごへい》があるかもしれませんが、実際には、彼らも私たちと同じく自然の法則に——ステージは異なりこそすれ——従っている別種の存在なのだと、私たちは考えているのです。

そして、そうみなしている以上、科学、いえ、論理的な根拠《こんきょ》もなく、ただ聖書に預言されているというだけで、『反救世主』やらなにやらを受け入れるわけにはいきません。

そこで私たちは、別の点から考えてみることにしました。

現代科学では、悪魔《あくま》のような存在について解明することは困難です。

むしろ、ほぼ不可能といってもいい。体系がまるで違うのですから。

しかし、法則のもたらす現象については観測して知りえます。テレビのシステムはわからなくても、スイッチを押せばテレビが映ることは確認できるように、人間を魂《たましい》と呼ばれるエネルギーに変換するメカニズムはわからなくても、どうすればそうなるのか、一定の法則にもとづいていることは理解できます。

だからこそ、疑問が感じられるのです。

悪魔自身にもスイッチは押せるはずなのに、それでもテレビが映ることには変わりないのに、なぜ、あえて人間にそれをさせるのか？

そもそも初期の段階では、悪魔自身が《知恵の実》を使わず人間の魂を回収していたはずなのです。にもかかわらず、どうしてそれが変わったのか？　なぜ、悪魔は《知恵の実》を使い、『代行者』を立て、わざわざ人間に魂を集めさせるようになったのか？　なぜこのような面倒《めんどう》な手順、決まりごと、ルールが生まれたのか——

私たちは、そこに注目してみました。

すなわち、なぜルールが変化したのか、という点に、ついて」

ノビの内心は、表向きの態度からでは依然《いぜん》として、読めない。

大隈《おおくま》の言葉に、いったいどういうことだろう、と大仰《おおぎょう》に首をひねって見せたりしているその仕草《しぐさ》は、いかにも演技っぽくて逆に疑わしいが、しかし、これまで聞いたことのなかった『立場』に興味を引かれぬはずがない。

そして、ここで大事なのは、彼にあらためてわからせることだ。

世の中には、舞原家《まいばるけ》とは『異なる見方《ミカタ》』というものが存在することを。

それを認めさせてこそ、続く言葉に説得力が生まれてくる。

ふう、と大きく呼吸して、大隈は、いった。

「そう、ルール――とある情報筋によりますと、悪魔というものは、決してルールを破らない、というより破れないのだそうです。ついでに、悪魔は嘘《うそ》をつかない、ともいっていましたが、……まぁ、それを証明することはまず不可能ですから、結局は、それを信じるか、信じないかの二択《にたく》しかないわけですが――

――それを信じ、前提とすると、どうにも不思議に思えます。

悪魔はルールを破れない、というのなら、どうして初期のころから現代まで、これほどルールが変わっているのか？

破れなくても、悪魔の意思でルールを変えられるのなら、結局同じなのではないか？

そうたずねてみたところ、『彼女』に怒られてしまいましたよ。ルールを変えてきたのは悪《あく》魔《ま》ではなく人間側だと。願いの成就《じょうじゅ》は魂《たましい》と引き換え、とはっきり契約《けいやく》しているにもかかわらず、人間のほうがあれこれ理由をつけて、願いをかなえておきながら魂をよこすのを拒《こば》むという、ほとんどルール違反のようなことをしてきたのだと。そして、たとえ人間がルールにわがままな解釈をつけようと、それが完全にルールに反していない限り、悪魔《あくま》のほうが妥協《だきょう》してそれを『新たなルール』として認めざるを得ないのだと。まさしく無理が通れば道理が引っ込む、の言葉の通り、人間のほうが横車を押してルールの拡大解釈を行い認めさせてきた、その結果、小さな変化が積もり積もっていまのような形になって、だからこそ、そういう具合にルールを自分に都合よく解釈し、捻《ね》じ曲げ、違反ぎりぎりの形で利用しついには変更を認めさせてしまう人間に対抗するために、同じ人間の『代行者』を使うようになったのだと。

なるほど、この理由なら、それなりに筋が通る気がします。

悪魔にはルールを本来の意図からかけ離れた形では利用できない、というのなら、それができる、ずるがしこい人間に対して同じ人間で対抗する、というのは有効なやり方でしょう。

……そうそう、『彼女』はこうもいっていましたよ。《知恵の実》のルールはそもそも人間のためにあるのだと。にもかかわらず人間は、ルール違反で自分の首を絞《し》めるのだと——まったく、耳の痛い話ですが——

さて、お待たせしました、そろそろ本題に入ります」

あらためて、大隈《おおくま》はノビを見つめた。

こちらが視線を送りなおすつど、いちいち照れたように、頬《ほお》を赤らめ――意識してできるものなのか？　――うつむく少年の頭の構造に呆《あき》れつつ、それでも凝視《ぎょうし》しながら、告げる。

「――ともかく、『彼女』の話から、私たちは、一つの仮説を立てました。

悪魔はルールを破れない、というのなら、――ルールの解釈を広げることでルールそのものを変えられるのは人間だけだというのなら――

もしかしたらそれこそが、悪魔の目的なのではないか？

悪魔の成したいことは、実はルールに縛《しば》られている悪魔たちには不可能であり、だからこそ、ルールを変えられる人間の力が必要なのではないか？　そのための『代行者』であり、そのための《知恵の実》なのでは？　そう、《知恵の実》に対し人間がグレーゾーンぎりぎりの『ルールの利用』を行う度に、それを正規化するためにルールのほうが変化して、その結果、少しずつでも、ルールに縛《しば》られる悪魔にとって都合がよくなっているのだとしたら――

――それはまさしく、誘惑《ゆうわく》する存在である悪魔の本領といえるでしょう。

悪魔は人間にルールを破らせるために誘惑し、そして人がルールを破るたびに、それが悪魔の力になる、というわけですから。

そう、ルールを破れぬという悪魔が真に求めるものは、ルールを破れる人間の力を利用しての、己を縛るルールの変化／崩壊《ほうかい》、すなわちルールという封印からの解放であり。

それはつまり、悪魔という存在が完全な自由を得るということであり、六百六十六番目の《知恵の実》の完成は、その象徴ではなかろうか——

なんて、少し抽象《ちゅうしょう》的な話になってしまいましたが、それはひとまず措《お》いときましょう。

——以上の仮説から、私たちの組織は、『ルール違反』——正しくは『ルールの拡大解釈による変化』という点に注目しているのです。人間側のグレーゾーン的なルール利用が、悪魔《あくま》になんらかの力を与えているのではないか、と。——そして、だからこそ、あなたにお話をうかがいたいと思ったのです」


「……いまいち、おっしゃりたいことがわかりませんが」

きょとん、と首を振ったノビに。

「——いいえ、ノビさん。あなたは気づいているはずです」

大隈《おおくま》は自身も大きく首を振り、返した。


「ええ。あなたは知っているはずです。——『堂島《どうじま》コウ』が普通の『代行者』ではないことは。

現に、『堂島コウ』の事件はすべて、通常の手続きを踏んでいない——『例外』ばかりです。記憶《きおく》を失わず、待ち伏せていた契約者《けいやく》たち。

『召喚《しょうかん》』されることなく巻き込まれての事件のはじまり。

そして何より、手助けしてくれるものの存在——

その異常さは、だれよりもあなた自身が体験してきたものではないですか？

本来ならば、これらはルール違反、これまでのルールが適用されているならば認められない状況のはずでした。

にもかかわらず、滞《とどこお》りなく『知恵比べ』は行われ、魂《たましい》は回収されました。

つまり、そうした状況を認めるという、ルールの拡大――変化が起きていたはずなのです。

そして、変更があったとするならば、悪魔はルールに干渉《かんしょう》できない以上、それをしたのは人間以外にありえません。人間の『だれか』が『なにか』を行ったために、新たなルールが生まれ、『堂島コウ』の普通ではない『知恵比べ』が有効と認められたのです。――だから私は、あなたにたずねたいのです。その、ルール違反ぎりぎりの、『なにか』を行った『だれか』に心当たりはないか、と」

ああ、とノビは手を打って、笑った。

「そういうこと、ですか。……意地が悪いな、大隈さん。わざわざ聞かなくても、知っているんでしょう？　『夕日を連れた男』のことは――」

最後まで話させず、大隈は途中《とちゅう》で口を挟《はさ》んだ。

「私はすべて、と申し上げたはずです。ノ、ビ、さ、ん、、、、、、、、、、、、、、」

「……え？」

「もちろん、『夕日を連れた男』が所有していた《知恵の実》を使い、あなたを育てるために敵《てき》を与えていたことは調べてあります。それもまたこれまでのルールに反した行動であり、人間側からの変更として認められた『新たなルール』、なのでしょうが――

私は、すべて、といっているのです。『堂島《どうじま》コウ』の事件、すべて、と。旧『ブラックプリンス』、現『夕日を連れた男』――安県《あがた》正人《まさひと》氏とは、先日会談することができました。――彼は認めましたよ。《インヴィジブルエア》と《パーフェクトワールド》、そして《グレイテストオリオン》については、確かに彼が持ち込んだものだと。

……ですが、最初の事件については、否定しました。はっきりと。

自分は、《ピンホールショット》は持ち込んでいない、と」

「…………そりゃあ、あれは、最初の――」

「そして最初の事件から、あなたは普通ではなかった。――《ピンホールショット》の所有者ではないにもかかわらず、あなたの前に現れた『悪魔の使い』。魂も願いも関係なく、行われた『知恵比べ』。そして何より、堂島『アトリ』がいまだに存在すること――」

――意味するところを悟《さと》ったのだろう。

かすかに――本当に、わずかな変化だが――ノビの顔色が、翳《かげ》った。

気がつくと、赤い目の少女がねねのひざから顔を上げ、大隈《おおくま》の顔を見つめていた。

それを無視して、大隈は、続ける。

「通常の場合、『代行者』となるものは、《知恵の実》を使用し『知恵比べ』を行い、現在の『代行者』――『代行者』が存在しない場合は『悪魔《あくま》の使い』に打ち勝たなくてはいけません。魂《たましい》を賭《か》けての戦いに勝利し相手を倒してはじめて、次の『代行者』となる資格を得るのです。

ところがあなたは、『代行者』ではないのに、《知恵の実》の契約者《けいやくしゃ》と戦った。

それも、『悪魔の使い』の助けを借りて。

そしてついには、『悪魔の使い』も『代行者』をも倒すことなく『悪魔のミカタ』となった。

これは明らかに、これまでのルールに沿っていないのです。にもかかわらず、あなたはそれを行い、さらに、ルールに違反していないとして《知恵の実》に認められている――

それはすなわち、――悪魔側にはルールを変えられない以上、先に人間側のほうで、それを可能にする『なにか』が行われたとしか考えられないのです」

「……つまり、大隈さんは、こう、おっしゃりたいのでしょうか？」

ノビは、薄《うす》い笑顔を浮かべて、いった。

「……《ピンホールショット》の事件は、おれを悪魔のミカタにするために、だれかに仕組まれたものだった、と？」

「あくまで、状況証拠《しょうこ》しかありません。が、その可能性は高い、と私たちは考えています」

大隈の言葉に、ノビはふむ、腕《うで》を組み、右手を口もとへ持っていく。

「…………確かに、おれはあの事件の結果、恋人を失い、彼女を生き返らせるために『代行者』になることを決意しました。あの事件が、『悪魔のミカタ』をつくった、といってもいいでしよう。

——でも、日奈《ひな》は偶然《ぐうぜん》巻き込まれたんですよ？

しかも手を下したほうも、元々の持ち主ではなくて、偶然《ピンホールショット》を手に入れただけの人間でした。

なのに、それが、だれかの計算だった、というのですか？」

大隈《おおくま》はいいえと首を振る。

「いえ、それは確かに偶然でしょう。……運命、という言葉は使いたくありませんし、事件の展開自体は、意図されたものではないと私も思います。

……ですが、もっとシンプルに考えてみたらどうでしょう？

《ピンホールショット》の契約者《けいやくしゃ》は、確かに真嶋綾《まじまあや》を襲《おそ》いました。

しかし、もしも真嶋綾がバレー部ではなかったら？

もしも、犯人が真嶋綾より先に、冬月《ふゆつき》日奈に会っていたら？

——もしも真嶋綾という少女が、存在していなかった、としたら——」

事件の犯人が冬月日奈にも目をつけていたことは、他ならぬ真嶋綾の供述《きょうじゅつ》から明らかになっている。

「……まさに、もしも、の話、ですね。それは」

もしも、真嶋綾、というイレギュラーがなかったら、犯人が襲っていたのは——

ノビは、笑った。

ええ、と大隈もうなずいた。

目の前の少年の笑顔が、ますます深まっていくのをじっと、見つめながら。

——知ってか知らずか少年が、堂島《どうじま》コウとして話をしていることを意識しながら——

「ええ。確かに。これはたら・ればの話です。——ですが、そう仮定すると、明らかにルールを逸脱《いつだつ》している堂島コウの事例が認められていることの説明がつきます。

……あなた自身、不思議に思ったことはありませんか？

『代行者』の『知恵比べ』は公平なものでなければならない、にもかかわらず、あなたには『悪魔《あくま》のミカタ』という大きな味方がついていることを。これまでの『代行者』とは違い、あなたにはあからさまな悪魔側からの『手助け』があることを」

「……状況的に、どの事件もおれのほうが不利だったし、——ていうかあいつは、役に立ってなかったというか、どちらかといえばハンデのようなもんですから」

「それは本心ではないでしょう。あなた自身、これまで何回も、彼女に助けられた、と思ったことがあったはずです。

だがそれは、明らかに、これまでのルールに違反している。

にもかかわらずそれが認められているということは、同じようなことを、人間側が先に行った結果ではないか、と考えられるのです。だからこそ、それが新たなルールとして認められ、悪魔《あくま》側も『同じこと』をできるようになった。つまり、人間側のだれか——『夕日を連れた男』以外のだれかが、あなたが『代行者』となる『手助け』を行い、いまなお続けていて、だからこそ逆に、悪魔からの『手助け』もルールとして認められているのではないか、と——どうですか？　そういう視点に立ったとき、なにか、心当たりはありませんか？」

ノビは、彫像のような笑みを顔に刻んだまま、しばらく考えこんでいた。

内心なにを考えているにせよ、それはまったく表に出てきていない。

深い湖のような、静かな思索《しさく》。

やがて顔を上げ、ノビは、いった。

「……なるほど、確かに、舞原家《まいばるけ》でもいまだに《ピンホールショット》の出所は明らかにできていません。あんな目立つカメラの経歴が、不自然なほどにわからない以上、……だれかの仕込みだった、という可能性は否定できません。ですが——

では、仮に、そういう黒幕が存在していて、事件を演出し、過程はともかくそうなるべくして、おれを悪魔のミカタにするために、日奈《ひな》は殺された、と仮定しましょう。

……だったら、どうしておれなんです？

こういっちゃあなんですが、一見おれよりふさわしい候補はほかにいくらもいるはずです。ていうかすぐそばにいます。たとえば小鳥遊恕宇《たかなしじょう》。あいつはおれのスペックをどの項目でも上回っているチョーエコヒイキヤロウです。才能だけでなく権力までもそろっている舞原依花《いはな》だって適任でしょう？　『部長』は……ちょっと向いてないかもしれませんが、とにかく、……いや？　もちろん、負けるつもりはないですし、卑下《ひげ》する気もないんですけど、いんやらみんやらジィ・ニーやら、日炉理坂《ひろりざか》にはおれより目立つのいっぱいいますよ？　そういうやつらに比べれば、おれなんて、ちょっと変わった過去がある、というぐらいしか特徴がないと思うんですが——

なのになぜ、おれが選ばれたんです？

恋人がいるからそう仕向けやすかった、とでも？　それしか手段がなかったと？

そんなまさか。もしもそうなら、むしろおれより日奈のほうを選択したはずです。あいつもすごいやつでしたから。……まあ、性格的には向いてないかもしれませんが、それだって持っていき方次第だろうし、……とにかく、もしも本当に黒幕が存在するのなら、もっと適切な人材を選ぶか、あるいは事前にしっかり準備していたはずで、確実な手段を用意していたはずで、なのにあえておれを選ぶ理由なんて、……いや、——まさか——」

否定の言葉を口にする、その端《はし》から、ノビの顔がこわばっていった。

自分で話して、気づいたのだろう、その可能性に。

みずから言葉にした通り、黒幕が、時間をかけて準備を行ったかもしれないということに。

い、い、い、い、い、い、い、い、い、い、い、い、

その結果が、自分なのかもしれないことに。

そう、堂島《どうじま》コウをもっとも堂島コウたらしめているものは、——彼を他の高校生と一線画《かく》し

ているものは、顔でも口でも才能でもなく、――いまだに解かれていない過去の事件。

そして、それが選ばれた理由だというのなら。

――それがだれかの、入念な準備の結果だというのなら――

「選んだのではなく、……みずから、つくった――」

「……おれを『代行者』にするために、亜鳥は、さらわれた――？」

大隈《おおくま》は、静かにうなずいた。

「もちろん、現段階で断定はできません。そこまで関与してはおらず、逆に、過去にそういう事件があったからこそ、小鳥遊《たかなし》恕宇《じょう》でも舞原《まいばら》依花《いはな》でもなくあなたを選んだ、という可能性も念頭においておくべきでしょう。

……ただ、失礼ですが、七年前の事件、私たちの組織でも、調べさせていただきました。

確かに不可解な事件です。

あなたが主張されたとおり、『宇宙人がさらっていった』と考えたほうがむしろ納得できそうな、そういう事件である以上、安易な結論かもしれませんが、《知恵の実》の関与は否定できません。

――そして、少なくとも冬月《ふゆつき》日奈《ひな》の死については、私たちは確信しています。

あの事件には、あなたを『悪魔《あくま》のミカタ』にしようとした何者かの意思が存在していたと」

そう、あの事件には、確かにいたのだ。

『夕日を連れた男』のように『代行者』となった者を探して育てるのではなく、むしろ自分の手で事件を起こし、『代行者候補』を生み出そうとした何者かが。

育てるのはもちろん、前もって『代行者候補』を用意する、というのも、公平という視点から見れば明らかなルール違反だろう。

しかし、それは明確には禁じられていない。規則化されていない。

ゆえに悪魔側には無理でも、人間側なら、やれる。

そして人間がそれを実行したとき、それは正しくルールとして認知されることになる。

そう、人間だけではなく、悪魔側がそれを行うことも、可能になる――

どうでしょう、と大隈はたずねた。

「……『ブラックプリンス』――いえ、『夕日を連れた男』以外で、そういうことをしそうな人物に心当たりはありますか？」

いいえ、とノビは、首を振った。

「……あいにくと、すぐには出てきませんね。……昔からいたとするなら、そもそもおれ、……知っているとは思いますけど、当時の記憶《きおく》がありませんし、――ていうか大隈さん。本当の目的は、それを聞くことじゃないんでしょう？

ぶっちゃけ、いまの話をおれにすること、それ自体が目的だったんじゃありませんか？」

大隈《おおくま》は、口の端《はし》を吊《つ》り上げた。

「……はは、いや、申しわけない。正直にいえば、——お察しの通りです」

そう、確かに、話すこと自体が目的だった。

正確には、その可能性について、ノビに気づかせることが。

そして、ある程度はこちらが誘導《ゆうどう》したにせよ、ノビは、気づいた。自分自身で。

大事なのはその部分。ノビが自発的に、考えいたること。

それにしても、さすがは堂島《どうじま》コウのコピー。内心はどうであれまったく取り乱すこともなく、頭の回転、判断力も、鈍《にぶ》っていない。大隈の意図を見抜いたほどに。

大隈は肩《かた》をすくめ、いった。

「そう、あなたのいうとおり、それが目的でもありました。——『彼女』に頼まれましてね、あなたの様子を見てきてほしい、そして、オリジナルと同じように落ち込んでいたなら、なんとか慰《なぐさ》めてあげてほしい、元気づけてあげてほしい、と。私たちの組織としましても、まだまだあなたにリタイアしていただくわけにはいきませんしね。ですから、おそらく道を見失っているだろうあなたにあらためて、発奮《はっぷん》できるような、がんばるための目的を与えられないかな、と——」

「……じゃあ、あいつにも、いまの話を？」

「いえいえ。まさか。『彼女』には話していません。元気づける方法は私に一任されたので。……もっとも、その必要はなかったかもしれませんね。あなたはどうも、とっくに立ち直っていたようだ。――まあ、どちらにせよこの話はしていただでしょうけれど。私たちの目的のためにも、ぜひとも知っていてほしかったので」

「……確かに、日炉理坂《ひろりざか》にいるオリジナルには、話せないでしょうね」

「まさに」

わずかに、ノビの視線に鋭い光が加わった。

「……大隈さんの組織は、舞原家《まいばるけ》を敵《てき》とみなしているんですか？」

「いえいえまさか？　……ただ、日炉理坂は日本にあって日本でないような土地でしてね。やっぱり、国の面子《メンツ》、というものがあるのですよ。この件を対策するにあたって、できることなら日本が主、日炉理坂が従、そういう形に持っていきたいわけです。上からもそういわれていましてて――もっともいざとなったら、そんなプライドは投げ捨てざるをえないでしょうけれど。……ただまあ、頭から信用するには、舞原家はうさんくさすぎまして――」

おほん、と大きくのどを鳴らして、大隈は場を見渡した。

涙目《なみだめ》で、大隈をにらんでいた――視線が合うとすぐにそらした――ねね。

ただただノビを見つめているエム。

そして押し黙《だま》ったままの口だけの存在、ジンゴ――現在のノビの仲間たち。

それぞれに視線を送ったのち、大隈《おおくま》は、口を開く。

「……さて、そろそろしまいにしましょうか。

これで今日の用件はすんだようなものですが、もう一つ、お知らせしておきたいことと、そしてお願いしたいことがあります。

まず、お知らせしておきたいことですが——

現在、日炉理坂《ひろりざか》に対して私たち——『裏《うら》の世界』は、膠着《こうちゃく》状態に陥《おちい》っています。

『ザ・ワン』の消滅と、『ブラックプリンス』もとい『夕日を連れた男』の登場によって、日炉理坂に新たな『代行者』が存在している可能性が知られたことにより」

「……ほほう」

「もっとも、まだ『堂島《どうじま》コウ』の存在は知られていません。いま、裏の世界の注目は、『夕日を連れた男』に集まっています。現在の争点は、彼が再び『代行者』になったのか否か——そんなところですかね。

それにともない、『法皇庁《ほうおうちょう》』と呼ばれる『西側』でもっとも大きな組織から、要請《ようせい》がありました。『状況がはっきりするまで、各国ともに、日炉理坂に手を出さないよう』と。……理由は、まあ、ノビさんにも見当がつくでしょうが……」

ここに、皮肉な現実がある。

はっきりといってしまえば、《It》の完成により『獣《けもの》の数字』が出現し、黙示録《もくしろく》の預言通りに世界が悪魔《あくま》の王国と化すことを、もっとも望んでいるのは、他ならぬ『聖書を信じる者たち』なのだ。

なぜなら黙示録には、その続きがあるから。

聖書にて預言者は語る。『獣の数字』を名に持つ反救世主──『黙示録の獣』は、確かに悪魔の力で世界を支配するだろう、と。

しかし、『黙示録の獣』による悪魔の支配は、四十二ヶ月しか続かない。

その後に世を訪れるのは、神の使いによる最後の審判《しんぱん》。

黙示録は語る。悪魔の支配は続かずに、やがて神の怒りである『七つの厄災《やくさい》』を携《たずさ》えた『七人の御使《みつかい》』が、『獣の王国』とそれに従ったものを撃《う》ち滅ぼすと。

そののち、地に神の王国《ミレニアム》が再臨《さいりん》し、千年の繁栄を約束すると。

──つまり『獣の数字』の完成は、神を信じる者たちにとって『神の王国』が現れる前兆でもあるのだ。

むしろ待ち望むべき状況なのだ。

よって、たとえそのためにどれほど世界が混乱し、犠牲《ぎせい》が出ようとも、彼らは気にしないだろう。その結果『神の王国』が降臨《こうりん》するなら。そのために、自分たちが死ぬことすら恐れないだろう。聖書は約束してくれているのだから。『神の王国』において、殉教者《じゅんきょうしゃ》たちはよみがえり、千年のときを御子《みこ》とともに支配する、と。

極論すれば、聖書を疑わず盲信《もうしん》する者たちにとって、『獣の数字《けもの》』が現れるのを邪魔《じゃま》するものこそ神の御心《みこころ》に反する『悪』となる。

「いってしまえば、『法皇庁《ほうおうちょう》』のお達しに逆らうことは、神の意思に背を向けることと同義ですからね。手を出すなといわれてしまえば、そう簡単には動けません。とはいえ、もしも預言が本当なら、『獣の数字』の完成は世界の――現秩序の崩壊《ほうかい》をもたらすものであり、それを座して放っておく、というのもどうでしょう？　それに、世界のすべての人間が『法皇庁』の信じる神をあがめているわけでもありませんし、むしろそうでない者たちにとって、『唯一神《ゆいいっしん》の王国』なんてものこそとんでもない話です。とはいえそれの邪魔をするのは悪魔《あくま》の味方をすることかもしれないわけで、――いちばんいいのは、『代行者』なんて存在が消えてなくなることですが――」

「でしょうねぇ」

「……とはいえ、それも結局は、将来に問題を先送りにしているだけのことで――」

はっきりいってしまいますとね、ノビさん。

私は、これをチャンスだと思っているのですよ。

なにしろ『代行者』が日本人で、舞台が日本ですからね。

『案件六百六十六』を、日本にとって有利な形で終わらせる、我《わ》が国にとってこれ以上を望むべくもないタイミングだと。

……そう、悪魔に世界を支配されるのも困りますが、唯一神を信仰していない、なんて理由で裁かれるのもごめんこうむりたいところです。『唯一神の千年紀《ミレニアム》』なんてもの、八百万《やおよろず》の神がおわす我が国で認めるわけにはいきません。――信じる者を留め立てすることはできませんが、信教の自由は断固確保しなければ。

そして、先ほどもいいましたけど、私たちは、『悪魔』という存在を、宗教的な絶対悪とは考えていないのです。

――『神』というものが唯一絶対の善だと思わないように」

「なるほど、まさに現代の日本人らしいですね」

「ええ。なにしろ正真正銘《しょうしんしょうめい》現代の日本人ですから。で、まあ、ずばりいってしまいますと、

……これはまだ、オフレコですよ？　私たちは――」

内緒話《ないしょばなし》をするかのように声を潜《ひそ》めて、大隈《おおくま》は、いった。

「――六百六十六番目の《知恵の実》の完成を、支援してもいい、と考えていたりするのです」

「……ほほう」

「……もちろん、まだ方針を決定しているわけではありません。なにしろ私たちは『案件六百六十六対策機関』の『設置』を『準備する』ための組織ですからね。ですからこれは、まあ、いまはまだ、ひとつの可能性だと思ってください。そういう道も取りうる、ということで。

私たちは、聖書の預言を頭から信じてはいませんし、悪魔を悪とも決めつけていません。

だから、落とし所はきっとある、と考えています。

もっとも理想的なのは、《知恵の実》が完成しても世界に何事も起こらずそのままの日々が続いていくことですが、それは無理だとしても、『反救世主』のやりすぎを抑《おさ》え、世界に与える影響を最低限に抑える手段はきっとある、と——

ただ、『代行者』のサポートをすると決めたとして、はたしてどうするべきか？

ノビさんもお気づきでしょうが、現在、日炉理坂《ひろりざか》ではさまざまな思惑《おもわく》が入り乱れています。《It》の完成にしても、まず、あなたと堂島《どうじま》くんすら文字通り意思の統一ができていません。『堂島コウ』を手伝う舞原家《まいばるけ》にせよ、今回舞原家をかばうような行動をした『夕日を連れた男』にせよ、その思惑は別のところにあるでしょうし、『イブ候補』だってさまざまです。《ピンホールショット》の事件を演出した謎《なぞ》の何者かもいますし、——そういえば、『天狗面《てんぐめん》の男』なんてのもいるそうではないですか。

よくもこう複雑になってしまったものですが、ここが重要なところです。

——たとえ目的は同じだとしても、それぞれの思惑が違う以上、選択によってはとんでもない事態を引き起こしてしまうかもしれない。

ならば、たとえ『代行者』の味方をすると決めたとしても、私たちはだれの味方をするべきか？

だれと手を組めば、もっともいい形でこの状況をコントロールできるのか——

さまざまなデータを検討した結果、私たちは、一人の候補を選びました」

「それが、――あなたの妹、の振りをしている悪魔《あくま》の少女、『堂島《どうじま》アトリ』嬢《じょう》です」

「……」

「ですから私たちは、ぜひとも彼女の協力を得たいと思っているのです。そして、ようやく先日、非常に苦労しましたが――、舞原家の監視《かんし》を抜けて、彼女と接触《せっしょく》することができましてね？

まあ、まだ会えただけで、全面的に信用していただくまでにはなっていないのですけれど。

それで、頼まれましてね？

もしもあなたを見つけたなら、教えてほしい、と。

場所をいえないなら、せめて元気かどうか。日炉理坂《ひろりざか》の堂島くんと同じように落ち込んでいたら、元気づけてあげてほしい、と。――心配していましたよ？　あなたのことを。世を儚《はかな》んで――あるいは冬月日奈《ふゆつきひな》のために、『もっとも罪深き手段』を選ぶのではないかって。まったく――悪魔とは思えないほどいい子です。

ああ、この点を勘違《かんちが》いしないでいただきたいのですが、彼女は堂島くんや舞原家を裏切《うらぎ》っているわけではありません。

舞原家でも、あなたについてはなかなか難しいところがありましてね？　だからこそ、アトリ嬢《じょう》は私たちを頼ってくれたわけです。むしろ頼らざるを得なかった、というべきでしょうか。できうるならそれで終わらないように、ここからいい関係を構築したいところですが、――とにかくまぁそういうわけで、舞原家《まいばるけ》や堂島《どうじま》くんには秘密にしてもらっていますが、彼女が裏切《うらぎ》った、というわけではないのでそこのところは誤解のないようお願いします。――それだけ、彼女はあなたのことを心配している、とご理解いただければ。

と、いうわけで、ここまでがお知らせ、ここからがお願いなのですが――」

んん、と空咳《からぜき》をしたのち、大隈《おおくま》はあらためて、ノビに向き直った。

「なにか、あなたからの伝言をいただけませんか？　アトリ嬢に伝えるための言葉を。できれば、彼女を、いい感じに元気づけられるような――

……もちろん、居場所を教える許可をいただけたらそれがいちばんありがたいのですが、さすがにそれは――ダメですよね？」

「……そうですね、居場所を教えるのは、ちょっと勘弁《かんべん》してほしいですけれど――」

困ったように笑いながらも、ノビは、言葉を濁《にご》した。

打てば響くようだったこの少年が、口ごもるとは、と大隈は少し驚いた。

冗談《じょうだん》で応《こた》えることもなく、口もとからもニヤニヤが消え、どこか戸惑《とまど》ったような表情を浮かべて考え込んでいるノビ。

話の途中《とちゅう》で自分たちがアトリと接触《せっしょく》していたことには気づいていたはずだが、それでも不意打ちだったのか。冬月日奈《ふゆつきひな》の件について話していたときですら、こんな素の様子を見せることはなかったのに。

しばらく考えたのち、ノビは、いった。

「……じゃあ、こう伝えてください。おれのことは心配するな、近々、おれから会いに行くから、と」

ノビの言葉に、本当ですか？　と大隈は勢い込んでたずねる。

「会われるのですか？　それはきっと喜びますよ！　どうです？　もしもその気があるのなら、私たちにセッティングをさせていただけませんか？　できうる限り希望に添ってみせますよ？

舞原家に知られぬよう、細心の注意を払って——」

「いえ、気持ちはうれしいですけれど、今回は、遠慮《えんりよ》させていただきます。

——それぐらい自分たちだけでできる力がなければ、これからだって、困りますし」

そういったノビの表情は、今日見た中でもっとも真剣なもので。

大隈は、それ以上食い下がらなかった。

おそらくここらが潮時《しおどき》だろう。

手ごたえはじゅうぶんにあった。

あとは、ゆっくり、焦《あせ》らず、進めればいい——

5.

帰り際。

玄関《げんかん》で革靴《かわぐつ》を履《は》きながら、大隈《おおくま》は、告げた。

「一応、忠告しておきます。……もしかしたら、気づいていらっしゃるかもしれませんが——

現在日炉理坂《ひろりざか》には、非常に奇妙《きみよう》な現象が起きています。

単なる《知恵の実》の能力の発動ではない——少なくとも二種以上の《知恵の実》が同時に使われている可能性があります。《知恵の実》と《廃棄品《ロスト》》ではなく、現役の《知恵の実》が、二種以上」

「一度に二つの《知恵の実》が、契約されていると?」

「それも、同一人物によって——これまでそういう事例は見つかっていませんが、おそらく、あなたの事例と同じように、現在の所有者が、ルールのグレーゾーンを利用した結果、それが可能になったのではないか、と私たちは見ています。……あるいは、あなたの事件に関わったものと、同じ人物かもしれませんね。そこらへんはわかりませんが——

……とにかく、秘密裏《り》に会うのは無理だと感じたら、いつでも連絡を。──そう、それと、もうひとつ」

先ほど渡した名刺《めいし》の裏《うら》に、私への連絡先を書いておきましたので。

靴を履き、見送りに着いてきたねねに礼をいって靴べらを返し、大隈は、あらためて振り返った。

「……あえていいますが、私たちが、アトリ嬢《じょう》に協力することにしたのは、彼女こそ、今回の『案件六百六十六』の鍵《かぎ》ではないか、と感じているからです。

……少なくとも、これまでの『代行者』に、彼女のような存在は、いなかった。

それをいうならあなたのような『代行者』も、いませんでしたが」

「……」

「私たちは、こう考えているのです。……もしもあなたが、何者かの手によって《Ｉｔ》を完成させるためにつくられた『代行者』であるのなら、──それがルールに認められたというのなら──

そのルールを利用できるのは、人間だけではありません。

ルールとして認められた以上、悪魔《あくま》もそれを利用できる。

だとしたら、あなたと同じように、『彼女』もまた、《Ｉｔ》を完成させるため、悪魔側によってつくられた存在であるのかもしれない」

「……」

「……その可能性があるからこそ、状況をコントロールするためのもっとも近い道筋として、私たちは、できる限り彼女の協力を得たいと考えています。……そしてできれば、他の人たちにも彼女の味方をしてほしい、と」

「なるほど」

「……あなたがこれから、どのような道を歩むつもりかわかりませんが、——そのことを、心にとめておいてください」

では、また機会がありましたら、と頭を下げて、大隈《おおくま》は、ドアを開き、玄関《げんかん》を出た。

そのまま歩いていきかけて、——すぐにきびすを返し、玄関に下りて見送ろうとしていた三人に、向き直る。

好きな映画『刑事《けいじ》コロンボ』ばりに、ああそうそう！　といいながら。

「あの！　もうしわけない、本当に、重ね重ねすみませんが、——できればもうひとつ、お願いがあったのですが！　こちらはできれば、でいいのですけれど——」

「いえいえなんでもいってください。聞くだけだったらただですし。——なんですか？」

「よろしければ、教えてもらえませんか？　あなたがどんな《知恵の実》を生み出すつもりなのか。……もちろん、死んだ恋人を生き返らせるための《知恵の実》であることはわかっています。ただ、それがどういう形のものなのか。どんな『アイテム』にするつもりなのか

——さしつかえなければ。……できれば、ヒントだけでもけっこうですので——」

ダメで元々の質問だったので、答えが得られなくてもよかった。

大隈が知りたかったのは、その問いへのノビの反応だった。

『ザ・ワン』がブレインだった以上、『堂島《どうじま》コウ』は六百六十六というナンバーと『獣《けもの》の数字』

——聖書との関連について知っていたはずだ。

自分が、いわば倒されるための存在として『預言』に設定されていることも。

ならば、彼はどういう《知恵の実》をつくるつもりなのか？

必ず倒される悪者としての未来が待つ、そのあたりのことを、堂島コウはいったいどう考えているのか？

もしかして、祝福されぬ復活を行った者として、自分を犠牲《ぎせい》にするような『後ろ向きなこと』を考えてはいないか？　自身の生み出す《知恵の実》への反応から、そこらへんをうかがえないか——

ノビは頭を掻《か》きながら、答えた。

「……ま、それぐらいならいいでしょう」

「いやいや、——え？　いま、なんと？」

「今日はいろいろ聞かせていただけましたし、これからのことも考えて、特別出血大サービスです。でもいいですか？　オフレコ、というか当面は、あなただけの胸にとどめていてくださいよ？　あと、……あくまで、おれがおれのままで進めているのだとしたら、って話です。そのことを、お忘れなく」

「……いや、あの、ええと――？」

「おれがつくろうとしているのは、『――――』の《知恵の実》です」

一瞬《いっしゅん》、なんといわれたかわからなかった。

頭が、認識することを拒否していた。

ただただ、してやったり、というような表情を浮かべた少年の顔だけが、くっきりまぶたに焼きついて。

それはこの場を離れたあとも、しばらくは、大隈《おおくま》の脳裏《のうり》から消えなかった。

6.

「――大隈さん。無事、和歌丘《わかおか》を、――危険区域を抜けました」

声をかけられて、大隈はふと我に返り、車内を見渡し、自分が中山《なかやま》と合流し車に乗ってから、ずっと思索《しさく》にふけっていたことに気づいた。

いつもなら、たとえ中山に運転させていても、周囲の注意を怠《おこた》ったりはしないのだが——

中山がたずねた。

「だいじょうぶですか？　ずっと、心ここにあらず、といった感じでしたが」

「——ああ。ええ。そうですね。だいじょうぶです」

「……まぁ、だいじょうぶならいいんですけれど。……それで？　どうでした？　堂島《どうじま》コウ、ではなくて、ノビ・コーヘイの印象は」

「大した少年でしたよ。……そう、本当に、——あれは少年、ですね」

思わず口もとがゆるむ。

笑顔になるのを、とめられない。

ああ、本当に、大したやつだ。

預言がどうあろうとも、あの少年は、敗北するつもりも、犠牲《ぎせい》になるつもりもない。

《知恵の実》の『形』を聞いただけだが、断言していいだろう。

あの少年は、負けることは考えていない。

「……民主主義の成果、といったところですかね」

「は？」

「……いえ、こちらの話です」

奇妙《きみょう》な満足感にひたりつつ、大隈《おおくま》は、深く助手席に座り込んだ。

にやり、と唇《くちびる》を斜めにしつつ、考える。

『堂島《どうじま》コウ』とは協力できる。

ああいう《知恵の実》をつくろうとしているのなら、思想はともかく、妥協《だきょう》はできる。

問題は、堂島コウとノビ・コーヘイ、どちらを『主』とするかだが——

今日の話を理解したなら、ノビ・コーヘイと舞原家《まいばるけ》の間には、ちょっとした『壁』ができているだろう（完全な隔《へだ》てとはならないだろうが、仕切りぐらいでもじゅうぶん）。

そして、ノビ・コーヘイは、謎《なぞ》の力と助《すけ》っ人《と》を手にしてはいるようだが、組織力がない。

与《くみ》しやすいのは、やはりこちらのほうか——

——いや、そのまえに、ノビのお忘れなく、との言葉の通り、日炉理坂《ひろりざか》の堂島コウ《オリジナル》は、いまもノビ・コーヘイと同じ考えでいるのか？

いろいろあって、目標を変えたりはしていないか？

なにしろ日炉理坂の堂島コウは、いまだ立ち直っていないらしいのだから。ならば負の方向に思考が進んでいてもおかしくはない。どうにかして、そちらのほうも調べなければ。結果によっては選択肢《し》すらなくなることになる。

とりあえず、当面考えるべきことは——

中山《なかやま》くん、と大隈は、半ば独り言のように、呼んだ。

「……内閣の切り崩《くず》しを、早めます」

ええ？　と中山は問い返す。

「……いいんですか？　いざというときのスケープゴート、じゃなかったのですか？」

「そのつもりでしたが、こうなると、早急に権力が必要になるかもしれません。……ちょうどいいことに、安県《あがた》氏の発表のおかげで責任の所在が問われています。このときのために、うちは役立たずの擬態をしてきたのです。責任を取ってもらい、彼らには長く『別室』をバカにしてきたツケをまとめて払っていただきましょう。……さて、そうなると、どこの先生に働いていただくか。この際、舞原家とのパイプを考えて――」

さて、忙しくなるな――笑顔になることを抑《おさ》えられず、大隈は、ひとりごちた。

状況は、動き出した。

考えることも、やるべきこともいくらでもあって、そしてこれほど、やりがいのある仕事もないだろう。

なにしろ一国の浮沈がかかっているのだから。

そう、八百万《やおよろず》の神々が生きるこの国を、滅ぼさせたりはしない。

そのために、たとえ悪魔《あくま》と手を組むことになろうとも――

背もたれに深く身を預けると、案件六百六十六対策機関設置推進《すいしん》準備室室長は、思索《しさく》をめぐらせはじめた。

——一見眠《ねむ》っているようでありながら、戦いは、確かに行われていた。

# 第二幕／別れと出会いとひとつのおしまい

1.

「すまないね。こんなところまで来させて」

話しかけられて、ミニバンの助手席に座って窓の向こうを流れていく和歌丘《わかおか》の風景をなんとはなしにながめていた、日炉理坂《ひろりざか》高校の制服を着たメガネの少女――山本美里《やまもとみさと》は、運転席の男に首を振った。

「いえ。秘密にしてほしいのは、あたしだって同じですから」

二人の乗った黒塗《ぬ》りのミニバンが進むにつれ、周囲の風景は山深く人寂《さび》しいものになっていき、美里はあらためて思う。

和歌丘は――日炉理坂は田舎《いなか》なのだな、と。

山と自然に囲まれて、周囲の町との物理的距離も広く、だからこそ、吸血鬼《きゅうけつき》に侵略されたときも、長く発見されることはなかったのだろう。現在の日本には道路の設備や通信技術の発展により孤絶した土地などほとんどないような印象があるが、実際には、いわゆる『陸の孤島』などいくらでもあるのではなかろうか。物理的な意味でも、精神的な意味でも。

黒塗《ぬ》りのミニバンはどんどんと、郊外《こうがい》へ分け入っていく。

もっとも、自然の風景だけかと思えばそうでもなく、なにかの施設のあとや、電線が何本も延びた電信柱が山のところどころに見える。

男の話によると、かつてこの近辺には工業団地がつくられる予定があったとか。

「しかし、やはり近辺に川がない、というのがネックでね。工事は途中《とちゅう》で立ち消えになって、工場施設は中途半端《ちゅうとはんぱ》に建てられたまま残された。その一画を使わせてもらっているんだよ」

「……舞原家《まいばるけ》は知っているんですか？　その……」

「おれの存在は把握《はあく》している。もっとも、場所が場所だけに――隣県《りんけん》との境、さらにいうなら日炉理坂《ひろりざか》と日本との境界――という、いわば領域のグレーゾーンだから、よほどの問題を起こさない限りはだいじょうぶ。……あとは、やっぱり『部長』かな。もちろんおれ自身の利用価値も見込んではいるんだろうが、『部長』の知り合い、ということで見逃してもらっている部分は大きい。あの人には舞原家も一目《いちもく》置いているから――ああ、いまはもう『前部長』か、あの人には本当に、返しきれない恩がある」

「……朝比奈《あさひな》さん、のことは？」

「電話で話したことしかないが、『前部長』の推薦《すいせん》だったら文句はない」

知らぬ男と二人っきりで車に乗っている美里《みさと》に気を使ってくれているのか、男はなにくれとなく話しかけてきた。

年齢不詳《ねんれいふしょう》――おそらく二十代前半？　丸メガネに黒のジャケット、大柄《おおがら》で顔といわず手足といわず角ばったパーツを持った、まさしく四角という単語が具現化したような――失礼な話だが、この人ならほとんど特殊メークをしないで『フランケンシュタイン（の怪物）』をやれるだろう、というのが初対面の印象だった――怪しい風体《ふうてい》の男だったが、実際には、なかなか細やかな感性を持っているらしい。

自分が強面《こわもて》だということをよく理解しているのだろう、話し方も、一見ぶっきらぼうだが愛想《あいそう》はよく、少なくとも、こちらを怖がらせまいと腐心《ふしん》しているのがうかがえる――成功しているかどうかは別の話だが。

人は見かけによらないなぁ、と美里《みさと》はあらためて思う。

なにしろこの男、いかにも肉体労働が得意そうな外見をしていながら、その実『ハッカー』が本職であるというのだから。

その能力とコネを生かしていわゆる『何でも屋』をしているそうだが、本来得意なのはコンピューターのハッキングであるらしい。

ちなみに、『なんでも屋』は裏《うら》の仕事であり、表向きには服飾デザイナーを名乗っているという。

ともかく、男は自分のことを、『ハッカー』と呼んでくれ、といった。

『部長』にも朝比奈菜々那《あさひなななな》にも本名を教えているわけだから、別に名乗るのはやぶさかではないが、きみみたいな女子高校生は、なるべくおれみたいなやつのことは知るべきじゃない、と。

その一方で、ハッカーさん、と呼びかけると照れているような困っているような雰囲気《ふんいき》をまとうのだから（別に顔色等が変わるわけではないのだが、なんとなく——）、人間というのは本当にいろいろ難しい生物《いきもの》だと思う。

「ああ、ほら、見えてきた。あれだ」

いわれて目をやると、遠くに、青く塗《ぬ》られた屋根が見えた。

目を凝《こ》らす必要はなく、山の林道を通っていたかと思ったらたちまち風景が開け、そのままミニバンは道を外れ、屋根が見える方向へと丘を上っていく。

丘を上りきると、すぐに、周囲を網状《あみじょう》フェンスで囲まれた建物が見えた。

煙突《えんとつ》の立った工場のようなものを想像していたのだが、どちらかといえば倉庫だった。

二階建てぐらいの棟《むね》が四棟《とう》——ミニバンが近づくにつれ、自動なのかそれともほかにだれかいるのか、倉庫のシャッターが上がりはじめる。

男がおもしろがるように、いった。

「……ようこそ。おれの『秘密基地』へ。……ちなみにこの建物のなかに、日炉理坂《ひろりざか》とその外との境界線がある」

シャッターが上がりきるのを待たず、広い倉庫の中へと、ミニバンは進んでいった。

シャッターが鳴らす、錆《さ》びついてしわがれた音が、不穏を知らせる効果音のようだった。

2.

倉庫内は、確かに『秘密基地』の呼称にふさわしかった──『子供』のつくった秘密基地という意味で、だったが。

いろいろなものが乱雑に、規則性なく置かれている。

小物類は種類も数も限りなく、子供には買えないような大きなものもいろいろある。たとえばミニバンの前には、他に車が三台ほど、バイクが二台、自転車もあり、テレビで見たような電動の二輪車──セグウェイ、というのだったか──などもある。その隣《となり》には──

「……ああ、そのキックボードで倉庫間を移動するんだ。なにしろ広いから。……ちなみにその横に落ちているのは本物そっくりに見えるがモデルガンだから。とはいえ改造してあるから触《さわ》らないように。危なくないけど危ないから」

雑誌が束にされている上には、モデルガンらしきものや、機械的なゴーグルやら、──鉈《なた》のような巨大なナイフやら──その下にはフライパン？　その中にあるのは──手榴弾《しゅりゅうだん》？

観察することに危険を感じ、美里《みさと》は急いで男の後を追い、二階への鉄骨階段を上った。

が、男は一階から見えていた事務所らしき部屋ではなく、その奥へと進んでいく。

こちらへ、とうながされるまま突き当たりまで進み、ドアを開けて中へと入った美里《みさと》は、そのまま絶句した。

男に通されたそこは、寝室、だった。

それもただの寝室ではなく、女性の、それも子供の、むしろお姫《ひめ》さまの部屋?

穏《おだ》やかな黄土色《おうどいろ》の壁紙に、ふわふわに起毛された茶色の絨毯《じゅうたん》。

窓には白いレースのカーテンがかけられ、その外には観葉植物の置かれたベランダ。

部屋の中央にはこれまた白が基調の天蓋《てんがい》つきベッドが置かれ、その脇《わき》には簡素だがこじゃれたテーブルがクロスをかけられ置かれている。

ほかにも、豪華《ごうか》な花瓶《かびん》には花が生けられ、部屋の隅《すみ》には豪奢《ごうしゃ》なクッションと抱《だ》くのによさそうな小さなぬいぐるみと抱かれると気持ちよさそうな巨大なぬいぐるみが鎮座《ちんざ》しており、とにかく、そこは、倉庫とは別の世界だった。

少なくとも、横に立っているようないかつい男の世界ではない。

いちおう探してみたが、部屋の中にも周囲にも、だれかがいる気配はない。

それをいうならまるでホテルの一室のように、この部屋自体、だれかが使用している形跡《けいせき》も見当たらなかったが——

なぜいきなり、こんな部屋に通された?

我に返り、ぎょっとして、横の男を見上げて思わず距離を取る。

が、男はとくになにをするでもなく、むしろがっかりしたかのように、ため息をついた。

しばらくして、男は、口を開いた。

「……どうだろう、忌憚《きたん》のない意見を聞かせてもらいたいのだが、……この部屋、女の子的には、……その、あり、かな？　……いや、きみの反応から、なんとなく想像はつくんだが」

「……ええと、いえ、悪くはないと思いますよ？」

「……本当に？　そうは見えなかったが」

「いえ、その、一瞬《いっしゅん》びっくりしましたけど。落ち着いたら、なんていうか、セレブな気分を味わえそうですし、――ちょっと緊張《きんちょう》しそうですけど」

「緊張、か。……ふむ。……じゃあ、基本的には悪くない？　小さな女の子とかになら、喜んでもらえそう、かな？」

「……ええと、あたし的には、ですけど……」

正直にいえば慰《なぐさ》めが七割を占《し》めていたが、三割は本気で美里は肯定の答えを返す。

……ところで、聞き逃すところだったけど、小さな女の子、ってなに？

美里の視線に気づいたのか、なにかを考え込んでいた男は慌《あわ》てたように、首を振った。

「ああ、すまない。いきなりこんな部屋を見せて、混乱させてしまったなら謝ろう。実は、喜ばせたい女の子がいてね、その子のためにこんな部屋をつくってみたんだが、なにしろおれは男だから、これで喜んでもらえるかどうか、どうにも自信が持てなくて。同じ女性の意見を聞きたかったんだ」

「……はぁ」

「ちなみに、あのぬいぐるみは手作りだ。そういう仕事も請《う》け負っているのでご用命があれば――すまない。寄り道させて。それじゃ、事務所にいこうか」

姪御《めいご》さんでもいるのだろうか、なんとはなしに聞くのもはばかられ、男の後ろについていく。

結局、最終的に落ち着いたのは、一階から見えていた事務所のほうだった。やはり人影はなく、男がみずからソファに座った美里《みさと》にお茶を淹《い》れてくれた。

美里の対面に腰《こし》を下ろし、一息つくと、男は、いった。

「さて、それじゃあ、本題に入るまえに、最後の確認だ。ここまできてもらっていながらいまさら、と思うかもしれないが、それでもあえて忠告させてもらいたい。もう一度だけ、よく考えてみてほしい」

「……はい」

「ここから先は、危険な領域に踏み込むことになる。舞原家《まいばるけ》に知られたら、どんな反応があるかわからない。そして、三束家《みつか》も三鷹家《みたか》も確かに名家《めいか》だが、それでも、舞原家に対抗することはできない。はっきりいっておこう、もしも舞原家に敵《てき》とみなされたら、だれもきみを助けられない。――それはみークルも、おれだって同じことだ。だからこそ、秘密保守のために、こんな遠いところまでわざわざ出向いてもらった」

「はい」

「おれに関していうなら、おれには、覚悟《かくご》がある。だからこんな仕事を請《う》けている。むしろ、舞原家の目をかいくぐることはおれの生きがいといってもいい。だが、きみはそうじゃないだろう？　よく考えてみてほしい。本当に、これは必要なことか。……これぐらいならいいだろう、これぐらいならだいじょうぶ——そんなふうに考えてはいないか？　きみが舞原家の次代当主、舞原サクラと仲がいいことは知っている。が、だから大目に見てもらえると考えているのだとしたら、それはとんでもない考え違いだ。舞原家は、そこまで甘《あま》くはない。——だからこそ、あえてもう一度、問おう。

——きみに、覚悟は、あるのか？」

「——あります」

わずかな躊躇《ちゅうちょ》はあったが、美里ははっきり、いい切った。

いいだろう、と男は、うなずいた。

ひざに乗せていたファイルホルダーを取り、中から書類を取り出しながら、口を開く。

「では、報告するとしよう。三鷹家、——いや、きみから依頼された三件の調査は終了した。まずはいいニュースからいくか。第一の依頼だが、お探しの人物、海藤重彦《かいどうしげひこ》氏の生存は、確認できた」

男の口から出た言葉に、美里《みさと》は身を乗り出した。

「ほ、本当ですか？　いまどこに？」

「すまないが、そこまでは調べられなかった。どうやら、『夕日を連れた男』と呼ばれる——これはコードネームだと思われる——人物に保護されているらしい。だが、とにかく、無事は無事だ」

居場所はわからない、といわれてわずかに失望をのぞかせたが、それでも、美里は安堵《あんど》のため息をつく。

「……よかった……」

海藤重彦《かいどうしげひこ》。

吸血鬼《きゆうけつき》に襲《おそ》われた和歌丘《わかおか》の町にみずから乗り込んできて、美里らを助けてくれた人。

美里たちのためにみずから囮《おとり》をかって出て、それ以降、会うことはなかった。

死体が発見された、という話は聞かなかったが、サクラはそもそも興味を持たず（こういうところはサクラのよさだったりもするけど、大抵の場合腹が立つ）、舞原家《まいばるけ》はなにも教えてくれず、ずっと心配していたのだが——

「どうやら舞原家も、最近まで海藤氏の行方《ゆくえ》はつかめていなかったらしい。現在、なんらかの交渉がされているようだが、詳細《しようさい》は不明。——『夕日を連れた男』関連は舞原家でもトップシークレットでね、正直そのコードネームしかわからない。……きみには、なにか心当たりがあるのかな？」

「……なんとなく、ですが」

「…………そうか。じゃあ、次は二つ目の件。——すまないが、こちらは悪いニュースだ。きみのクラスメイトである葉切洋平《はぎりようへい》の居所だが、こちらについては、まったくつかめなかった。確認できたのは、彼が東京のボクシングジムにいる、といううわさはデタラメだ、ということだけだ」

「……そうですか」

肩《かた》を落とした美里に、男はメガネを光らせて、無表情に続ける。

「ただ、これだけはいえる。葉切洋平の失踪《しっそう》は、何者かの強制ではなく、彼自身の意思だというのは間違いない。周到に準備していた痕跡《こんせき》があるし、ご丁寧《ていねい》にも、失踪の翌日に届くよう、手紙が送られていた。ご両親と、あと世話になるはずだった東京のボクシングジムにも。筆跡《ひっせき》は彼のものだと断定されている。内容は簡単にいうならこうだ。やりたいことができたので姿を消す。やり遂げるまでは帰ってくるつもりはない。自分にはこうするしかない、だから、親不孝を許してほしい——」

「……その、やりたいことについて、は？」

「一切記述はなかった。ただ、妙《みょう》なことに、舞原家は率先して葉切洋平の失踪をかばっている。東京のジムに行った、といううわさの出所も舞原家のようだし、東京行きの切符を買って偽装《ぎそう》したらしいあとも窺《うかが》える。ご両親が出された捜索願《そうさくねがい》も、舞原家《まいばるけ》によって内々に処理されているらしい――以上のことから次のことが推測される。――おそらく、舞原家は葉切洋平《はぎりようへい》が失踪《しっそう》した理由を知っている。……ただ、こちらのほうは、舞原家が、というよりも、同じみークルの友人だということで、舞原サクラ、あるいはイハナが葉切洋平の頼みを個人的に聞き入れた、という可能性もあるから、……事件性についてはなんともいえないな。いってしまえば、単なる家出かもしれない」

「……葉切くんが、自分から……」

「ここから先に立ち入るのは、おれでは無理だな。むしろサクラの知り合いであるきみのほうが、安全に探れるかもしれない」

はい、とうなずきながら、……だったらやっぱり、朝比奈《あさひな》と木下《きのした》がいっていた通りだったのかと、美里《みさと》は嘆息《たんそく》した。

人騒《さわ》がせな、と思う反面、よかった、という喜びもある。

悪いニュース、といわれて身構えてしまったが、葉切洋平の失踪――家出？　は自分の意思によるものだ、ということがあらためて第三者の手で確認できたことはありがたい。それが事実だというのなら、無論、家出だって褒《ほ》められたことではないだろうが、それは葉切自身の問題であり、クラスメイトであるというだけの自分が踏みこんでいいことではないだろうから。

――海藤《かいどう》さんは生きていて、葉切洋平も、なにかの事件に巻き込まれた、というわけではないらしい。

ならば二人とも、生きている、ということで。

本当に、よかった――

しばし満足の余韻《よいん》にふけった美里が一息つくのを待って、男は立ち上がり、美里の前に書類を置いた。

「そしてこれが三つ目の件、吸血鬼《きゅうけつき》――いや、『ザ・ワン』事件の顛末《てんまつ》について調べたもの――正確には、国連の調査団により提出されたレポートの、抜粋《ばっすい》だ。もちろん、一般社会に公式に発表されたものではなく、本来、きみのような『表の人間』は知らなくてもいいものである、いわば『裏《うら》の世界』からの見解――

しばらく席を外すから、読むならこの部屋で目を通してほしい。

読むにせよ読まないにせよ、きみの確認をとったのち、その書類は焼却《しょうきゃく》する。もちろん、メモや写真を撮《と》るのも不許可だ。いいね？」

「はい」

「あと、悪いが、携帯は預からせてもらう」

「かまいません。どうぞ」

「すまない。では」

美里がカバンから取り出した携帯を丁寧《ていねい》に受け取って、会釈《えしゃく》をすると、男はドアへと向かった。

ドアを開き、退出する前に、あらためて、美里《みさと》を見る。

じっと机の上に置かれた書類を眺《なが》めている少女の様子は、躊躇《ちゅうちょ》しているようにも見える。

だが、おそらく彼女は目を通すだろう――

漏《も》れかけたため息をかみ殺すと、未練を振り切るかのように勢いよくきびすを返し、男は部屋を出て行った。

――それを確認し。

足音が遠ざかり、聞こえなくなるまで待って、美里はおもむろに手を伸ばし、書類に目を通しはじめた。

かつて自分が巻き込まれ、二人の友だちを失った、『ザ・ワン』事件の顛末《てんまつ》について。

『世界遺産《いさん》』として指定されていた吸血鬼《きゅうけつき》、――群体生命体、『ザ・ワン』。

《知恵の実》と呼ばれる魔法《まほう》のアイテムにより生み出された――あるいは廃棄《はいき》された《知恵の実》そのものだったのかもしれない――十字架《か》により倒されるために生まれたという、だれよりも神を求めていたらしい、存在。

そこに書かれていたことの多くは、事件中に鴨音木《かもねぎ》エレナ、事件後では木下水彩《きのしたすいさい》から聞いて知っていたことだった。

が、なかには知らないこともあった。

『ザ・ワン』はなぜ『世界遺産』だったのか。

『世界遺産』としての『ザ・ワン』は、どういうふうに扱われてきたのか。

日炉理坂《ひろりざか》を訪れることが、世界的にどういう意味を持っていたのか――

信じられないことに、『ザ・ワン』が和歌丘《わかおか》を侵食することは、『ザ・ワン』を送った側にとって、予定通りのことだったらしい。

知らないことの多くは、人間側の視点に立ったものだった。

当然だろう、美里や木下水彩が理解していることのほとんどは、『ザ・ワン』本人が説明したものなのだから。人間側の立場なんて、『ザ・ワン』が知るはずもない。

死なないはずの『ザ・ワン』は、滅びない存在だからこそ、和歌丘に送り込まれた。

その端末《たんまつ》が事件を起こすことを予測して、いまだ謎《なぞ》に包まれた部分の多い舞原家《まいばるけ》へのけん制とするために（それを行ったものは、軍事裁判にかけられすでに処分されたらしいが――）。

そのために、和歌丘は、あんな目に――？

――気がつくと、美里は泣いていた。

書類に落ちた涙滴《るいてき》を見て、メガネをずらし、強引に指で目尻《めじり》をぬぐう。

それでも、抑《おさ》え切れない思いがあった。

一度意識してしまうと、感情は嗚咽《おえつ》となって上ってきた。どうしようもなく涙を落としながらも、それでも、美里の心の一部は冷静だった。レポートを読み、事件を心に蘇《よみがえ》らせつつ、冷静に、自分のなかの感情を、見つめていた。

信じられない――こういう気持ちは、個人や、特定の物事にしか向かないものだと思っていたのに。

具体的な相手がいなければ、存在できないと思っていたのに。

でも、いま、あたしは確かに、感じている。

この書類を書かせた、――いわば世界のようなものに。抽象《ちゅうしょう》的な相手に。

ぐらぐらと、胸の奥が煮え立つみたいに、熱い鉛《なまり》の塊《かたまり》をさしこまれたみたいに――

これは、きっと、憎悪《ぞうお》、と呼ばれる感情。

――あたしはいま、確かに、憎しみを、感じている――

（――これが、『一般的』な、『ザ・ワン』事件の、すべて――）


――どれくらいの時間が経《た》ったのだろう。

ドアがノックされ、男がもどってきた。

「……だいじょうぶか？」

「はい。……どうも、ありがとうございます」

さりげなく、メガネの下の目をこすり、美里《みさと》は笑ってうなずいた。

「おかげで知りたかったいろいろなことを、知ることができました。……ありがとう。……ほんとに、本当に、……くだらない、レポートでした」

「……」

「世間的には、……いえ、裏《うら》の？　ですか、裏の世界じゃ、『ザ・ワン』はその『夕日を連れた男』が倒したことになっているんですね。『夕日を連れた男』が、『ザ・ワン』を倒した。だからこそ、だれにも倒せないはずの『ザ・ワン』は滅んだ。『夕日を連れた男』以外に『ザ・ワン』は倒せなかった。……そう、あの事件は、世界にとってそれだけのこと、……はは。ははは……」

冗談《じょうだん》じゃない、と心の奥でなにかが叫ぶ。

ふざけるな。と。

『ザ・ワン』を倒したのは『夕日を連れた男』、だって？

そいつにしか倒せなかったって？

だったら、あたしたちのしたことは、意味がなかったというのか――

――ふざけるな！

そんなこと、認めるわけにはいかない。

このレポートを書いた者は知らない。和歌丘《わかおか》でなにがあったのか。

三鷹《みたか》くんが、海藤《かいどう》さんが、稲吹《いなぶき》さんが、――子供たちが、どんな思いをしていたのか。

エレナが、唯《ゆい》が、どうして自分を犠牲《ぎせい》にしたか。

サクラだって、あたしだって、『ザ・ワン』だって、――みんなが、あの場で、戦っていた。

それなのに――

「……ふざけるな」美里《みさと》の思いはいつしか、言葉になっていた。「……『夕日を連れた男』でなければ倒せなかった？　ええ、それは本当かもしれない。普通のやり方では――あたしたちでは、『ザ・ワン』を消滅させることなんてできなかったのかもしれない。きっと、それが現実――だったとしても。

戦っていたのは、あたしたちだ。

戦っていたのは、和歌丘《わかおか》だ。

『ザ・ワン』を倒したのは、あたしたちだ。和歌丘を思う人たちが、みんなで和歌丘を救ったんだ。たとえ最後にだれが出てきてなにかをしたのだとしても、――それだけで、倒したなんて、いわせない。たとえ現実がどうだとしても、エレナと唯《ゆい》がしたことは、絶対にだれにも否定させない――

――そうじゃなければ、エレナが、唯が、報われない。」

差し出されたハンカチに（浅黄色《あさぎいろ》のかわいらしいものだった）、美里はまたも自分が泣いていたことに気づいて、受け取りつつも、さらに涙《なみだ》が止まらなくなった。

きっと、ためこんでいたものがあったのだろう。このレポートをきっかけに、それが堰《せき》を切ったのだろう。

しゃくりをあげる、山本美里《やまもとみさと》の内心を慮《おもんぱか》りながら、――一方で、男は疑問を感じてもいた。

……こうして涙を見せてはいるが、だからといって美里のことを、女々《めめ》しいとはまったく思わない。いやもちろん彼女は立派な女性だが。

彼女が見せた怒りは、むしろ彼女の強さを、そして覚悟《かくご》が本物であることを示しているといえるだろう。

――だが。

ならばその覚悟は、いったいなにに対してのものなのか？

美里が、『ザ・ワン』事件について知りたかっただけとは――もちろんそれにも覚悟は必要だが――どうしても、男には思えなかった。そのためだけに、ここにきた？　いやまさか。本当にそれだけなら、あとで三鷹家《みたかけ》に聞けばすむことだ。にもかかわらず山本美里は、三鷹家にまかせずみずから男に依頼した（もっとも、美里は知らないだろうが依頼料のほとんどは、三鷹家が出している）。自身で報告を受けることを望み、いかにみークルの紹介《しょうかい》とはいえ見ず知らずの男のいうままわざわざこんな郊外に来た。そこには、並々ならぬ決断が存在していたはずだ。

経験上、男は知っていた。

こういう場合、その仕事にはまだ続きがあるということを。

おそらく、彼女の目的はまだ達成されていないのだ。

山本美里《やまもとみさと》は自分に、さらになにかを依頼するつもりなのだ。

しかしいったい、なにを頼もうというのか。こちらができるのは事前調査と物資の調達くらいで、基本的に舞原家《まいばるけ》と敵対《てきたい》するようなことはしない。世界相手なんてもってのほか、そのことは、前もって伝えてあるはずなのだが——

しばらくして。

美里が泣き止《や》んだころを見計らい——男が勇気と共に差し出したハンカチを美里は普通に使ってくれて、それがうれしかった——あらためて携帯を返したのち、男は、たずねた。

「……さて、それでは、きみがよければこの書類は焼却《しょうきゃく》し、そのあとできみを三鷹家《みたかけ》まで送っていこうと思うのだが、……今回の依頼について、なにか質問はあるかな？　依頼の範囲でなら答えるが」

美里はうつむいて、男が差し出したハンカチを握《にぎ》り締めていた。

ひとしきりハンカチをにらんだ後、決心したように顔を上げ、いった。

「あの、海藤《かいどう》さんの安否とか、このレポートは、ハッカーさんがハッキングして見つけたものなんですよね？」

「……ああ。まぁ」

「あたし、ハッキングとか、そちらの方面はうといので、教えてほしいんですけれど、——ようするにハッキングって、舞原家に見つからないようにコンピューターを操作して、いろいろできるってことですよね？」

「……まあ、そうだ」

美里の口から出る『ハッカー』やら『ハッキング』という言葉になぜだか微妙《びみょう》な恥ずかしさを覚えつつ、うなずく男に、美里は、ためらいがちに、いった。

「……じゃあ、その、たとえば、なんですけれど——」

「——『舞原家に見つからないようにネットワークに侵入している存在がいたとして、それを、舞原家に見つからないように見つけること』は、できますか？」

ちょうど、恥ずかしさをごまかそうとお茶を飲もうとしていた男は、まだ飲んでいなくてよかった、と思いつつ、持ち上げた湯飲みをテーブルにもどした。

飲んでいたなら、噴《ふ》き出していたに違いなかった。

それほどに、美里の質問は、男の『注意』を引いていた。

3.

緊張《きんちょう》する、ということは、身体《からだ》ががちがちになる、ということで間違いはない。

だがそれは一方で、頭がストレスを感じている、ストレスを感じさせるなにかがある、ということに気づいている、という状態でもあり、さらにいうならそのストレスに対して身体が身構えている状態、いわば臨戦《りんせん》態勢である、ともいえる。

美里《みさと》がその言葉を口にした、その一瞬《いっしゅん》で、場の雰囲気《ふんいき》がどこか変わったことを、男と美里、両方ともが気づいていた。

正確には、先に『固まった』のは男のほう。

びくりと震《ふる》え、すぐに、なんでもなかったかのように湯飲みをテーブルにもどした男だったが、そもそも飲もうとしたお茶を飲まずにもどした時点で怪しい——そういう具合に膨《ふく》れ上がった疑心暗鬼《ぎしんあんき》は、相手の行動にさらに不審《ふしん》を抱《いだ》かせて、その結果、美里もまた、緊張した雰囲気をまとうことになった。

——一瞬自分の背後に送られた視線を、美里は、男がドアを見たのだと思った。

視線を外しただけではなく、この部屋における退路を確認したのでは、と。

一方で、男も美里が自分の緊張を感じ取り、身をこわばらせたことに気づいていた。

もともと、男はその控えめにいっても恐ろしげな容姿から、他人の視線に敏感だった（なにしろ男は基本的にはできうる限り、他人に——とくに子供には——自分を怖がってほしくない、と常々思っていたから）。もちろん、それは一般人に対してであって、敵《てき》が相手ならばまた別の話なのだが——

そして現在の問題は、まさにそこだった。

敵なら話は別なのだが——

互いの緊張を察知して、部屋の空気が緊迫しだす。

まだしもごまかそうとしている男に比べ、美里の変化は劇的だった。

その目に浮かぶ疑念を、隠《かく》そうとせず、動揺を見せた男をほとんどにらみつけている。

対して男は、なまじ頭が回るものだから、お茶をもどした行動が余計に不審《ふしん》さをあおったことに気づいてどう取り繕《つくろ》うか考えている。緊張をなんとか解くことを考えている——この時点で、最初の勝敗は決したようなものだったかもしれない。

あとで男は省みる。

いくら美里が女子高校生だったとしても、甘《あま》く見てはいけなかったと。

なにしろ相手は、吸血鬼《きゅうけつき》に立ち向かい、ついには倒した子供たちのひとりだったのだから。

男はなんとか落ち着きを取り戻そうとしながら、口を開いた。

「……ああ、すまない。ちょっと驚いてね。なにしろきみは、吸血鬼事件《きゆうけつき》の生還者《せいかんしゃ》だから——といってもほとんど死人は出て、——ああ、いや、すまない、不謹慎《ふきんしん》だな、ちょっと、動揺してしまっているけど、——ほら、お茶も飲めないくらいだよ？　——でもわかってほしい、おれもそのレポートで、吸血鬼の能力について詳《くわ》しいことは理解しているんだから。

——なんでも『ザ・ワン』は、ネットワークを支配し自在に操れたのだろう？

その力で、舞原家《まいばるけ》からおのれを隠し続けていたのだろう？

そのことは理解しているから、『ザ・ワン』と戦ったきみから、ネットワークに侵入している存在がどう、とか聞かされると、思わずどきっとしてしまうよ。……まるで、その、『ザ・ワン』がいまでも生きているのだときみが考えているような気がして」

美里《みさと》は、首を振った。

「…………このレポートにもあるじゃないですか。『ザ・ワン』は完全に消滅したって。『夕日を連れた男』という人はそのための手段を持っているんでしょう？　だったら、疑う理由はないと思いますけれど」

「いやもちろん、その通り、——だけど、やっぱり体験者であるきみの口から出るとね、どきどきしてしまうよね。……そのせいで、こんなに動揺していて、ほら？　手が震《ふる》えているよ。だから聞いてもいいかな——

『ザ・ワン』は完全に消滅した、と考えているのなら、――そういう存在を探せるか？　なんて、どうしてそんなことを、聞きたいのかな？」

美里は視線をそらすことなく、答えた。

「逆に聞きます。どうして、それを聞きたいんですか？　『ザ・ワン』について調べてほしいと頼んだときは、理由は話さなくてもいいっていってくれたと思うんですが。それがプロだって。なのにどうして今回は、聞くんですか？」

「……いや、それはその、……理由を知れば、なにか役に立てるかも、って――」

「ごめんなさい。聞かないでください。そして、できるかどうかだけ、教えてください」

「……そうだね、状況にもよるけれど……」

ごまかしの言葉を並べつつ、男は、自分の失敗を悟《さと》る。

話の持っていきかたが、よくなかった。

焦《あせ》って急いでしまった。もっと遠回しに、外堀から埋《う》めていくべきだった――

こんなこと、後から考えても仕方がない。

元々自分は、イケメン、とは到底いえないような風体《ふうてい》のせいでただでさえ怖がられやすく、荒事《あらごと》ならばともかくも穏《おだ》やかな交渉事は苦手で、だからこれまでは、みークル――『部長』に頼って仕事のつてを得てきたのだが、――それはともかく。

一度態勢を崩《くず》されてしまえば、立て直すことは難しい。

思わず、再びドアを見てしまう（そしてその仕草《しぐさ》に、美里《みさと》は敏感に気づいた）。

……問題は、ドアが少女のすぐ後ろにあることだ。

そして自分とドアと少女の間に、硬くて重いテーブルがあるということだ。

逆上した客が強引に襲《おそ》ってこられないように選んで置かれたテーブルは（なにしろ銃弾《じゅうだん》に対する盾《たて》として想定されているもの。もしもだれかがそのテーブルを蹴《け》り飛ばそうとでもしたら、その見かけによらない重さと硬さに大きなダメージを負うことになる）、その逆に対しても同じように作用する。つまり自分の行動の邪魔《じゃま》になる。さらにいえば、緊張《きんちょう》をみなぎらせている目前の少女は、がちがちに固まっているというよりもむしろいまにもはじけ出さんばかりの様子で、――たとえば、ここで彼女を確保しようとして、失敗してドアの向こうに逃げられてしまえば、――それでも倉庫の敷地内から逃がしてしまうことはないだろうが、怪我《けが》をさせずに捕《つか》まえるには面倒《めんどう》なことになるかもしれない――

――ってなにを考えているんだ、おれは。

荒事を考えるのはまだ早い。

ここはとにかく穏便《おんびん》に、情報を引き出すことを考えて――

「もっと、くわしい状況、を、話してもらえれば、判断も」

「とりあえず、できるかどうか教えてください」

――すでに状況が、にっちもさっちもいかなくなっていることを、ようやく男は、悟った。

たとえどう答えようと、美里はそれに礼をいい、用は済んだといわんばかりに部屋を出ていくつもりだろう。

帰りは送る、といってあったが、いまの彼女がはたして自分の申し出を受けるだろうか？　タクシーを呼ぶか、それとも三鷹《みたかけ》家に迎えを頼むか——どちらにせよ、こんな不審《ふしん》を持たれたまま彼女を帰すわけにはいかない。——自分のこれからのためにも。

どうにか『誤解』を解いて、彼女がなにを考えてこんな依頼をしてきたのか、どうしてこんな過剰な反応をするのか（確かに先に動揺したのはこちらだが、それにしたって普通ではない気がする）、いったいなにを知っているのか、本意を探らなければ——

——過剰、反応？

いや、確かに、彼女が体験してきた事件を考えれば、——友だちを二人も失ったことを思えば、異常な反応を見せてもおかしくない気はするが——

（……まさか、彼女は本当に、『ザ・ワン』についてなにかを知っているのか？）

（滅びたはずの『ザ・ワン』について、なにか、——推測というレベルではなく、なにかを確信しているのか？　だからこんなに動揺しているのか？）

（……それは、まさか……もしかして……？）

だとしたら、放ってはおけない――知らず、男は美里《みさと》を凝視《ぎょうし》していた。

男の視線になにかを感じ取ったのか、美里がたじろいだ。

一瞬《いっしゅん》弱気を表情に垣間《かいま》見せ、どこかいいわけするように、言葉をつむぐ。

「あ、あたしは、ただ、このレポートだけじゃ安心できなくて、本当に吸血鬼《きゅうけつき》は滅びたのかどうか、自分で確かめたかっただけ、です。それがおかしなことですか？」

「……いや？　うん。なるほどね。納得したよ」

ああ、確かに、おかしくない。

筋は通る。

美里の尋常《じんじょう》ではない反応を、考慮《こうりょ》に入れなければ、の話だが――

それまでと違う雰囲気《ふんいき》をまとうようになった男に気圧《けお》されたか、美里の表情はどこか弱々しい――むしろこの状況における年相応の少女らしい――ものになっていた。

……ならば、畳《たた》み込むならここだろう。男は決意した。

何気なさを装って、立ち上がり、それを見て美里は身体《からだ》をびくりと震《ふる》わせる。

気づかなかった振りをして、男はほがらかに、声を上げた。

「……まあ、とにかく、お互いに、落ち着こう。待っていてくれ。いま、お茶を淹《い》れなおすから。それでも飲んで気を落ち着けよう。――いい紅茶葉があるんだよ。おれはこう見えて、紅茶にはけっこううるさいんだ。――硬水と軟水って知っているかな？　その違いによる淹れ方とか――ちょっと手間がかかるけど、きちんと淹れた紅茶は本当に、おいしいから――」

いいながら、部屋の隅《すみ》、ティーポットと紅茶缶《かん》の納められた棚《たな》へと向かう。

距離的には美里から遠ざかることになるが、テーブル、という障害物《しょうがいぶつ》を間にはさまなくなることで、美里、あるいはドアへと向かいやすくなる。

そうだ、こうなったら、いったん身柄《みがら》を確保して、あとはそれから考えよう。

適材適所、いっそあいつにまかせるか――？

背中を向けながらも、男は注意深く美里の動きに意識を向けていた。

だから、突然美里が動き出したとき、男はすぐに対応できた。

――ただ、男にとって予想外だったのは、美里がドアにではなく、男に向かって走ってきたこと。

少女らしい弱気を見せていたため、逃げるとばかり決めつけていた相手と顔を付き合わせ、男は一瞬《いっしゅん》、パニックに陥《おちい》った。

それはほんのわずかな間のことだったが、しかし、視界を奪《うば》われるにはじゅうぶんだった。

まず、ぽかん、と頭に投げつけられたのは、お茶の入った、湯呑《ゆの》み。

季節柄《がら》、お茶はもう冷えていたし、打撃《だげき》の痛みは耐えられた――しかし動きは止められてしまい、その次に来たものがやばかった。

しゅうという音とともに顔になにかが吹きつけられ、とたんに目から激痛が走る。

さすような痛みが眼球に沁《し》みだし、ぶわっと涙《なみだ》があふれて目を開けていられなくなる。

舞原家《まいばるけ》でラインたちが使っている護身用スプレーだと理解するまもなく、男は床《ゆか》に倒れて転げまわった。

パニックからようやく抜けて、水差しで目を洗うことに思い当たったときにはすでに美里《みさと》の姿はなく、そこで男はようやく、理解した。

相手をただの、女子高校生だと思わないほうがいい、と。

和歌丘《わかおか》で修羅《しゅら》場《ば》をくぐった山本《やまもと》美里は、こちらが迷っている間にすでに、信じられない判断力で、こちらを『敵《てき》』と見定めていたのだと。

戦う決意をしていたのだと。

油断していた自分に対する腹立ちを感じる一方で、男は確信した。

山本美里——『ザ・ワン』事件の立役者、その内の一人だった少女は、『ザ・ワン』について、なにか情報を——それも想像ではなく確信レベルのなにかを——持っている。

それはどう考えても、いまの男の立場からは、見過ごせない情報だった。

4．

無骨《ぶこつ》な鉄骨《てっこつ》の階段を段飛ばしで飛び降りながら、美里《みさと》もまた、確信していた。

階段を上がる前に見つけた、無造作《むぞうさ》に放られていた『モデルガン』を拾いながら、思う。

あの男は、『ザ・ワン』について興味を持ち、探っている。

そしてきっと、あの男は、あたしがなにか知っていることに、気づいた。

あれはどう考えても、あたしの反応がまずかった。なんとかごまかして、その場をしのいでさえいれば——自分の性格でそんなことができたかどうかはともかく、警戒心《けいかいしん》も露《あらわ》な反応をしてしまったことにいまさらながら後悔しつつ、美里は周囲に目を走らせた。

フライパンのなかの、手榴弾《しゅりゅうだん》に手を伸ばし、思い直し——使い方がわからない以上、爆弾《ばくだん》なんか、自分の身を危険にさらすだけ——ナイフのほうを取る。

ずしりと重いサバイバルナイフに、よく考えたらナイフだってあたしに使えるものじゃない、と噴《ふ》き出しかけ（その後、よくそんな余裕《よゆう》があるな、と自分自身に呆《あき》れた）、モデルガンをポケットに突っ込んだ手で、手榴弾をも握《にぎ》り締め、そちらの軽さに拍子抜《ひょうしぬ》けした。

ナイフが重たかったからか、ずしりと重たいものを想像していた。

二階の事務所を見上げるが、動きはない。

一瞬《いっしゅん》、閉じたシャッターに向かって走りかけるが、思い直す。

入るときに見ただけだが、とても頑丈《がんじょう》そうなシャッターだった。

『秘密基地』というだけあって、それなりの備えがされているのだろう。

ならば、自分の力で開けられるものとはとても思えない。

なによりも、シャッターのある方面は出入り口のため障害物《しょうがいぶつ》になりそうなものがなく、二階からすぐ見下ろせる。階段から男が降りてきたなら、逃げ場なく追い詰められてしまう。

それだけは、避《さ》けなければ――

(――ほかに、きっと、出口はある！)

(どうにかして、逃げ切らないと――)

(――『MLN』について、――『ザ・ワン』の子供について、知られるわけにはいかない！)

いま、美里《みさと》が想像しているのは、自分が拷問《ごうもん》される場面。

たとえどんなに強く思い定めていても、たとえば爪《つめ》の間に針でも刺《さ》されたりしたら、それでも自分は黙秘《もくひ》を続けられる、なんて到底思えない。映画とかの主人公なら平気なのかもしれないけれど、きっと自分は痛みに負けてしまう――自白剤、とか使ってくれればいいけれど。

……いや違う、話してしまうくらいならむしろ死んだほうがいい！　――いや違う！　いまはとにかく落ち着いて、逃げることを考えるんだ、拷問とかされて隠《かく》していることをしゃべらされる前に――

とりあえず二階に対して死角となっている場所を探して、ナイフと手榴弾《しゆりゆうだん》を手に、美里は来るときに乗っていた黒塗《ぬ》りミニバンの陰へと向かった（階段の下も考えたが、二階の男の様子がわからなくなるのと、距離を離したいという気持ちから、ワンボックスタイプのミニバンの陰を選んだ）。

鍵はかかっておらず、ドアはあっさり開いた。

が、やはりというか当然というか、キーは抜かれている。

別に車を運転できるわけではないが――シャッターを上げるためのリモコンのようなものも見つからず――無意識にかなり期待していたのか、美里は失望のあまり全身から力が抜けるのを感じ、慌《あわ》てて自分を叱咤《しつた》する。

……だめだ、こんなことで、あきらめるな。まだまだこれからなんだから。

あたしは、吸血鬼《きゆうけつき》があふれかえった町で、耐えたんだ。

これぐらいのことで、心を折られたりなんか、絶対に、しない――

（――じゃあ、いま、あたしにできることは、なに？）

ミニバンの陰から二階を見上げつつ、美里はナイフと手榴弾《しゅりゅうだん》を置き、わたわたとたどたどしい手つきで、カバンから携帯を取り出した。

短縮ボタンを押して、耳に当て、——あらためて画面を見直して、ようやく表示が『圏外』となっていることに気づく。

それだけでパニックになりかかり、手を伸ばし、携帯を上に上げてみる。振り回す。が、やはり、アンテナの立つ様子はない。

ここが倉庫の中だから？　郊外だから？　それとも場所が悪いだけ？

お願い、だれか、だれか——出て！

《——残念ながら、携帯はしばらくつかえないよ》
突如、倉庫内に響き渡った放送に、美里《みさと》は飛び上がった。
《こいつのジャミング能力は、すでに実証済みだ。あのときはまだ、連続しての使用はできなかったが、こいつはさらなる改良型で、電力もここなら潤沢《じゅんたく》にある。……まぁ、そのせいでおれも外と通信できないから、援軍を呼べないけれど、それは別にかまわない。大事なのは、きみに外部と連絡させないこと、そして、しばらくはここから出さないこと——、ああ、違う、そっちじゃなくて、きみの後ろの柱の上》

いわれた場所にカメラを見つけ、反射的に、美里はモデルガンを取り出し構え、引き金を引いた。

が、銀玉であれBB弾《だん》であれ、弾《たま》が飛び出すことはなかった。引き金自体が固まって、動かなかった。

──もしかして、本当にただのモデルガンだったのか。

腹立ち紛《まぎ》れにカメラに向かって投げつけるが、壁に当たって乾《かわ》いた音を立てただけだった。

スピーカーが苦笑のような音を拾ったのを聞き、くやしさと、狼狽《ろうばい》に、涙《なみだ》がにじむ。

《──おいおい、確かにそれはモデルガンだけど、決して安くはないんだよ？　粗末《そまつ》に扱わないでほしいな。

……あと、ついでにいっておくけれど、手榴弾《しゅりゅうだん》も持ち出したなら、安心してほしい。そいつはフラッシュグレネード、まぶしい光を出しこそするが非殺傷、爆発《ばくはつ》することはないから。

……さて、それじゃあ、落ち着いて、聞いてくれ。お互いに、不幸な誤解があるようだからね。……最初にいっておくけれど、おれにきみを傷つけるつもりはない。ただ、知りたいだけだから。

──『ザ・ワン』について、きみはなにを知っている？

『ザ・ワン』の消滅を疑うような、なにかがこの地にあるというのか？》

「……知らない。あたしはなにも、知らない」

それは、男への返答というより独り言のようなものだったが、カメラの近くにマイクがあるのか、男は美里《みさと》の言葉に、答えた。

《……知らない、ということはないだろう？　でなければ、どうしてそんな反応をする？》

カメラをにらみつけ、美里は声を張り上げた。

「そんなの知らないわよ！　あんたのほうこそ！　なんでそんなに挙動不審《きよどうふしん》に知りたがるわけ！」

《……………挙動不審はお互いさまだ。だいたい、きみ自身がいっただろう？　安心したい、と。……『ザ・ワン』がまだ生きて、この町にいる、なんて可能性を提示されたら、とてもじゃないが、おれだって安心できない。知りたいと思って当然だ。違うか？》

「……」

《そして、ここにお互い誤解がある。きみを不安にさせたんだったら謝ろう。自分でいうのもなんだが、おれはこんな図体《ずうたい》だから、他人の誤解を招きやすいんだ。よく考えれば、おれたちの目的は同じのはずだ。――この町を襲《おそ》った脅威《きょうい》が、いまだに残っているのか知りたい、そうだろう？　でも舞原家《まいばるけ》には話せない、うん、当然だな。あれだけの掃討《そうとう》作戦を取ってそれでも根絶できなかったとしたら、次はどんな思い切った手を使ってくるかわからない。あいつらは、この町ごと焼却《しょうきゃく》ぐらい平然とやるだろうし。うん。だからきみが、自分の手で探したい、と考えるのは当然だ。友だちを二人も失ったなら、自分自身で探したい、仇《かたき》を討《う》ちたい、そう考えるのは当然だ――

だったらおれたちは協力できる。そうだろう?

よく考えてみてほしい。

きみは、おれに、――『なにか』を探してほしかったんだろう? だったら、――おれが探せば、やはり、おれも見つけることになる。結局おれの知るところになる。だったら、おれに話すのを拒《こば》む筋合いなんて、最初からないはずだ。そうだろう? そこのところを落ち着いて、考えてみれば、いまの状況がどんなに滑稽《こっけい》なものか――》

スピーカーから流れる声を聞きながら、美里は唇《くちびる》を噛《か》んでいた。

自身のバカさかげんに、本当に、泣きたくなって。

ああ、そうだ、滑稽だ。あたしはどうしてそのことに思い当たらなかったのだろう。

どうして頭から、信じ込んでいたんだろう。

男が、――他人が、ただ自分の手伝いに徹してくれる、なんて。

『MLN』に、興味を示したりはしない、なんて。

無意識に、押しつけたかったのかもしれない。仲間がほしかったのかもしれないし、だれかに話したかったのかも――だから考えなかったのか。その可能性があることを。

想定しておくべきだった。

仕事を頼んだ相手が、みずから『ザ・ワン』に興味を持つことを。

――持って、当然だ、なにしろ相手は普通ではない『吸血鬼《きゅうけつき》』なんだから。

男が『MLN』のことを知ったなら、危険だと考えても、あるいは利用できると考えても、おかしくない。なにしろ『ザ・ワン』自体が、『世界遺産』として人間にいいように利用されてきた存在なのだから（もっとも『ザ・ワン』自身も人間を利用していたわけだが――）。『ザ・ワン』に比べていまの『MLN』ははるかに弱く、御《ぎょ》しやすい存在だろう。

ならば危険な『ザ・ワン』すら利用していた人間が、『MLN』を放っておくだろうか？

たとえ利用は考えなかったとしても、――人間に害する吸血鬼を、放っておくだろうか？

――そのことに思い当たらず、ただただ依頼を遂行してもらえるとだけしか考えなかった――自分はどうしてこう、バカなのだろう。泣きたくなる。ずっと委員長なんかやっていたわりに、考えなしで、感情のままに行動して、さっきもあからさまに男に敵意《てきい》をぶつけてしまって、挙句《あげく》の果てはこのざまか――

自分が、吸血鬼――いや、『MLN』を探したいのは、退治したいからじゃない。

利用だって、絶対させない。

だから、『MLN』の存在を、だれかに知られるわけにはいかない――少なくとも、こんな怪しいやつには。

（――そうだ、あたしがまずすべきことは、『MLN』を見つけることじゃなくって、信じられる人間を探すことだったんだ）

でも、一度吸血鬼に襲《おそ》われているこの町に、吸血鬼を助けてくれるような人間がいるか？そういう点では、三鷹家《みたかけ》だって、木下《きのした》だって、本当のところはわからない――

《――な？　どうだろう？　おれを信じてくれないか？》

いいや、ダメだ――男の言葉に、美里《みさと》は首を振った。

たとえ朝比奈菜々那《あさひななな》に紹介《しょうかい》されたみークルのメンバーだろうと、学校で名高い三束元生《みつかもとなり》の友人だろうと、もうこいつは信じられない。信じるつもりはない。

『ＭＬＮ』を退治されるわけには行かないし、――そもそも、安心したい、というこの男の言葉はうさんくさい。自分を、いいくるめようとしている感じがぷんぷんにおう。本音は別にある気がする。

それになによりも、この男は、――この男がいまやっていることは――

決意をこめて、美里は、口を開いた。

「……『ハッカー』さん。もしも本当に、お互いに誤解しているだけだというんなら、あたしを、ここから出してください」

《……いや、それは》

「本当に誤解だっていうのなら、時間をください。あなただってわかるはずです。こんな状況で、あなたの言葉を信じられるはずがないって。今日はもう、無理です。

本当に誤解だというのなら、考える時間をください。

あなたがただ知りたいだけだというのなら、——個人的な興味なだけだというのなら、待てるはずです」

返事はしばらくなく、そのことから、美里《みさと》は最悪の想像をした。

やがて、やけに平坦《へいたん》になった声が、答えた。

《……残念ながら、ことここに至っては、それはできない》

「……」

《本当に、悪いとは思うが、——きみがなにを知っているのか、それを話してもらえるまでは、ここから出すわけにはいかない。だから——》

相手の言葉を最後まで聞かず、美里は笑い、いい切った。

「……それって結局、『そちらの事情』、ですよね。単純な『個人的理由』だけじゃなく、知らなければならない事情がある、ってことですよね。つまりあなたは、……だれかに、頼まれている？『ザ・ワン』について調査することを？

……あと、それって、……あなたを信じてあたしを任せた、みークル部長の朝比奈《あさひな》さんを——朝比奈さんに部長を譲《ゆず》った三束元生先輩《みつかもとなりせんぱい》の信頼を、裏切《うらぎ》る、ってことですよね？」

《……》

「違うんですか？　じゃあ答えて！　——援軍って、だれよ！　連絡ができたら、だれを呼ぶつもりだったのよ！　舞原家《まいばらけ》、じゃないわよね？　三鷹《みたか》くんたちでもない！　じゃあだれよ！

朝比奈さんたちみークルのメンバー？　信頼を裏切るようなことしておいて、そんなの呼べるわけがない！　だったら援軍って——いいえ、あなたはいったいどこのだれ！」

そうだ、この男は、援軍を呼べることを示唆《しさ》したのだ。

はったりではないとしたら、それは、つまり——これって短絡的《たんらく》だろうか——？

（——この人は、もしかして、どこかの国とか、組織の、——スパイ、なの？）

今度こそ、答えは返ってこなかった。

——どれぐらい、時間が経《た》っただろう。

怖《お》じることなくカメラを見つめていた美里の耳に、ようやく、声が聞こえてくる。

《——話は変わるが、きみには、持病のようなものはあるかな》

「……え？」

《健康面で、なにか不安を抱《かか》えていない？　ないならいいんだ。

……ところで、もうひとつ、教えてほしい。

きみはどうして、再び首を突っ込もうとする？

せっかく事件から無事に生還《せいかん》できたのに、もう『ザ・ワン』のことなんか放っておけば、こんな目に遭《あ》うこともなかったのに。……なぜ、あえてもどってきた？　きみには確かに、本物の覚悟《かくご》が感じられるが——なぜだ？》

「……ええ。そうね」

美里《みさと》は、自虐《じぎゃく》的な笑みを浮かべた。

確かに自分は、考えなしだったかもしれない。

だが、覚悟《かくご》はしていたはずだ。再び危険な目に遭《あ》う覚悟は。

「何回だって繰り返すわ。あたしはなにも知らない。だけど、もしもなにかがあるのなら、他人任せにはしたくない。ただそれだけ」

《……》

「だって、ただ待っていてもどうにもならないから。それが、あの事件で学んだことだから。

——何回だっていってやる。あの事件を解決したのは、『夕日を連れた男』なんてやつじゃない。舞原家《まいばるけ》でも——堂島《どうじま》コウでもない。あたしたちが、自分自身で立ち上がらなければ、『ザ・ワン』は、倒せなかった——あたしはそう、信じている。だからこそ、だれかの助けを待つんじゃなくて、あたしは動く。自分の手で、自分の足で。

運命なんて、神さまなんて、——都合のいい正義の味方は信じない。

だから、他人任せにして逃げる、なんてこと、できない」

《——堂島コウを、知っているのか》

「……あなたも知っているんだ？　じゃあ、やっぱり、あなたは、『ザ・ワン』の件に深く関わって——」

美里の詰問《きつもん》をさえぎって、男の問いは、続く。

《──ここから逃げて、そしてどうなる？　舞原家の助けは得られないんだろう？　三鷹《みたか》家を巻き込むか？》
「……」
《気づいているか？　きみの依頼のおかげで、三鷹家の立場は微妙《びみょう》になっている。というか、きみの依頼の代金を支払ったのは三鷹家だ。そのことをおれがリークすれば、舞原家は動くだろう。ましてそのためにきみが危険に陥《おちい》ったなら、舞原サクラは三鷹家を、許さないだろう。きみのためにこんなに尽力してくれている三鷹家に、きみは迷惑《めいわく》をかけるのか？》
「……それは」
《そんなこと、やさしいきみにはできないだろう？　だったらやはり、ここから逃げられても、もはやきみに逃げ道はないんだ。だから──
悪いようにはしない。そのことは、約束しよう。
きみが話してくれたことは、だれにももらさない。あとはきみさえ忘れれば、だれも、きみを責めたりはしない。いいか？　きみは実によくやった。本当にここまでよくがんばった。でもきみは、ここまでしかできない、普通の人間──一般人、なんだよ。だからもう、ここまでいいんだ。しかたがないんだ。だからいいんだよ？　すべて忘れて、もう普通の日常に、もどっても──》

「――あたしは、なにも、知らない」

三鷹《みたかけ》家に、迷惑《めいわく》をかけることになるかもしれない。

木下《きのした》にも、朝比奈《あさひな》にも。――サクラにも。

でもきっと、みんなは、――あの事件を一緒にがんばってくれた人たちは、あたしがみんなを理由に逃げたことをこそ怒るだろう。

それを怒ってくれるだろう、――そう、信じたい。

思い出すのは事件の最中《さなか》。サクラに平手打ち――いいや、殴《なぐ》られたときのこと。

あのときのサクラは本当に、怖かった。

あのときサクラは本気で、サクラを理由に逃げ出した、あたしのことを、怒っていた。

逃げるのは、いいのだろう。それしかできないときもある。ストラグル・フォア・イグジステンス――ライオンのように、シマウマのように、戦い方は人それぞれ。

でも、理由が間違っていた。だからサクラは怒った。

――もう二度と、あんなサクラに怒られるのは、ごめんだ。だから――

「何度だっていってやる。あたしは・なにも・知らない。いいかげん、しつこいわよ」

――しばらくして。

ため息が、スピーカーを通して聞こえた。

《……だったら、悪いが、おれはこれからきみを『確保』する》

「……」

《なに、手荒なことはしない。ここは秘密基地だといったろ？　それも、おれがつくったおれのための基地。だから、おれは自分でこの場所を守らなければならないし、そのための設備も整えてある。……たとえば、暴徒が基地内に侵入してきたときに備えての、『麻酔《ますい》ガス』、とかね。

痛みはない。ただ、この広い倉庫にいきわたらせるため、けっこう強力なものを使っているんだ。だから最初に聞いたのさ。健康上の問題は、ないかって》

「……！」

《……きみにそういう顔をさせたくなかった。……いまだって、できれば使いたくはない。いかに麻酔ガスとはいえ、安全性についての保証はできないからね。

……だから、あらためて、通告する。

きみの覚悟《かくご》は立派だが、事実上、きみにはもう、なにもできない。

だから、せめて、抵抗はやめて、安全に『確保』されてくれないだろうか——？》

「だから、せめて、抵抗はやめて、安全に『確保』されてくれないだろうか――？」

ようやく痛みの治まった目をしばたたかせつつ、男はディスプレイに映った少女に勧告を行った。

# 5.

内心、舌《した》を巻きながら。

この少女は、本物だ。

確かに、経験が足りていないかもしれない。

浅慮《せんりょ》なところがあるかもしれない。

戦力なんてまさしく皆無《かいむ》――だがそれは、年齢《ねんれい》を考えれば当然だ。女子高校生だということを差し引くのならむしろ大したものだろう。そんなところは問題ではない。

驚嘆《きょうたん》すべきはその判断力と、度胸。

そして、――戦うことへの、覚悟《かくご》。

裏《うら》に関わる仕事柄《がら》、男は、人間性、あるいは精神性、といったものに重きを置いていた。

人間は急場、土壇場《どたんば》にこそ、その本性が現れる。

曲げられぬ己を知ることになる。

そしていま、土壇場にいる山本美里《やまもとみさと》は、まさしく尊敬に値する相手。

どんな経験をすれば、こんな判断ができるのか——武器もなく、ただただこちらをにらみつけてくる姿は自暴自棄《じぼうじき》のように思えなくもないが、——いや、そういう認識はあらためたほうがいいだろう。この相手は、博打《ばくち》に逃げない本物だ、と。

少なくとも、さっきの彼女は自分より、ずっと『覚悟』を決めていた。シリアスに。

ふう、と大きく息を吐《は》き、男は、口を開く。

「……そうだ。あらためていっておこう。さっき援軍、といったけど、正しくは、友人だ。きみはおれがどこかの組織に属しているのかも、と思っているかもしれないが、それは誤解だ。舞原家《まいばるけ》はもちろん、いまのところおれはどこの国の組織にも属していない。これは本当だ。『ザ・ワン』について知りたいのは、……だれかに頼まれたから、というわけでは決してない。だから安心してくれ、さっきはああいったが、あれはきみの覚悟を試しただけで、三鷹《みたか》家のことをリークするつもりはない。おれたち自身にも不利益なことになるからな。

そして、——ああ、そうだ。確かに、きみのいうとおりだな。シリアスに考えていなかった。

おれがいま、していることは、みークルへの、裏切《うらぎ》りだ」

美里にそれを指摘《してき》されるまで、あえて目をそらしていた。

だがもう、自覚した。

美里《みさと》よりも遅かったが、覚悟《かくご》も、決まった。

そう、山本《やまもと》美里はただの女子高校生ではない。

その親友は舞原家《まいばるけ》の次代当主であり、友人でありかつて『ザ・ワン』の事件で共に戦った同志でもある木下水彩《きのしたすいさい》はみークル現部長の親友であり、さらに四季老家《しきろうけ》の一、三鷹《みたか》家とも昵懇《じっこん》にしている。

たとえ彼女自身は普通の一般人であっても、山本美里の影響力は一高校生の持つものではなく、日炉理坂《ひろりざか》においては計り知れないものがあるのだ。

そんな少女を拘束《こうそく》し、情報を吐《は》かせようとしているのだから、自分はもうこの日から、安全ではいられないだろう。

——少なくともみークルはもう、名乗れないだろう。

いまからでも許しを請《こ》うて、ごまかすか——？

美里が、つぶやくように、たずねた。

《……三束元生《みつかもとなり》は、あなたにとって、恩人なんでしょう？　なのに裏切《うらぎ》るの？》

ああ、そうだ。『部長』はおれに、おれの力を奮《ふる》える場所を、与えてくれた。

いま、自分がこうしていられるのは、『部長』という人がいたからこそ。

が——

「……それでも、おれは、見つけたんだ。かなえたい、夢を」

《……夢》

「ああ。だから、裏切り者と呼ばれても、しかたない。おれは、――おれがようやくおれの手で、見つけた夢を、諦《あきら》めることはできないから。……ああ、『部長』は確かにすごいやつだ。天才で、そして大恩がある。あの人のためなら死んでもいい、と本気で考えたことさえある。年下だけど、おれじゃとても勝てない、と思わされる、『最強の人』。……だが、しかし、それでも――」

《……》

「あの人のことは嫌《きら》いじゃない。本当に、尊敬している。あの人に出会えて本当によかったと思うし、みークルの一員だったことを誇りに思う。――それでも――

『部長』自身もわかっているはずだ。

あの人は、正しすぎるんだ。

正しすぎて、自由がないんだ。あの人と一緒にいると、やるべきことが決まってしまって、……それしかなくて、でも、それじゃ――

おれは、おれは、おれだって、男なんだ。

善も悪も正しさも、そういうこととは関係なく、おれはおれだけの人生を、生きたいんだ。負けたくないんだ。あの人にも、だれにも。せっかく手にした夢を、野望を、かなえたい。

「……せめて自分の人生では、おれ自身が舵《かじ》を取りたい」

そのために、みークルを、あの人を敵《てき》に回しても——

そうだ、おれはとっくの昔にそのことを、覚悟《かくご》していたはずだった。

なんでこんな話をしてるのか？　男は笑う。

きっと自分は、笑われてもいい、引かれてもいい、軽蔑《けいべつ》されてもいいんだ。

ただ、自分という人間を、誤解だけはしてほしくないんだ、この、尊敬できる相手に。

自分の抱《いだ》いた覚悟だけは、わかってもらいたい——

「いま、おれは、そのためのチャンスを手にしている。——そして、だからこそ、きみが知っている『なにか』を知らないままにしておくわけにはいかない。

——いいや、正直にいおう。

その『なにか』によっては、きみ自身をそのままにしておくわけにはいかなくなるかもしれない。たとえそのために、みークルや舞原家《まいばるけ》を、——この世界そのものを敵に回すことになるのだとしても。——なぜならその情報は、さっきいった、おれの友人たちにとって、害悪となるかもしれないから。

……だからおれは、覚悟する」

《……あたしだって、譲《ゆず》れない。だから何回だっていう。

——あたしは、なにも、知らない》

美里《みさと》の言葉に、男は笑ってうなずいた。

ああ、そうだ、もうおれたちは、土壇場《どたんば》にいる。

そして本性は曲げられない。

「——ああ。だから、交渉はこれが最後だ、あとはせめて、きみが知るその情報が、大したものではないことを祈《いの》るだけ——

そして、そのときのためにも、きみには抵抗せずに捕《つか》まってほしい。

こんなことというのは偽善《ぎぜん》かもしれないが、——おれは本当に、きみを傷つけたくない。そしておれも繰り返すが、きみにはもう、おれの『麻酔《ますい》ガス』に対して、なにも打つ手はない。抵抗する手段はないんだからな」

実をいえば、『麻酔ガス』、というのはハッタリだった。

麻酔ガス自体は、確かにある。

だがそれはこの事務室だけで、倉庫には仕掛けられていない（さっき紅茶を淹《い》れようとしたのは、実はそのガスを作動させるためだった）。

にもかかわらず、あえてハッタリをかましたのは、美里に抵抗は無駄《むだ》だと知らせるため。

これで投降してくれればいいが、してくれなかったそのときは、ダミーとして消火剤《ざい》を噴出《ふんしゅつ》させたのち、みずから確保に向かうしかないだろう。

そうなったら、どれほど気をつけていても、怪我《けが》をさせる可能性は高い。

たとえ甘《あま》いといわれても、油断しているといわれても、できれば傷つけたくない。

でも、もはや、見逃せない。

たとえ不確定な情報がもとであろうとも、ちょっとした行き違いからであろうとも、お互いに、相手の前で、もはや譲《ゆず》れぬものを背負ってしまったのだから。

どちらにせよ、もうこの基地とはさよならか──

「……ありがとう。あらためて、覚悟《かくご》を自覚させてくれて」

答えのないディスプレイに、最後通告を送り、男は、スタンガン（かつて《タイムタイム》の事件で使われたタイプと同じもの）を握《にぎ》り、他の装備を腰《こし》へと差した。

煙幕《えんまく》代わりの消火剤を、噴出《ふんしゅつ》させようとして──

美里《みさと》が、ぽつりと、いった。

《……あたしのほうこそ、ありがとう、話してくれて。……できれば聞きたくなかったけど》

「……ああ」

《これでもう、本当に、あたしもあとには引けなくなった。だから、……あえて、いうわ。

これは警告かもしれないし、挑発かもしれない。

逃げられるうちに、あなたは逃げたほうがいい。

……ストラグル・フォア・イグジステンス──あたしの戦い方では、加減はできない、から。

そして、あなたのことを聞いてしまった以上、あたしもあなたをこのままに、しておくわけにはいかない。

だから、いまからあたしは『トウワカ・ツイツイ』に、なる》

――トウワカ・ツイツイ？

言葉の意味を探ろうと、山本《やまもと》美里の顔を見て。

男は、息を呑《の》んだ。

ディスプレイに映ったそれは、高校生の少女がしていい顔ではなかった。

遠目にもわかる――いいや、遠目だからこそなのか――陰影に彩《いろど》られたそれは、なにかを踏み越えてしまった顔だった。もはや後戻りできない決断をした顔だった。

あの事件を乗り越えたことでそんな顔をするようになったのだとしたら、それはむしろ心的《P》外《T》傷後ス《S》トレス障《D》害の域ではないか？――だから男は戦慄《せんりつ》し、思わず視線をそらした。

さらに、少女の言葉が、続く。

《あと、もうひとつ。さっきの質問だけど、あたし、あったわ。健康上の問題――》

え、と顔をもどした男は、ディスプレイの映像に、絶句する――

《――あたし、いま、すっごく出血してるんだけど、麻酔とかしてだいじょうぶ？》

赤く塗《ぬ》られたサバイバルナイフを持った、少女の制服は、腹部から下がだくだくと、赤いなにかで染められていた。
《……あれ？　ちょっと、失敗……した？》
驚愕《きようがく》に目を見開いた、男の前で、ほうけたように、つぶやくと。
少女は、ゆっくりと、おのれが流した赤色のなかに、座りこんで――
倒れた。

6・

ドアを開き事務所を出たとたん、異臭《いしゆう》を嗅《か》ぎ取ったように思った。

気のせいだと、直前の映像のせいだと決めつけつつ、階段を駆《か》け下り、大きく迂回《うかい》してミニバンの影が見える位置へと向かう。

カメラを介《かい》さず実際に見て、胃が縮こまった。

山本美里《やまもとみさと》は、赤い血だまりのなかに、うつぶせに、倒れていた。

流れている血の量が、明らかに尋常《じんじよう》ではない。動脈を傷つけたとしか思えない。

一刻を争う事態、かもしれないにもかかわらず、男は用心深く、倒れた少女に近づいた。

美里の右手はいまだにナイフを握《にぎ》り、左手は、うつ伏せになったおなかの下に隠《かく》れている
——腹部を切ったということなのか。

男はゆっくり近づいて、まず、壁の近くに落ちていた『モデルガン』を取った。

安全装置を確かめて、ほとんど無意識に、中に入っていた弾丸《だんがん》を抜く。

薬室の中まで確認しつつ、男の目は、自分がいま踏みしめた赤色を、ながめる。

靴《くつ》だけではなく、モデルガンにも、ついていた。

それは、本物の血だった。舐《な》めるまでもなくわかった。

染料などではない、本物の、生命の証《あかし》。

それが、倉庫の床《ゆか》に広がって、その中に、山本美里は倒れている。

「——山本さん！」

意を決し、モデルガンを遠くに投げると、男は声をかけながら、美里のそばに駆《か》け寄った。

ひざを落とし、ナイフを取り上げ放り投げ、美里の身体《からだ》を抱《だ》き起こす。

抱き起こされると同時に、美里の隠れていた左手が、男に向かって、伸びた。

しかし男は苦もなくそれを受け止めて、力をこめ、美里が握り締めていた携帯を、放させる。

美里はもがいたが、フランケンシュタインの怪物、という第一印象を抱《いだ》いたほどにいかつい
男がびくとも動じないのを知ると、やがて抵抗を諦《あきら》めた。

ほうっ、と大きく息を吐《は》き、男は唇《くちびる》を湿《しめ》らせる。

「……まったく、焦《あせ》らせないでくれ。……心臓が危うく止まりかけたよ」

美里《みさと》は無表情に、つぶやいた。

「止まればよかったのに」

「……いや、しかし、本当に、びっくりした。惜《お》しむらくは、君に人体の知識がなかったことだな。あいにくおれは紅茶だけでなく、その手のことにも詳《くわ》しくてね。止血法だってお手の物だ」

いいながら、男はわずかに遠慮《えんりょ》を見せたのち、美里の腹部に手を当てた。

制服の下から、ナイフで裂《さ》かれたのだろう血液パックを探し当て、空になっているそれを見て、ため息をつく。

「……最近の女子高校生は、こんなものを持ち歩いているのか?」

「ええ。流行《はや》っているの。あと、女子高校生っていうの、やめて」

「……なるほど。流行っているのか。なるほど、自分自身の血なのか。これなら、怪我《けが》したときも安全だな。怪我した振りにもつかえるし。……ははは。なるほど、おもしろい」

男は笑い、次いで真剣な表情になり、あらためて美里を見つめ、たずねた。

「……なぜ、血液パック、なんてものを持ち歩いている?」

「……」

「普段から血液パックを持ち歩き、さらに、おれに頼んだこと——まさか、きみは、確信どころじゃなくって、——知っているのか? 答えてくれ! ——きみは、まさか——

「……おい？　きみ？」

男の詰問など知らぬげに、美里は、どこか遠くを、見ていた。
やがて、ゆっくりと、唇《くちびる》を開き、自分を抱《だ》き抱《かか》えている男の耳に、ささやいた。

「……サメは、二キロとか離れた距離からでも、血のにおいを嗅ぎつける、って本当かな」

「いや、正確には、距離ではなく薄《うす》さの問題で、――なに？」

「……よくわからないけど、本当なら、それはきっと、広い海では簡単にエサが取れないからよね。だから、ちょっとしたにおいでも嗅《か》ぎ取れるんだ。生きるために――
……だから、思ったの。
とくにだれかが吸血された、なんて事件は聞かないし、――きっとあの子も、エサを取るのに苦労しているだろう、って」

「……ま、待て。待て待て、……待ってくれ」

「……あなたはいった。しばらく通信が使えないって。だったら普段は使えるんだ。
それが使えなくなったなら、それはきっと、この町を覆った『ネットワーク』に『穴』が開いたようなもの、よね。
もしもそれを不思議に感じたなら、きっとあの子は、近くに――そして」

――この血を、あたし自身の血を、――あのこが覚えていてくれたなら――」
美里《みさと》の口からこぼれる言葉に、男はほとんど悲鳴を上げる。
「いや！　待ってくれ！　ちょっと！　それは――」
――もしかして、おれは、とんでもない、勘《かん》違いを――？
戦慄《せんりつ》に震《ふる》えた男の耳に、ガラスの割れる音が聞こえた。
ぎざぎざ、と身体《からだ》を硬くこわばらせ、男は、二階を見上げ。
――そこに、人影を見つけた。
白い肌《はだ》。
銀の髪《かみ》。
そして、赤い、瞳《ひとみ》――

「……来てくれたんだ、エム・エル・エヌ」

美里の言葉に答えるように、赤い目をした全裸《ぜんら》にマントの――しかしメガネはつけていた
――少女は、二階から躊躇《ちゅうちょ》することなく、一階へと飛び降りた。
まったく重さを感じさせない動作で、軽やかに、着地して。
じっと、男と美里を見つめてくる。

男はごくりと息を飲み、抱《だ》き起こした美里《みさと》の顔を見た。

そしてようやく、諦観《ていかん》とともに、先にディスプレイで見た、彼女の表情を理解する。

——あのとき彼女は確かに、おれに向かって引き金を、引いたのだ。

文字通り、加減の効かぬ、引き金を。

そう、——すでに弾丸《だんがん》は、放たれている。

聞いて、と美里は、うたうように、告げる——


「——このヒトは、あなたの正体を探る、敵《てき》——」


「待て！　違う！　誤解——」

男に皆までいわさず、白い少女ははらりとマントを落とし、走り出した。

まっすぐ自分に向かってくる、銀髪《ぎんぱつ》の『弾丸』の姿に、男は、奇妙《きみよう》に穏《おだ》やかな気持ちになった。

殺さないで、と腕《うで》の中で美里が叫んだ気もするが、どうでもいい。

ただ、その存在を思い出し、そっと、美里を腕から放す。巻き込まぬよう。

白い少女を受け入れるかのように、ゆっくり両手を広げる——


——くぉ・ら・らららららららららららららららら——

疾走《しっそう》からの、相手の膝《ひざ》を踏み台にした見事な膝蹴《げ》り——それは、シャイニング・ウィザードと呼ばれる技かもしれない——を、少女は男にぶち当てた。

硬い膝頭《がしら》ではなく腿《もも》を当ててきたことに、少女のやさしさを感じつつ（それでも威力はかなりのものだが）、男はその場に、崩《くず》れ落ちた。

——しかしそれでも容赦《ようしゃ》せず、少女はさらに男へと、ストンピングをかます。

めったやたらに踏みつけて、消えかけていた男の意識を強引に取り戻させると、少女は男の髪《かみ》をつかんで無理やり土下座《どげざ》の態勢にさせたのち、美里に向き直った。

おそるおそる、美里は少女に、声をかける。

「あ、……あの？　エム・エル・エヌ……」

少女は首を振った。

「エム。いまはまだ、エムとよぶ。ちゃんをつけてよんでもいい」

「……え、エム、ちゃん……？」

エムと名乗った少女は、ぺこり、と頭を下げた。

「すまない。ミヤチがめいわくかけた」

美里は半ば呆然《ぼうぜん》として、頬《ほお》を押さえつつ身体《からだ》を起こした男とエムに、交互に視線を送った。

声を震《ふる》わせながら、質問する。

「……あの、エム、は、このヒトのこと、知っているの？」

「ミヤチはノビのともだち。ノビのキンをオサツにするひと。……そして、エムにかわいいふくをくれるひと、……ようふくやさん、……だった」

顔を上げていた男は、少女の「ようふくやさん」に傍目《はため》にもわかるほど顔を輝かせたのち、「だった」の部分でがくりとうなだれた。

おそるおそる、男もたずねる。

「……では、エムちゃんも、山本《やまもと》さんと、知り合い……なのか？」

今度もうむ、とエムはうなずく。

「ヤマモト・ミサトはエムのとてもたいせつなひと。いいにおいで、エムにいのちをくれたひと」

今度こそ、男はその場に崩《くず》れ落ち、美里《みさと》は思わず泣きたくなって、レンズの下で目もとをぬぐって、立ち上がる。

と、エムは、美里から大きく距離を取った。

「……え、エム？」

明らかに警戒《けいかい》している少女の態度にショックを隠《かく》せぬ美里の声に、エムはきょとん、と首をかしげ、たずねる。

「……ミサトがさいきんこのまちに、きていることは、しっていた。いったいなぜ、ここにいる？」

責めている調子はなく、ただ純粋に問いかけてくる様子が、美里の胸を締めつける。

はぁ、と息を吐《は》き、大きく深呼吸をすると。

ミサトは、意を決した表情で、いった。

「あなたに、謝りたかったの」

「……あやまる？　なにを？　ミサトはエムに、なにかしたのか？」

「……ううん」

——その逆だ。

あたしはなにも、していない。

そう、なにも、してこなかった——

ゆっくりと、むしろ自分に聞かせるように、美里は、話し出す。

「……あのね、また、クラスメイトが一人、消えたの。

……といっても、そちらのほうは、心配しなくてもよさそうなんだけど——」

「……？」

「でも、そのときは、ショックだった。そして、気づいた——ううん、思い出したの。——一人も友だちを失って、『ザ・ワン』の事件でじゅうぶんに、思い知っていたはずなのに——

あたしたちの日常は、簡単に、崩れ去る。

ずっと続くと思っていたものは、実はあっさり奪われる。

絶対のものなんてなく、悪魔《あくま》や狼男《おおかみおとこ》や吸血鬼《きゅうけつき》が存在し、大切なものは、失うまでは本当の価値がわからない――」

いまならわかる。日炉理坂《ひろりざか》高校の有名人、堂島《どうじま》コウの気持ちが。

妹を宇宙人にさらわれる、というのがどういうことか。

世界は絶対ではなくて、ある日突然宇宙人／吸血鬼がやってきて、理不尽《りふじん》に、大切なものを奪っていく。

それは絵空事《えそらごと》ではなく、他人事《ひとごと》でもなく、いつか／いつでも、自分の身に起こること――

だから、他人に任せていてはいけない。

自分自身で、戦わなければならない。

たとえなにもできなくても、――それでも後悔したくないのなら、精一杯、自分なりのやり方で。

「……だから、あなたに謝りたかった。――あのとき、あなたに血を与えておきながら、手を伸ばせなかったことを。あなたの手を、つかまえられなかったことを――」

――さよならを告げてしまったことを。

エムは首をかしげた。

「べつに、あやまるひつようはない。エムとミサトは、すむせかいがちがう」

「違わない！」

声を上げて否定して、美里《みさと》は、首を振った。

「違わないの！　そう、違わないでほしかった。あなたは人間じゃないけれど、それでも人間と、仲良くしてほしかった——そのくせに、あのときあたしは、願うだけですませてしまった。自分にはそれしかできないと、本気で信じて、結局、ほかのだれかに任せようとした。……あなたに名づけ、一人ぼっちじゃないって、人間と仲良くしてっていいながら、あたし自身が手を伸ばすことをしなかった——

それこそ、きっと、最初にあたしがするべきことだったのに。

あたし自身がまず手を伸ばし、あたしたちは仲良くすることができるって、証明するべきだったのに。

なのに、あたしは、なにもできないって、逃げた——

——そのことを、ずっと、後悔していたの。

だからあなたに、謝りたい。……そして、許してもらえるのなら、あらためて。

あたしと友だちに、なってほしい」

いい終えて、もう一度深呼吸をすると。

美里は、そっと、手を出した。

差し出された手を見つめ、エムはわずかに後ずさりして、いった。

「……でも、ミサトはいっぱんじんだ。エムといると、きけんだ」

「ううん。そんなの関係ない。あたしが、お願いしたいの。危険でもいい。それでも。——あたしはあなたと友だちに、なりたい」

いつの間にか背後に回っていた男が、やさしくエムの背中を押して。

エムは、そのまま美里《みさと》に抱《だ》きついた。

——気がつくと、周囲は暗くなっていていて。

肌《はだ》寒い空気の中で、それでも少女の身体《からだ》は確かに温かく。

美里は、——ようやく満たされたものを、感じた。

7.

「……本当に、すみませんでした。……宮知《みやち》さん。あたしが、早まっちゃったばかりに——」

「いや、いいんだ。おれのほうも余裕《よゆう》がなかったし。それにおれは、うれしいんだ。きみみたいな女子高校生が、エムちゃんの味方でいてくれるなんて」

黒塗《ぬ》りのミニバンを運転しながら、男——宮知直輔《なおすけ》は本当にうれしそうで、でもシャイニング・ウィザードとやらをくらった頬《ほお》は見事に腫《は》れ上がっていて、後部座席に座る美里はますま……なにしろ自分が焦《あせ》ってしまったせいで、こんなことになったのだから。

——というか、自分のとった手段は、宮知を、殺していたかもしれないのだから。

エムが自分を守るために、人間を殺していたかもしれない——その可能性があることを承知の上で、美里はあの決断をした。

それは、どうとりつくろうとも言い訳のできない汚《きたな》い手段だったと理解している——ほかに方法を考えつかなかったのだとしても。ほかに選択肢《し》はなかったのだとしても。

自分は、人間よりもエムを守ることを選んだ——それも、エムの手を汚《よご》させてでも。

美里はそれを自覚している。

自覚して、『引き金を引いた』。

しかし殺されかけたことに気づいていないはずもないのに、宮知という男がそれを気にした様子はなくて、美里は、やっぱり変わった人だと思うと同時に、救われてもいた。

自分の決断を、理解してもらえた気がして。

アドレナリンでテンションが高まったのか、痛々しい顔に笑みを浮かべて、宮知はいろいろ話してくれた。

「……じゃあ、宮知、さんが、いっていた、夢って、……エムの写真集を出すこと、なんですか？　本当に？」

「ああ、そうだ。これ以上ないってくらい本気だよ。エムちゃんとノビの了解も取った。すべてが終わったら全面的に協力してくれる、ってな。いまでもけっこう撮《と》りだめてあるし、……ああ、あの珠玉《しゅぎょく》の数々を、世に出せるときが楽しみだ――」

「………冗談《じょうだん》じゃないんですね」

「もちろんだ。当然ながら真剣にやる。一世一代の仕事のつもりで――そしてこれまた当然ながら、写真集は、世に出さなければ、見てもらわねば意味がない。それがすばらしいものであればあるほど、むしろ義務といってもいい。……だから、おれが彼女の写真集を出すときは、彼女が自身の存在を、隠《かく》さなくてもよくなったときだ。……それが、おれの、野望、だよ」

……本当に、宮知直輔《みやちなおすけ》という人は変わっていると思う。みークルの一員だけのことはある。

一方、件《くだん》のエムは、美里《みさと》が用意していた血液パック――中身は美里自身の血――を飲みながら、美里のひざの上で本を読んでいた。

車の中で本を読むのは酔《よ》うから止《や》めろというのだが、酔う、というのがわからないのかきょとんとした顔を見せるだけで、読み続けている――平然とした顔をしているから、三半規管《さんはんきかん》が丈夫《じょうぶ》なのか。

時おり美里によりかかり、よんで、とねだってくるのがかわいらしく(なぜだか読んでいる本は、『プロレス必殺技大全』という題名の、プロレスの技を解説しているものだった)、美里はなるべく感情をこめ、体重はへそに乗せて投げる、とか読んでやった――なんだこれはと思いつつ。

ちなみに現在、エムは、裸《はだか》ではなく服を着ている。

正確には、ぬいぐるみを着ぐるみのように着込んでいる。

帰る段になって、素肌《すはだ》にマントとメガネしかつけていなかったエムに服を着せるため——そしておそらく、エムの機嫌《きげん》を取るため、宮知は、最初に美里をつれていったあの部屋をエムに見せたのだ。

エムは思った以上に、喜びの感情を露《あらわ》にした。

ただし、天蓋《てんがい》つきのベッドではなく、隅《すみ》に置かれたぬいぐるみに対し。

くお・ら、と声を上げながら、エムはぬいぐるみに飛び掛かり、首をもぎ、手をもぎ足をもぎ、腹を割《さ》き白いワタをちぎり出した。その大喜びように、美里たちは言葉をなくした。

結局エムは、大小さまざまなぬいぐるみにあますところなく暴虐《ぼうぎゃく》の手を加えたのち、現在はみずから巨大なぬいぐるみの内臓と化して満足げ。

狙《ねら》いはともかくエムに楽しんでもらえて、ぬいぐるみの製作者はいわくいいがたい表情を浮かべていたが、それはともかく。

よかった、と、美里は、ひとりごちた。

「……でも本当に、……よかった。エムが、ひとりぼっちじゃなくって。……宮知さんだって、エムのことを守ろうとしてくれたから、あんなに怪しく挙動不審《きょどうふしん》だったんですよね？」

「……ああ、まぁ、……そんなに怪しかった？」

「本当に、ありがとうございます。それに、――その、エムを保護してくれている、ノビさん、ってどんな人なんですか？」

「……ええと、説明が、難しい、かな」

「やっぱり、みークルの人ですか？」

「……ああ、そんなようなもんだな」

どうにも歯切れの悪い返事だが、きっと、いい人に違いない、美里《みさと》はそう確信する。

そうでなければ、エムがこんなに楽しそうな――無表情だけど、楽しそうに違いない――様子でいられるわけがない。

エムにおねがい、と乞《こ》われ、現在ミニバンは、美里がアリバイを頼んだ三鷹《みたか》家ではなく、ノビ、なる人物の家へと向かっていた。

美里を紹介《しょうかい》したいらしい。

ついでに、ノビ、という人を驚かせたいらしい。

連絡を入れようとした宮知《みやち》だったが、エムにとめられ、やめた。

いたずらをしかけよう、というくらいにコミュニケーションが成立しているのだから、きっとその人も、悪人ではないだろう。もしかしてエムを利用しようとしているかもしれないが、――少なくとも、『それだけ』の人ではないだろう。宮知さんだっているんだし。

ほっとしつつ、思う。

やっぱり、――たとえ吸血鬼《きゅうけつき》でも、受け入れてくれる人は、いるんだ。

人間と『MLN』は、一緒にやっていけるんだ。

だから、あたしも、がんばらないと。

なにしろエムは、『ザ・ワン』の子供というだけでなく、鴨音木《かもねぎ》エレナと神名木《かんなぎ》唯《ゆい》、そして三輪方遼子《みわかたりようこ》の忘れ形見《がたみ》でもあるのだから。

いまのエムを見れば、きっと昇《のぼる》くんも、木下《きのした》だってわかってくれると、思える。

もう、手を放したりはしない。

絶対に、守ってみせる――

「……その、ノビさんにも、お礼をいわないとね。エムを好きになってくれて、ありがとう、って」

美里の独り言に、エムがうなずく。

「うむ。そうしろ。エムもノビをすきになった、ありがとう」

エムの頭を撫《な》でる美里に（エムは、表情こそ変えなかったが、それでも満足げだった）。

……ためらいながら、宮知が、いった。

「……あー、そのことで、話があるんだか」

「なんでしょう？」

「……山本《やまもと》さん。きみの心は純粋で、それはとてもすばらしいことだと思うんだ。……ただ、やっぱり、もう少し、落ち着くことを覚えてもいいとも思う。視野狭窄《きょうさく》はあまりよくない。なにかあっても、頭に血を上らせて感情のまま動くのではなく、まずは冷静になって——」

「……あの、本当に、さっきはすいませんでした」

「いや、そうじゃなくて、……おれのことじゃなくって、できれば、ノビと会ったとき、いまの言葉を、念頭においてほしいというか——」

「……？」

やがて、黒く塗《ぬ》られたミニバンは、五階建てのマンションの前で止まった。

オートロックのマンションのエントランスは、エムが近づくと勝手に鍵《かぎ》が開き、開いた。

エレベーターも同様に、すでに一階で扉《とびら》を開いて待っており、これもエムの能力なのか？　こんなこともできるのか？　と思わず感嘆してしまう。

四階で降り、三人は、三号室へと向かった。

鍵は開いていて、インターフォンを鳴らすこともなく、エムは美里《みさと》の手を握《にぎ》り、ずかずかと玄関《げんかん》を上がっていく。

「ただいま。エムだ」

エムの名乗りに、キッチンと部屋を区切ったドアの向こうから、声が答えた。

「おお、おかえり、エム。今日は早かったな」

——あれ？　いまの声、聞き覚えがあるような——？

美里が怪訝《けげん》な顔をした後ろで、宮知《みやち》がなぜか大声を、張り上げる。

「エムちゃんだけじゃないぞ！　お客もいるぞ！」

「てめえなんか客じゃねぇよ。おまえみたいなのはたかりっつうんだ、たか……」

エムに引っ張られ、部屋に入った美里の姿に、聞き覚えのある声は中途《ちゅうと》で止まった。

そして美里もまた、固まった。

目の前に、男がいる。

ベッドの上に。

ベッドには女性が座っていて、そのひざを枕に、男が寝ている。いかにも親密な感じで——いや、それはいい——いや、よくないが——それはともかくそこにいたのは——なぜか見覚えのある顔——あれは、ええと、だれだっけ——？

「……や、山本《やまもと》、さん？　なぜ？」

（——堂島《どうじま》コウ！）

名前を呼ばれて、とたんに脳が相手を理解し、その瞬間《しゅんかん》、視界が真《ま》っ赤《か》になるのを感じ——

気がつくと、美里は堂島コウに跳《と》び掛かり、その顔を、張り飛ばしていた。

「……あ、あ、あんた！　いったいなにをやっているのよ！」

激情に震《ふる》え上がりながら、いいつのる。

ぶたれた頬《ほお》を押さえつつ、堂島《どうじま》コウは、いまだパニックの真っ最中。

「え？　なに？　なにが？」

「……ノビもミサトになにかしたのか？」

「……こらエム、またどうして」

「シンゴ！　いいからおまえは出てくるな！　……あの？　山本《やまもと》さん？　ええと、おれが、あの、なにか？」

――周囲の状況も目に入らず、怒りに、そして悔《くや》しさに似た感情に、美里《みさと》は涙《なみだ》が出るのを覚え、震《ふる》えた。

うろたえている年上らしき女性までにらみつけ、再び堂島コウに視線をもどし、叫ぶ。

「……あ、あ、……あんたね！　あんたは、あんたって人は、本当に――」

「いや、だから、ちょっと落ち着いて――」

「――あんたはサクラと付き合っているんでしょ！」

「――はい？」

「それなのに、――公然と、イハナさんまで、っていうのも本当は、許せないのに、――それなのに！　あんたは！

──サクラとイハナさんだけじゃ足りないの！　このうえまだほかの女に手を出そうっての！　あんたいったい、どこの国の王さまよ！」

「──おれ、が、サクラ、と、……イ、ハ、ナ、ま、で？」

目の前の少年は、愕然《がくぜん》と、していた。

そのあまりに呆然《ぼうぜん》とした表情に、美里は、ようやく、頭が冷えていくのを感じた。

……あれ？　と思う。

そういえば、確か今日は、土曜の休み、ということで、堂島コウはずっと舞原家《まいばるけ》で、サクラとイハナさんといるはずで（なにしているかは知ったこっちゃないが、一緒にいるのは確かだ）、それを確かめて、あたしはこっそり和歌丘《わかおか》に来た、はずなのに──

──あれ？

気がつくと、周囲は静まり返っていた。

女性はうろたえており、エムはきょとんとしており、宮知《みやち》は額《ひたい》に手を当てて、──そしてたったいま殴《なぐ》ったばかりの相手は、──うわ、泣きそう？

「……あなた、堂島コウ、──よね？」

少年が答える前に、エムが、いった。

「違う。ノビはノビ。エムのわがせ」

その言葉のあとを継《つ》ぎ、少年が、笑った。

「……ええと、ただいま紹介《しょうかい》に与《あずか》りました、ノビ・コー、コー、……コースケと申します。スケはすけべぇのスケです。……ちくしょー！」

「……でも、あなた、……堂島《どうじま》コウ、でしょ？」

「そんな過去があったことは、否定はしない。……過去の話、だけどな！」

「……ええと？」

——ええ？

いや、でも、堂島コウは、こんなところにいるはずないし、ノビ、っていえば、確か、エムの恩人で、あたしはここに、その人に会いに来たはずで——

美里《みさと》をやさしく押しのけて、ノビ、と名乗った堂島コウ似の少年は、立ち上がった。

「……ええと、おれにもよくわからないけど、……ごめん、ちょっと、……混乱していていまは無理。……詳《くわ》しくは明日《あした》話すから、——今日は、うん、明日は日曜日だし、できたら早めに話も聞きたいし、だから山本《やまもと》さんは泊まっていって？——宮知《みやち》、山本さんのアリバイ工作もろもろは、よろしく！……ていうかおまえ、ハナちゃんたちのこと、知ってただろ？ていうかおまえもなんだその顔。ざまぁみろ」

「……あ、あの……ええ？」

「ねねさん、彼女、今日は泊めてあげてください。あと、おれのことも適当に、話しておいて。じゃあ山本さん、悪いけど、詳《くわ》しくは明日ってことで、今日はここで寝て。……そうか、おれってば、サクラとイハナと二人とも——いや、いいや。……でも二人とも？　表きってだけではなくて？　いや、いいや。……それはともかく——」

おほん、と咳払《せきばら》いをし、ノビは、美里に微笑《ほほえ》んで、いった。

「とにかく、ようこそ、嘉門家《かもんけ》へ！　今日はいろいろあったような気がするから——なんでだろうね、凄《すご》く疲れているなぁおれ——お互いぐっすり休みましょう」

「う、うん？」

「……あ、夜中に変な声が聞こえても、怖がらなくていいからね？　それは幽霊《ゆうれい》なんかじゃなくて、……たぶん、……おれが泣いているだけだから。

……じゃあ。……ねねさん、あとはお願いね。……ええと、エム。……よかったな。あと、宮知、てめえは連絡しないでこのドッキリ、覚えてろ。忘れた頃にお礼してやる——」

じゃあ、とほがらかな顔で別れを告げると、ノビは部屋を出て行った。

あっけにとられた美里と、おろおろ、きょとん、がっくりと、三者三様の顔を見せる面々を残して——

「————————どちくしょーっ！　こーらるるるる————————っ！」

「あ。鳴いてる？」

「くぉ・ら？」

——こうして。

あらためて覚悟《かくご》を定め、再び『ＭＬＮ』に出会ったその日を境に。

日炉理坂《ひろりざか》高校二年二組の元委員長、山本美里《やまもとみさと》の人生は、大きく変わりはじめるのだった。

# 第三幕／予習と復習とかっこつけ

# 1.

高台にすえつけられたベンチに座り、日が落ちていく光景をながめる。

イヤホンから流れてくる曲は、ロックと呼ばれるジャンル。

もっとも、ノビ・コースケはロックというものが具体的にどういうものを指すのか知らない。過去、積極的に音楽を楽しむ、という習慣がなかったため、そちらのジャンルについての造詣《ぞうけい》はまったくといっていいほどない。ノビにとって音楽とは受動的に享受《きようじゆ》するもの、すべからく意識に残らぬBGMでしかなかった。

それがどうした心境の変化か。

おれ、もしかして死期が近いのか、と思うほど、最近のノビは感動屋になっている。なにしろ音楽に感動できる。風景に感動できる。昔話『泣いた赤鬼《あかおに》』に感動——まぁこれは昔からだが。とにかく、現在しているように、ただただ座って夕日を眺《なが》める、なんて、かつての自分では時間がもったいなくてとうてい考えられなかったこと。

決して枯《か》れているわけではない、というのは断言してもいい（それについてはねねさんだってきっと同意してくれるはず）。
イヤホンのなかで男が歌う。
泥《どろ》で顔を汚《よご》した子供たちについて。いつか彼らは大物になる、と。

いつかおまえを打ち倒してやる
いつか世界をゆるがせてやる

ロックとはなにか、なんて知らないが、漠然《ばくぜん》とそれを聞きたいと思ったのは、ロックとは反抗する者の象徴、というイメージがあったから。……なぜそんな印象があるのだろう？　だけど間違っていない気もする。——なんだろう？　この、「歌わざるを得ないから歌っている」感は。きっとこういう人たちは、歌うのをやめたら死んでしまうぐらいのエネルギーが体内にくすぶっているのだろう。だから歌わざるを得ないのだろう。すばらしい。——Singin'！

いつかおまえを打ち倒してやる
いつか世界をゆるがせてやる
隣《となり》にだれかが座ったのを感じ、イヤホンの片方を外しながら、ノビはいった。

「おれ、ギターでも習おうかなぁ」

「やることやったあとの自由時間なら、別に文句はないさ」

「おまえはおれのオカンかなにかか」

胸ポケットから携帯《PDA》を取り出し操作すると、イヤホンから漏《も》れていた音が止まった。

あらためて、ベンチにぐでっとなったノビにかまわず、夕日を見ながら、宮知《みやち》直輔《なおすけ》は口を開いた。

『部長』――三束元生《みつかもとなり》は、まだしばらくはE国に足止めらしい」

「……教頭の怪我《けが》、そんなに重かったのか？」

「いや、負傷自体は快癒《かいゆ》しているようだ。E国政府が押さえているのさ。……今回の『夕日を連れた男』発見を受けてのことだろう。勘当《かんどう》されているとはいえ名門三束の息子《むすこ》だ。しかも現在は縹組《はなだぐみ》の組長でもある。舞原家《まいばるけ》との交渉時に使えると思われたんじゃないか？」

「……よくあの人を押さえていられるなぁ」

「あの人は一見単純だからな。トラブルを見れば喜んで首突っ込むところを見抜かれたんだろう。適当にえさを与えておけば、――そういうふうにあなどっていて、気がついたら――どうなっているか」

「順調に、行く先々でみークル増やしているようだしな。……どうでもいいが、三束じゃない、縹だ、は、な、だ。で、元・部長」

「……朝比奈《あさひな》に隔意《かくい》があるわけじゃないんだが、どうも、慣れないなぁ」

宮知の言葉に笑って、ノビは、縹——旧姓三束——元生のことを思った。

日炉理坂《ひろりざか》高校の三年生でありながら、卒業を待たず結婚《けっこん》した、みークル元部長。

新婚《しんこん》旅行として世界一周の旅に出発し、そのあとを「私の高校を寿《ことぶき》中退などさせるか」と、日炉理坂高校の教頭も追っていき、全員いまだにもどってきていない。なんでも顔や身体《からだ》にボルトや針金がいっぱい入っている教頭が行く先々でトラブル——たとえば空港で金属探知機に引っかかり、その特徴的な顔から要注意人物ではないかと取り調べを受けたり——を起こし、それを『部長』が助けようとして引っ掻《か》き回し（詳《くわ》しいことは聞いていないが目に浮かんでくるようだ）、行く場所行く場所で騒ぎを起こしては滞在期間を伸ばしていたらしい。

それでも新婚旅行をやめないところが、さすがは美樹《みき》さん！　といったところか。

ようやくE国に着いたと思ったら、空港で今度はテロに巻き込まれ——正確には教頭が逃げ遅れた子供をかばって——怪我を負い、療養することになり、新婚夫婦もそれに付き合って？

さらに帰国が遅れていた。

ふう、とノビは息を吐《は》いた。

「……まぁ、あの人を足止めしてくれるのはありがたいかな。できればいまのうちに、みークルの力を借りられるだけ借りておきたい」

「……ほう？　たとえば？」

「ちょっと、考えたんだがな？」

相変わらず宮知《みやち》のほうを向かないまま、ノビは続ける。

「このまえ日本政府の役人さんが来た話はしたよな？　そうだな、仮にO隈《オーくま》さんとしておこうか」

「しとかんでいい。ああ、大隈《おおくま》さんの話がどうした？」

「あの人の話したことを、考えてたんだ。

……『夕日を連れた男』の出現によって、現在世界はこう着状態になっている。という。おれを止めたいやつらとは別に、黙示録《もくしろく》の実現を神の啓示《けいじ》と捉《とら》えている一派があって、そいつらは、むしろおれが《It》を完成させるのを望んでいる。だから裏《うら》から圧力をかけて、日《ひ》炉理坂《ろりざか》に手を出せないようにした、と。つまり裏の世界では、そいつらのほうが勢力は大きいわけだ」

「……いわゆる『終末思想』を持つ宗教は強いからな」

「それでだ。おれの成功を望んでくれるのはうれしいが、ようするにそれって、そいつらの得にもなるから、だろう？　なのにただただ見守るだけで、成功したとき利益だけを享受《きょうじゅ》するっていうのも、虫のいい話だと思わないか？」

ふむ？　と宮知は考えこむ。

「……続けろ」

「──もちろん、どれほどおれの成功を願っていようとも、そいつらがおれを表立って援助してくれることはないだろう。なにしろおれは悪魔《あくま》の代行者、それを助けるってことは、悪魔に手を貸すことだからな。敬虔《けいけん》な神の信者がそんなの認めるはずもない。

──だが、表立ってなければどうだ？

実際そいつらは、──表向きの理由はもちろん違うわけだが、──結局は、おれのすることに邪魔《じゃま》が入らないよう、日炉理坂《ひろりざか》を守ってくれているんだろ？」

「……なるほど、立場的には敵《てき》であっても、潜在的《せんざい》には、──望んでいるなら──」

「──ああ。〇隈さんのように、──日本のように考えている国はもちろんだが、そうでない国だって、やりようによっては『味方』にできるはず。

おれの妄想《もうそう》はここまでだが、──どうだ？　どうにかうまくやれれば、いろいろと、おれのやりたいことを助けてもらえる気がするんだよなあ？　適当な大義名分《たいぎめいぶん》を与えてやりさえすれば、望むところは同じなわけだから──しかもこれって、他人の力で楽をする、うん、まさにおれぴったりのやり方だと思うんだけど」

「……」

宮知は、あごに手をあて、黙考《もっこう》する。

「……そうだな、確かに、動ける理由さえ与えてやれば、──必要なのは、交渉相手を知ることと、──交渉用のパイプか」

「ああ。それも、できるかぎりこっそりとしたやつがいい。お互いに目立たないような――

……ところで宮知《みやち》は知ってるか？

みークル現部長の菜々那《ななな》ちゃん、日炉理坂《ひろりざか》に来る前は世界各地を転々としていて、行く先々で『サロン』をつくり、神父さんからギャングまで、いろんな人とお友だちになっていたらしいぜ？　いまでもそのつながりは切れていないそうだ。――いわば菜々那ちゃん版みークルだな」

「ぶちょ……元部長の目は確かだな。……なるほど」

「ぶちょ……みつ……縹《はなだ》の先輩《せんぱい》も、新婚《しんこん》旅行でいろいろトモダチつくっているみたいだし、そのへんからいけないかどうか――ま、とにかくそういうわけで、みークルの線からなにかできることはないか、可能性だけでもちょっと探ってみてくれないか？」

「……」

「O隈《オーくま》さんに仲介《ちゅうかい》してもらう手もあるが、――まだあまり、借りをつくりたくない」

そうだな、と宮知もうなずいた。

たとえ大隈《おおくま》の組織――日本政府の力を借りるにしても、そのまえに、三角形の構図をつくっておきたい。

自分たち、日本、――そしてどこか（あるいはなにか）、もう一角。

自分たちは、結局は虎《とら》の威《い》を借《か》る狐《きつね》であって（この場合、虎とは『黙示録《もくしろく》の預言』でもあるが)。

虎の威を借る狐でい続けるためには、虎が二匹《ひき》は必要だ。

一匹になれば、虎が空腹になったとき、狐はたちまち食べられてしまうから。

日本以外にもう一匹——二匹の虎に互いを見張らせけん制させて、はじめて狐の安全は保たれるし、生き続けられさえすれば、狐もやがては虎をも食らうほど大きな『獣《けもの》』になれるかもしれない。——これぞまさしく三国時代の雄《ゆう》、諸葛亮《しよかつりよう》の隆中策《りゆうちゆうさく》。

それにしても、と宮知はため息をついた。

「……やはり、『ブラックプリンス』が起こした事件の顚末《てんまつ》が知りたいな。いや、必要だ。前例となる資料が圧倒的に必要だ。……くそ、どうにかして手に入れられないか——」

「それこそパソコンが普及してない時代の『裏《うら》の歴史』だろうし、O隈《オーくま》さんに頼まないと無理っぽいな。だったらやっぱり、そのためにも」

「——ああ、くそ！　なんでおまえは次から次に、難題ばかり押しつけるんだ！」

「えー。いい考えだと思ったんだけど？」

「ああ。確かに。こうなったら『部長』の件はちょうどいい。……本当に、E国政府が舞原家《まいばるけ》へのカードとして『部長』を押さえているんだったら、朝比奈《あさひな》をけしかけて解放させるよう交渉《こうしよう》する、みたいな形で、その過程からいけないかどうか——ああ！　ちくしょう！　腹立たしい！　とんでもない話なのはわかっているのに、なまじっか、できそうな気がしてくるからたちが悪い——」

宮知《みやち》は深く息を吐《は》く。

出会った頃はなんだこいつと思っていたが、いまならなんとなく、わかる。

確かにこいつのはったりは、根拠《こんきょ》とかとは別の部分で説得力があり、そして『魅力的《みりょく》』だ。賭《か》けてみる誘惑《ゆうわく》に抗《あらが》うのが難しい——そういう意味では、まさしく悪魔《あくま》の代行者。

「……しかし、こうなってくると、やっぱりおまえが朝比奈《あさひな》に嫌《きら》われているのは痛いな。なんとか仲直りできないのか？」

「正確には、嫌われているのは『堂島《どうじま》コウ』だ。……とにかく、おれは全然その気あるけど、向こうがなあ。だいたいイタリアって、カトリックの国なんだろ？　ナナちゃん、熱心な信者じゃなさそうだけど、おれたちよりは『悪魔』に抵抗あるんじゃないか？　……ま、無関心よりは嫌われているほうが動かしやすいってことで——」

唐突《とうとつ》に、ノビがもたれていたベンチに唇《くちびる》が生まれ、つぶやいた。

「……朝比奈、菜々那《ななな》……？」

不意をつかれた宮知がぎょっとして、たずねる。

「……ああ、ジンゴか。驚かせるな。そういえば、どうした？　今日はおとなしいな？」

「ああ。こいつ、最近たまに悩んでいるんだ。O隈《オーくま》さんと会ったとき、エムにキャラがないと思われていたのを知ってショックを受けたらしい」

「違うわ！　その件はもう、ワタシはエムの『ライバル』ということでケリがついた。だいたいおまえらワタシを軽んじすぎてないか？　ワタシはかの有名な」

「ソロモンさんのかくかくしかじか、だろ？　そればっかだから飽《あ》きられるんだ。おれの左手でありながら意外性がないとはな、まったく」

「………ぐっ、く、……とにかく、いま考えていたのはそんなことではない。……いまさらながら、どうにも、解《げ》せないのだが、……どうしてワタシはヒダリ・ジンゴロウなのだ？」

「左手にいるからだろ？　おれの記憶《きおく》から、適当な名前探して左《ひだり》甚五郎《じんごろう》からとったんじゃねぇの？」

　ノビの言葉に、宮知が首をかしげる。

「……ノビが名づけたんじゃないのか？　おまえらしいセンスだと思っていたが」

「いや？　おれそのとき、気絶していたから。ねねさんに来てもらうため、こいつが適当に名乗ったんだと。……まぁ、確かにおれらしいネーミングだし、おかしくないと思うけど？」

「……うむ、ワタシもそう思うのだが、……なにかひっかかる。なぜ、ワタシはこの名を名乗っているのか、──そして、朝比奈──なにかが気にかかるが、わからない──」

　ふむ？　とベンチを見つめ、──ふと、宮知は顔を上げた。

　周囲を見渡し、ある一点で固まったのち、しばらくして、口を開く。

「……あー。ところで、ノビ」

「んー？　なんだよ。用がないならしばらくこっちにひたらせろ」

「……向こうでエムちゃん、裸《はだか》で寝ているんだが」

「教えてくれてありがとう」

イヤホンを耳に差しつつ、ノビは微笑《ほほえ》んだ。

「でもあいにくと、おれの好みは年上なんだ。――せめて同年代？」

「いや、そうじゃなくて」

「服を汚《よご》すのいやなんだと」

「そうか、大事にしてもらえるのはうれしいな、だがそれはそれとして、――このまえも思ったんだが、そろそろエムちゃんに、服とはずっと着ているものだと教えてやったほうがいい。これからの時期、風邪《かぜ》とかも心配だが、おまえの目標が進むほど、いろいろな人間に会うことになるかもしれないんだ」

「……面倒《めんどう》くさいな。オカンを目指しているというなら、おまえが教えてやればいいだろ？」

「目指しとらんわ。おれはほかにいろいろ忙《いそが》しいんだ。だいたい、彼女のしつけは保護者のおまえの仕事だろ？　……とにかく頼む。正直、エムちゃんが裸でいると、山本《やまもと》さんの目が怖い。このまえ山本さんと会った日も、エムちゃんマントだけで飛び込んできたから山本さんの誤解解くのが大変だったんだぞ？　あの人の、冷たい視線は痛すぎる――」

「それが快感に変わるまで、待てないのか？」

「待てん」

ノビはため息をつくと、首を回して振り返り、マントを敷いた地べたの上に腹ばいになってノートパソコンを覗《のぞ》き込んでいる、赤い目をした少女を呼んだ。

すかさずマントをまとい、たたたっと走ってきた少女――エムの銀灰色の髪《かみ》に包まれた頭を撫《な》でて、告げる。

「あのな、エム。こんなことというのは不本意なんだが、――マントだけでなく、服も着ろ」

エムはきょとんと首をかしげた。

「なぜ？」

「人間とは、服を着ている動物なんだ」

「エムはニンゲンとはちがう。きないほうがよごれないし、やぶれない。マントでじゅうぶん」

「そうだな。おれもマントは大好きだし……だがな、名は体を現す、ともいうんだ。名イコール体なら、体＝名だって成り立つ。おまえがいつも全裸《ぜんら》でいると、おれたちはおまえをゼンラと呼ばなきゃいけなくなるんだが、いいのか？　……なんだがちょっとかっこいいな。ゼンラか。銀の髪のゼンラ、とか。いっそ改名してしまうか？」

「それはいやだ。エムはエム。エムがいい」

「だったら、ゼンラ、とか呼ばれないよう、服を着なさい。……そうだな、最低限――」

にやりと笑って。

「——ネクタイだけ、とか、いいなぁ」

わかった、とエムはうなずき、宮知《みやち》に向き直った。

「ミヤチ、ネクタイをもってこい」

「……そのまえに、ちょっと、ノビと話させてくれるかな。抜本的な解決とはどういうものか、こいつは理解しているかどうか——」


集合場所である高台で、裸《はだか》の少女を前にしてなにか言い争っている二人の男を見つけて、なにやっているんだあいつらは、と山本美里《やまもとみさと》はため息をついた。

それに気づいて、隣《となり》を歩く嘉門《かもん》ねねが、口を開く。

「……あ、重いなら少し持とうか？」

「いえ。これぐらい平気ですから。ため息出たのは別のことです」

ねねに笑顔を見せ、両手に持ったなべの材料を持ち直しつつ、またもため息がもれそうになる。

美里から見ても、嘉門ねねは魅力《みりょく》的な女性だ。

頭がよく、スタイルもよく、家事もできて、なにより——大人《おとな》としてかっこいい。

ＯＬ姿を見たことがあるが、とてもきりっとしていて、いかにも頼れるお姉《ねえ》さん、といった感じだった。

それがどうして、あんな男にいいようにされているのか？

きっと、やさしすぎるから、だな？

そういえば、と美里は、一度聞いてみたかったことをたずねた。

「そういえば、どうじ……ノビのこと、最初に、……ナンパ？　したのは、ねねさんだって、本当ですか？」

ねねは、あからさまにうろたえた。

「ナナナ、ナンパ、って……いや、まぁ、そうなるのかな、やっぱり」

「ええ？　じゃあ、あいつのホラじゃなくって、本当に？」

「でででも、ナンパのつもりじゃなかったんだよ？　……ほら、あの夜、話したと思うけど、あたし、学生のころ、ストーカーに遭《あ》っていて――」

はじめて彼女の部屋にお邪魔《じゃま》した日、いろいろ話してもらった。

ノビのことは、どこまで話していいのかわからなかったのだろう、自然と話題は、ノビとねねの出会いから、ねねについてのことになった。

なんでも、ひどいストーカー被害にあっていたとか。

「それで、あたし、ひところ人間不信になって、人付き合いとかできなくてね、――それを直してくれたのが、ボードゲームのサークルだったの。……だから、ノビくんが、……恋人を失ったって、いってたから、……ボードゲームを、やめてほしくないなって、――本当に、それだけで——」

ほら、やっぱりねねさんは、やさしい人なんだ（変わっているけど）、と思いつつ、考える。

そう、堂島《どうじま》コウは、死んだ恋人を生き返らせるために『悪魔《あくま》のミカタ』になった、という。

——そしてノビ・コースケは、その堂島コウのコピーであり、やはり冬月日奈《ふゆつきひな》の復活を諦《あきら》めてはいないという——

ノビ・コースケが魔法《まほう》のアイテム《知恵の実》によって生まれた堂島コウのコピー、ということについては——どうしてそうなったのか、という詳細《しょうさい》については「時期が来るまで」と教えてもらえなかったが——美里《みさと》は疑っていなかった。

普通なら信じられない話だが、なにしろ吸血鬼《きゅうけつき》が実在するのだ。ありえない話ではない。《レフトアーム・スピーキング》や《ゴールデンライトアーム》も見せてもらったし、なによりも、オリジナルである堂島コウは確かに日炉理坂《ひろりざか》にいるのだから。

つまり、ノビ・コースケが堂島コウのコピーであることを疑う理由はなく（むしろ双子《ふたご》とかいわれたほうが疑わしい）、ならば死んだ恋人冬月日奈を生き返らせようとしている、というのも本当だろうし、イハナとサクラのことを、好きだというのも——

——ねねさんは、知っているのだろう。ノビは、ほとんど隠《かく》し事をしないようだから。

だったらいったい、どういう気持ちでいるのだろう。

ねねさんは——

「……やっぱり、ノビのやつのこと、好きなんですか？」

短い期間であれ、はじまりがどうであれ、一目惚《ひとめぼ》れとか、そういうことはあるだろう――ぼん、っ、と赤く染まったねねの顔に、ようやく美里は自分が思っただけではなく、口に出していたことに気がついた。

「いいい、いや、あの、違うのよ？」

メガネの下の目をきょろきょろとさまよわせながら、ねねは買い物袋《ぶくろ》を持った手を振り回した。

「……ほら！　だって、あたし二十四だし？　ノビくんは自分のこと、――二十歳《さい》だって強調してくれているけどそんなのあからさまに嘘《うそ》で、あたしをかばっているだけで、つまり、青少年は保護育成されなければいけないわけで、――だからあたしはいけないかなって、でも、――そもそもノビくんのほうが強引に――いやでもノビくんだけが悪いわけじゃなくって、年上のあたしのほうこそ自制するべきであって――」

「…………落ち着いてください、ねねさん」

「そそそうよね、落ち着かないと、深呼吸――」

「で、実際のところ、どうなんですか？」

ねねは、しばらく、すーはーすーはーと深呼吸をしていた。

やがて、意を決した表情を浮かべ、いった。

「……正直、わからない、かな。冬月さんや、舞原《まいばる》さんのことは聞いているし、だから――卑《ひ》怯《きょう》な答えかもしれないけれど、わからない――それが本当のところ」

「……じゃあ、……好きかどうかもわからないなら、どうして、……許せるんですか？　許せたんですか？」

こういうところをはっきりさせたい自分は、子供だな、と思う。けれど。

ねねさんは、ただ巻き込まれただけ、なはずだ。

差別した見方かもしれないが、――ねねさんは、あたしや宮知《みやち》さんや、エムのような意思などなく、ただそのやさしさに、善意につけこまれただけで、それなのに――

ねねは笑って、答えた。

「……ノビくんの、人徳なのかな。どうしても、嫌《きら》いになれないし、……それにあのとき――泣かれちゃった、からね」

なぜだか美里《みさと》はぎょっとした。

「……泣いたんですか？　あいつが？」

「泣いたよ？　それもわんわんと。号泣《ごうきゅう》してた。かなりの時間、ずっと、あたしの胸の上で。……だからかな、ほら、いうじゃない？　窮鳥《きゅうちょう》懐《ふところ》に入《い》らば、猟師《りょうし》もこれを撃《う》たず、って。あのとき、きっと、あたしの懐に入られた――ってこれって変な意味じゃないからね？」

「…………変な意味には取りませんよ。いわれなければ」

それにしても、と思う。

あいつが、泣いた？

でも、確か──

「サクラはいってました。堂島《どうじま》の、母親とか、恋人が死んでも泣かないところを好きになった、って」

美里の言葉に、へぇ？　とねねは首を振った。

「でもノビくん。うちじゃよく泣くよ？　このまえなんかサザエさんで泣いてたし。……だいたい、よくわからないけれど、大事な人に、その、死なれても泣かないって、……確かにクールなのかもしれないけれど、それってかっこいいの？　好きになるようなところ？」

「……ええと、どうでしょう……」

そうか、いまどきの女の子は、そういうのがタイプなのか──一人でぶつぶつつぶやいているねねを放って、美里は内心、納得した。

──そうか、あいつ、……泣いたのか。

いまも日炉理坂《ひろりざか》でサクラやイハナといるだろう、やはりバカをやっているのだがどこか冷たい雰囲気《ふんいき》を感じるオリジナルの堂島コウと、目の前で根っからバカをやっているようなノビ・コースケ──その二人の、同一人物でありながらどこかが違う、その理由が、なんとなく、わかったような気がした。

ねねと美里に気づいて、宮知、エム、そしてノビがよってくる。

「……ああ、お帰りなさい。嘉門《かもん》さん。山本《やまもと》さん。買い出しご苦労さま」

「お帰りなさい！　ごはんにします？　お風呂《ふろ》にします？　それともあ・た・し？」

「だまれノビ。うざい。ほら、荷物持ちなさい」

——ノビに荷物を押しつけながら（宮知《みやち》はねねから受け取った。それも自分から）、——でも、と思う。

では、日炉理坂《ひろりざか》にいるオリジナルとここにいるコピー、どちらが本物の『堂島《どうじま》コウ』らしいのだろう——？

2.

「それでは第一回、嘉門ファミリー鍋《なべ》会議、これより開催《かいさい》したいと思います！」

「わーわーわー」

「ひゅーひゅーひゅー」

立ち上がって宣言したノビの言葉に、エムが無表情に手をたたき、ジンゴが口（笛《ふえ》ではない）を鳴らした。

ちなみに場所は、ねねの部屋である四〇三号室ではなく、その直下、三〇三号室。

ちょうど空いていたのを、宮知《みやち》が別名義《めいぎ》で借りたもの。

ベッドの置かれたねねの部屋は狭《せま》いので、五人が集まるときにはこちらを使うことが多い。

一応生活できるようになっており、ときどき宮知やノビが、美里《みさと》がねねの部屋に泊まるようなときなどに、泊まっていく。基本的には夜行性で、夜は縄張《なわば》り回りで家にいないエムと美里が一緒《いっしょ》に泊まるときもあり、じつは美里も合鍵《あいかぎ》を持っていたりする。

飾《かざ》り気のない部屋の中央には、鍋《なべ》の置かれた長方形のちゃぶ台。

短い辺にエムが座り、その両隣《となり》にノビと美里。

ねねはノビの隣に、宮知は美里の隣に座っていて、ねねの脇《わき》には炊飯器《すいはんき》やら、ノビの後ろの壁にはホワイトボードがかかっている。

開会の宣言をすると、ノビは、ホワイトボードにマジックを走らせた。

他の者はすでに鍋をつつきはじめている。

「うむ。鍋はやっぱり水炊《た》きだな。おれは鍋にも詳《くわ》しいんだ」

「ほら、エム。熱いから気をつけて。ふーふーって」

「待て、これは勘《かん》だが、ワタシはきっとふーふーうまいと思うぞ？」

「ノビくん。なにか食べたいのある？」

「なにはなくともまず肉を。——それでは、今日の議題ですが、——いってしまえば確認です。

これからの方針について、なにも決まっていないけれどまぁなんとかやっていこうという、あとこういうのはどうだろうという意見の調整――」

美里は手を上げた。

「……それ、部外者のあたしがいてもいいわけ？」

「なにおっしゃるんです山本《やまもと》さん？　いいかげん認識をあらためなさい？　あなたももう立派な嘉門《かもん》ファミリーでしてよ？」

「いつあたしがそうなったのよ」

「おやおや。エムのこと、見捨《す》てられないのでしょう？　だったらあなたも仲間です。いいんですか？　このままじゃ、エムはいつまでも追われる怪物《かいぶつ》のままだ。あなた自身で戦って、未来を勝ち取らなければ！　――それともだれか他人に任せます？」

「……あたしはあくまで、エムの味方よ。あなたを手伝うつもりはない、それを忘れないで。……ところでジンゴ、って、ものを食べられるの？」

「ああ。もちろんだ。むしろ七十二柱《ばしら》分の胃袋《いぶくろ》を持っている気分で――」

「エネルギーを使うからほどほどにしろ。ていうか取り皿に口をつくるな！」

「――ジンゴはライバル、まけない。ミサト、にく」

口に鶏肉《とりにく》を放りこみ、咀嚼《そしやく》したのち、さて、とノビは、ホワイトボードをぱん、と鳴らした。

「それではまず、最初の議題は――おれのオリジナル、堂島《どうじま》コウを、どうするか」

期せずして、エム（とジンゴ）以外の全員が、鍋《なべ》からホワイトボードに視線を移した。

そこには堂島《どうじま》コウが、こちらに笑顔でピースサインをつくっている写真が貼《は》られていた。

宮知《みやち》がいやそうにたずねる。

「……こんな写真、いつ撮《と》った？」

「ああ？　昨日《きのう》。適当なものがなかったから、おれので代用した。写真写りもいいよな、おれ。……さてみなさんも知っての通り、この、顔もよく頭もよく足も長く運動神経抜群《ばつぐん》でもてまくっているスーパースターは——あれ？　なんだろう、ちょっとむかついた——おれの野望を達成するうえで無視できないファクターでもあります。はっきりいってしまえば、こいつのとおれのを合わせれば、明日《あした》にでも《Ｉｔ》は完成するわけで——それを抜きにしても、やっぱり、舞原家《まいばるけ》の権力は魅力《みりょく》的、なのであります。

と、いうわけで私としては、ぜひとも彼とは手を組みたいと、思っているのですがどうでしょう？」

しん、と部屋の中は静まり返り、はむはむとエムが白菜《はくさい》の熱さと戦っている音だけが残された。

「……ええと、じゃあ、異論のある方？」

ノビの問いかけに、宮知と、そしてねねが、手を上げる。

「……じゃあ、まず、宮知？」

宮知は首を振り、口を開いた。

「……おれは正直、反対だ。確かに舞原の力は魅力的だが、――大隈《おおくま》さんの誘《さそ》いもある。そもそも、夕方おまえがいっていたことをやれるなら、舞原家の力は必要ないはずだ。違うか？」

「焦点《しょうてん》がずれてないか？　もちろん大隈さんたちの力だって借りるし、さっきの話も実現したい。けれど、力はいくらあってもいいし、――なによりも、舞原家はすでに準備をはじめているはず。別々にやろうとするならこちらはどうしたって時間で負けるんだ。まあ、リスクの分散、という観点から考えれば、別々にやるっていうのもありだが、おれはな、できればおれの手で、《Ｉｔ》を完成させたい。だから、コピーとしてはある意味本懐《ほんかい》かもしれないが、オリジナルのバックアップ、なんて役割はごめんだね」

「だからそれは、――倒して奪《うば》えばいい」

「だから、いったいなんのために？　同じ願いを持っているのに、協力できない理由があるか？　と、いうわけでおそらくそちらの理由を、ねねさん、どうぞ」

ノビから話を向けられて、ねねは、ためらいながら、いった。

「……その、ノビくんは、いいの？」

「なにがです？」

「……だって、ほら、大隈さんの話だと、――その――」

ああ、とノビはうなずいた。

「いってましたね。おれが悪魔《あくま》のミカタになったのは、仕組まれたものだって。そう仕向けたやつが、舞原家《まいばるけ》にいるかもしれない？　確かにその可能性はありますし。そう考えると温厚《おんこう》なおれもはらわた煮えくり返りますよ？　この水炊《た》き以上に——うまい！　水炊きだけに！——それはともかく。

でも、逆にいうなら、そいつはそれだけ、おれの成功を祈《いの》っているといえません？　実際、『夕日を連れた男』——安県《あがた》先生もいまや舞原家にいるわけで、——だったら、手を組む——いいや、利用することは可能でしょう」

あっけらかんとしたノビのいいように、でも、とねねは、食い下がった。

「……でも、だけど、……本当に、ノビくんは、だいじょうぶなの？　舞原家には、その、……いっちゃうけど、……サクラさんともイハナさんとも、……仲良くしている、……オリジナルの人がいるわけで——」

我慢《がまん》の足りないエムのために鶏肉《とりにく》をふうふう冷ましてやりながら、美里《みさと》は、内心うなずいた。

もしも自分にコピーがいたら、いや、自分がコピーだったらどうだろう。

自分と同じ存在が、自分がいたはずの場所にいて。

自分の知っている人間が、全員、自分のことをコピーとして見てくるような状況で。

自分ではない自分が、自分の好きな人たちと——

考えるのもいやになり、エム用にふうふうしていた口もとの肉に噛《か》みつく。

それを見てエムがくぉ？　と声をあげ、美里は慌《あわ》てて「あ、ごめん」と謝った。

とにかく、とねねは続けた。

「あたしは、その、ノビくんのためになにをすればいいかわからないけど、でもせめて、ノビくんには、いまのままでいてほしい。やっていることを、楽しんでほしい。はじめてあったときのノビくんは、とてもつらそうだったもの」

そうだ、と宮知《みやち》があとを継《つ》ぐ。

「ああそうだ。はっきりいって、おまえはテンションとハッタリが力の源だ。それがなくなったらおまえの実力は発揮《はっき》できないといっていい。だったらどれほど理にかなっていようと、ストレスの強い環境をつくるべきじゃない。……こんなことというのもなんだが、——おまえなら、舞原家の力がなくてもきっとやり通せるはずだ」

はあ、とノビはため息をついた。

「……ありがとよ。おれだって、その自信はある。

……けどさ、問題になるのは時間なんだよ。向こうのほうが一歩も二歩も進んでいるんだ。

そして向こうにもおれはいて、……ああ、たとえテンションとハッタリだけの相手であろうとも、おれは自分を侮《あなど》るつもりはない。おれはおれの力を知ってる。——そんなおれを上回るつもりでいくのなら、——それは、舞原家そのものを敵《てき》にする覚悟《かくご》が必要だ」

「だったら、そのつもりでいけばいい。おまえなら、舞原家にも」

「そしてな？　好きな女を敵《てき》に回していったいなにが楽しいんだ？　好きだった子を不幸にして——少なくともおれは、できうる限り、好きな子につらい思いはさせたくない」

宮知《みやち》は押し黙《だま》り、ねねも、うつむいた。

ノビは続けた。

「……まぁ、たとえばオリジナルが、イハナとサクラを欲望のままに好き勝手しているっていうんなら、——ふざけるなって思うんだけどな？　実際、考えないでもない、——奪《うば》える可能性、とかさ。——でも、おれはなにしろコピーだから、『堂島《どうじま》コウ』がどれくらい二人を好きで、大切に思っていたかも知ってる。そしてその逆も。——山本《やまもと》さん？　イハナもサクラも、……その、幸せそう、なんだろ？」

「……ええ。……見た感じはね。……いいえ、認めるわ。すっごく幸せそう。二股《ふたまた》かけられ好き勝手されているっていうのにね」

「もうその言葉だけで殺意がもりもり湧《わ》いてくるけど、——日奈《ひな》を生き返らせようとしているくせに、ねねさんに好き勝手しているおれがいうのもなんだけど、——できればおれが、とか思っちゃったりするんだけど——

あの二人が幸せなら、おれは、——いいんだって、意地を、張る」

「意地、か」

「……ああ。だから、これはおれのわがままだけど、舞原家を敵にはしたくない。だから、できるならオリジナルとも協力したい——もちろんそれは、向こうもおれと同じく日奈《ひな》復活を諦《あきら》めていない、っていうのが前提だけどな」

そういうノビの目に、曇ったものはどこにもなくて。

美里《みさと》は正直、ノビをすごいと思った。

確かにこいつは、あの『ザ・ワン』が強敵と考えていただけのことはある——

ポリポリとマジックで頭を掻《か》き、写真を剝《は》がしてゴミ箱に放ると、ノビは笑った。

「……まあ、ものは考えようだ。こう考えてもいい。手を組んだほうが、オリジナルを倒しやすくなる、とかね。むかつくし。とてもむかつくし。

——ただし、ちょうどいい機会だから、これははっきりいっておこう。

おれは、たとえばだれかがこの場に来て、山本さんかねねさんの頭に銃口《じゅうこう》を押し付けて《It》をよこせといってきたら、喜んで《It》を献上《けんじょう》するよ。もちろん、それで夢を諦《あきら》めたりはしないが、そこは譲《ゆず》れない。おれの夢は避《さ》けられる犠牲《ぎせい》はいくらでも避ける。甘《あま》い、とかじゃなくって、そうじゃないと結局やっていけなくなるから」

「ノビ、エムは？」

「エムは、ごめん、おまえなら、それぐらいは平気だろ？　だから悪いがおれのために、痛いのは我慢《がまん》してくれ。宮知は——きっと宮知なら、おれのことなら気にするな！　というだろう。むしろいうとおりにしたら、宮知はおれを許さないだろう。だからおれは涙《なみだ》を吞《の》んで——くぅ、なんていいやつなんだよおまえとおれは！　おれたちは！」

「……なんだろうな、この釈然《しやくぜん》としない感じは」

「――ところで、だれかを忘れてないか？　ワタシとか」

「ワタシのことも忘れてないさ。もちろんワタシはワタシを必要以上に犠牲《ぎせい》にするつもりもない。自己犠牲なんて真《ま》っ平《ぴら》ごめん、だ。――そして、だからこそ。

そういうことでもない限り、おれはそれが有利になるならいくらだって妥協《だきよう》する。謎《なぞ》で仇《かたき》の黒幕とも、オリジナルとだって協力しよう。オリジナルの靴《くつ》を舐《な》めろというなら喜んで舐める――いやそれは無理だな。うん。――だが、イハナたちとのアツアツ振りを見せつけられるくらいだったら我慢《がまん》する――歯が磨《す》り減って総入れ歯と化すかもしれないが――

だからこの場のみんなも、約束してくれ。無理するな。犠牲になるな。

そのうえでがんばれ。精いっぱい。

生きてさえいれば、おれがどうにかしてみせるから。

――だからみんなの意見は聞くけれど、それでもなるべくみなさんも、こんな健気《けなげ》なおれの意見をできるだけ尊重するように」

はあ、と宮知《みやち》がため息をつき、あらためて鍋《なべ》におたまを伸ばした。

「……いいさ。そこまでいうなら好きにしろ」

「ありがとミヤチン」

「ミヤチンいうな。どうせおまえのいうことだ。明日《あした》には気が変わっているかもしれないしな。

……それにしても、残念だな。舞原家《まいばるけ》を敵《てき》にできない、となると」

「なんで？」

「……前に、工房《くぼう》とか、みークルのやつらと話したことがあるんだよ。『部長』は自分の跡継《あとつ》ぎにだれを選ぶか、ってな。おまえか、小鳥遊《たかなし》か、舞原の姫《ひめ》か――結果はまさかのダークホース、新入生にして転校生、外部の人間朝比奈菜々那《あさひななななな》となったが――

おまえが舞原家と戦うことになれば、おもしろい対決が見られただろうに」

ノビは笑って、肩《かた》をすくめた。

「ガチでやったら、そのなかで勝てるのは結局おれだけのような気もするなぁ。ちなみにおまえは、だれに賭《か》けた？」

「大穴で、アトリちゃん。……もちろんエムちゃんのことを知っていたらエムちゃんに賭けたよ？　だからエムちゃん、おれの白菜《はくさい》を分解するのはやめてくれ」

「……ポン酢《ず》で食べていると、カニを食べたくなりません？」

「そうだね。今度山本《やまもと》さんの予定が会うときは、カニにしようか」

「しいたけ、おいしい」

「……おいジンゴ。ふてくされて物いわねぇのは別にかまわねぇけどな、黙々《もくもく》とおれが取り分けたものを食うんじゃねぇ。まだおれ肉一切れしか食えてねぇ！　ていうかポン酢を飲み干すな！」

3.

「……だからさ、《ゴールデンライトアーム》の力を見せて、『こいつで金《きん》の相場を暴落《ぼうらく》させたるぞぉ！』とか脅《おど》せば――」

「やりすぎだ！　素人《しろうと》考えでもわかる！　交渉の余地なく消されるわ！」

「だからぁ、本当にやる気はないんだって、ただ、脅すだけ、それを大義名分《たいぎめいぶん》に」

「むしろ処分の大義名分になるわ。……問題はな、ノビ、実行するかどうかじゃなくて、それがおまえに可能だということだ。それをおまえが知っていて、相手まで知る、ということだ。それだけでじゅうぶんなんだ。脅しに使うだけでもやばすぎる。なんだかんだで世の中は金の価値で回っていて――」

「――ワタシがいうのはどうだろう？　ワタシなら、きっと口先だけだとか思ってもらえないものか？」

なんだかしらふでは聞けないような言葉が飛び交っていて、もちろんこの場にいるものは全員しらふなので（ビールくらい、とノビが主張したが、ねねさんは厳しかった。ちょっと残念に思ったのは美里《みさと》だけの秘密）、美里はなるべく聞かないようにしつつ、鍋《なべ》の具材に飽《あ》きたのか、隙《すき》あらば別のものを食べてやろうと自分やノビの肌《はだ》の露出《ろしゆつ》した部分をねらっているエムの面倒《めんどう》を見ていた。

そういえば、とねねが話しかけてくる。

「いま、日炉理坂《ひろりざか》高校って文化祭の時期なんだよね？　なんか今年の文化祭はすごいんだって？」

「ええ。……なにしろテーマが『みこし祭りで、巫女《みこ》しまくり』、ですからね」

「うわ！　山本《やまもと》さん！　そのセンス最高！」

「かけらもあたしのセンスじゃないわよ！　あたしはむしろあんたのオリジナルが関わっているんじゃないかと思っているんだけど？　舞原家《まいばるけ》が出てきて、えらく大掛かりになっているし」

第二校庭につくられているモニュメント——『巨大みこし』は、学校の敷地外からでも見えるほどに大きなものとなっていて、いまも組み立てが続けられている。

最初のうちはただのモニュメントだったのが、気がつくと、文化祭開催までにどこまで大きくできるか挑戦、というものになっていて、おかげで校庭に出るはずだった出店の大部分が場所を移すことになった。

もっとも、美里はあまり、文化祭に熱心ではない。

ああ、と宮知《みやち》がうなずいた。

「姫《ひめ》さんが生徒会長になったせいか、かなり力が入っているようだな。うわさによると、外国からも客を招待しているらしいし、確か、完全招待制《しょうたい》になるんだろ?」

「はい。外賓《がいひん》向けに、舞原家《まいばるけ》の伝説とか、劇でやるみたいですよ? 堂島《どうじま》と、サクラたちで。何しろ準備期間が短くて、だから舞原家も忙《いそが》しいみたいで——ほかにもいろいろ、とにかく、舞原家関連というか、全体的に和というか、まさに巫女《みこ》一色で大掛かりにやっています」

巫女装束《しょうぞく》か、ふふふ、と宮知は妙《みょうす》に据わった目でエムを見つめ出した。

ノビがたずねる。

「山本《やまもと》さんたちのクラスはなにやるの?」

「……『巫女マッサージ』、だったと思う。……いっておくけど、歴史を調べた真面目《まじめ》なテーマよ? ……まぁ、よく知らないんだけど。あたしはほとんど参加していないから」

「もしもし? 委員長さん?」

「もとよ、もと。後期は辞退《じたい》したの。みんなも気を使ってくれているみたいで——」

だからそれに甘《あま》えて、美里は、今回の文化祭には積極的に関わってはいない。

正直、あまりお祭り騒《さわ》ぎをするような気分ではなかった。

なにしろ親友を二人失っているし、クラスメイトだった葉切洋平《はぎりようへい》まで消えてしまったし(そちらは単なる家出だったようだが)——

それに、実をいえば、『紅白祭』の記憶《きおく》もけっこう残っていたりする。

競技の最中はまったく気にならなかったが、あのときはとても『とんでもない状況』になっていて——思い出して、顔を赤らめノビをにらむ。

ちなみに、朝比奈《あさひな》や水彩《すいさい》も、それなりに記憶が残っていた。

応援に来ていた三鷹昇《みたかのぼる》も、顔を赤らめながら覚えていると話してくれた。

——それも恥ずかしかったが、でも本当に恐ろしいと感じたのは、競技の最中はなにも異常に気づかなかった、ということ。

気づけなかった、ということ。

それがなによりぞっとする。

現在、日炉理坂《ひろりざか》高校では、ほとんどの女子が巫女の格好をして、文化祭の準備をしている。

男子は全員狩衣《かりぎぬ》、というわけでもないが、やはりジンベエや作務衣《さむえ》のような和服を着ている者が多い。

その、いかに文化祭のテーマとはいえ普通の高校では見られないような風景が、体育祭を思い出させるようで、——またも自分の気づいていないなにかが進行していそうで、怖い。

それに、テーマも気に食わない。

なんで巫女なのか。

なんで神に仕《つか》える者なのか。

和歌丘《わかおか》の事件で、神さまが、いったいなにをしてくれたというのか。

もちろんこんなの、ほとんど八つ当たりのようなものだとわかっているのだが——

そういうわけで美里《みさと》は、出し物の企画立案に関わらず、クラスメイトもそれを許してくれているのをいいことに、準備もほとんど手伝ってはいなかった。

悪いと思う気持ちもあるので様子を見に行ったり、差し入れとかはしているが、文化祭の準備よりエムの様子を見にいくほうを優先している。

顔を赤らめノビをにらんだかと思ったら、うつむいてエムの口もとをぬぐいはじめた美里の様子になにかを察したか、えへん、とのどを鳴らして、ノビが、いった。

「……そうそう。忘れるとこだった。さっきの話の続きだけど、オリジナルと手を組むかどうか決める前に、やらなきゃいけないことがあるんだった」

宮知《みやち》がたずねた。

「ほう？　それはなんだ？」

「——アトリに会うこと」

間髪《かんはつ》容れずに答えを返し、む、と顔を挙げ、ノビをにらんだエムの頭を撫《な》でてやりつつ、ノビは続ける。

「これまでチャンスがなかったけど、なるべく早く、アトリに会う必要がある。それも文化祭がはじまるまえに。……でなければ、おそらく間に合わない」

「間に合わない？」

「ああ。……ってもこれこそ根拠《こんきょ》のない、おれの勘《かん》なんだがな？　――いま日炉理坂《ひろりざか》全域で起きている異常は、きっと文化祭に関係がある。ていうか、文化祭で完結し、どうにもできないものになる気がする」

ちょっと待って、と美里は口をはさんだ。

「……いま日炉理坂で起きている異常、って？」

「あれ？　山本《やまもと》さんにはまだ教えていなかったっけ？　……じゃあ、山本さん。ひとつ、お願いがあるんだけど」

「……な、なによ」

ノビは美里の目を見つめ、顔を近づけ、いった。

「メガネ、外してみてくれる？」

美里はずさっと距離を取った。

ノビの一挙一動に注意を傾けつつ、叫ぶ。

「なななななにをいきなりいっているのよ！　こんなところで――バカ！　バカじゃないの！　スケベ！　ヘンタイ！」

「そのどれもあえて否定はしないけど、……山本さん。どちらかといえば、その反応のほうが異常なんだ。ていうか、実をいえばね、山本さんはもともとメガネをかけていなかった、はずなんだ」

「――あんたがヘンタイなのはあんたの自由だけど、あたしまで勝手にヘンタイにしないでくれる？　あたしは生まれたときからずっと、ちゃんとメガネをつけているわよ」

「……それが、そう思わせられているだけだとしたら？　山本《やまもと》さんだけじゃなく、ここにいる全員――日炉理坂《ひろりざか》、全体が」

はぁ？　と怪訝《けげん》な顔をして、美里《みさと》はねねと宮知《みやち》を見た。

二人とも、当然メガネをかけている。

ノビも、ときどき裸《はだか》になるくせのあるエムだって、服は脱《ぬ》いでもちゃんとメガネはつけている。

――けれど、エムはともかく、ねねも宮知も、ノビの言葉を異常に思っている様子はない。

ノビが首を振った。

「心配しないでいいよ、山本さん。山本さんが異常なんじゃなくて、わからないのが当然なんだ。宮知もねねさんも、山本さんと一緒で異常は感じられていない。なぜならこれは、《知恵の実》の力によるものだから」

「――《知恵の実》の？」

「ああ。だから日炉理坂でこの異常に気づけているのは、おれと、――おれのオリジナルだけだろうな。……ああもちろん、契約者――もとい、《知恵の実》の使用者は別だけど。……あと、アトリはどうかなぁ……？」

「なんで、ノビと堂島《どうじま》コウ、だけが？」

「おれたちには《Ｉｔ》があるからね。精神的な部分で負けなければ、《知恵の実》の力にだってある程度は抵抗できるし、わかる。この異常は《知恵の実》によるものだって」

「……でも、『メガネをかけさせる《知恵の実》』？　なんなのよそれ？」

「正確にいうなら、『触《ふ》れるほどにリアルな幻覚を見せるためにメガネをかけさせる《知恵の実》』ってところかな。……いや、これはあくまで推測で、本当にそんな能力なのかはわからないけど、――山本さんは最近見てない？　妙《みょう》な幻覚とか、リアルな夢とか」

美里は口ごもった。

確かに、見ていたからだ。とてもリアルな幻影を。

死んだはずの、二人の友人の姿を。

ありえないはずのその姿を見て、美里はそれを夢だと、深層意識からのメッセージだと受け取って、みークルに頼って『ＭＬＮ』を探す決心をした。

そのくせに、あまりその幻覚のことを深く考えていなかった。

そういえば、クラスメイトたちもいろいろなうわさをしていた。いわく、ツチノコを見たとか。小人《こびと》が展示物の組み立てを手伝ってくれていたとか。なかには空からたらいが落ちてきた（実際に頭に当たって痛かった）、というものまで――

だけど、だれもその幻覚について、真剣に追及しようとはしていなかった。

まるで体育祭のときのように、異常を異常と思っていないみたいに——

「だから山本《やまもと》さんも、一人でいるとき、もしもまた幻覚を見たら、試しにメガネを外してみるといい。幻覚はそれで消えるから。ねねさんと宮知《みやち》はもう試しているし。

——とはいえ正直、いったいだれが、なんの目的で、どんな《知恵の実》をどういうふうに使っているのか、いまのところ想像もつかない。

わかっているのは、これが《知恵の実》の能力である以上、『代行者』として戦わなければ対抗できない、ということだけ。

——そして、そのためには、どうしても、必要なものがある」

ああ、と宮知が首肯《しゅこう》した。

「……そうか、アトリちゃんの持つマニュアル——」

「そうだ。おれの勘《かん》では、この『異変』は文化祭で『完成』する。だからそのときまでに、そいつに対抗できるよう、『代行者』として戦えるよう、アトリの協力を、——せめてマニュアルだけでも得ておきたい。そして、ここが重要なんだが、……ここからは、ねねさんと山本さんにはきつい話かもしれないが——

この事件は、どうしても、オリジナルではなくおれたちのほうで解決したい。

はっきりいえば、この事件の犯人の魂《たましい》を確保しておきたい。

——なぜなら、大隈《おおくま》さんのいうとおり、この事件には二種以上の《知恵の実》がかかわっているると思われるからだ。

……つまり、この事件の犯人は、複数の《知恵の実》と同時に契約《けいやく》できるほど多様なポテンシャルを持つ、強大な『魂《たましい》エネルギー』を持っている可能性がある」

ごくり、とのどが鳴ったのは、だれのものだったのか。

宮知が、つぶやくように、いった。

「……確かに、その推測が正しければ——」

「ああ。魂の力は可能性の力。同時に複数の《知恵の実》と契約する、なんてとんでもないことをやってのけられるような可能性を持つ『魂』なら、通常の二倍三倍どころじゃない、大量のエネルギーを得られるかもしれない。……それは、もしかしたら、《Ｉｔ》が分裂したことで失われた分を補充できるほど——というのはさすがに虫がよすぎるだろうけど」

「……」

「……どちらにせよ、大量のエネルギーを手に入れられる可能性があり、そして、《Ｉｔ》のエネルギーは必要だ。おれの目的のためにも、その手段のためにも——」

さっきはああいったが、はっきりいって、おれに協力する気があるからといって、オリジナルにもその気があるとは限らない。

むしろオリジナルのほうは、だれが一緒にやるものか、と、おれを憎《にく》んで、殺したい、ぐらいまだ逃げ続けているかもしれない。

なにしろオリジナルにとって、おれは日奈《ひな》を生き返らせる可能性を潰《つぶ》していた自分、——日奈への思いを汚《けが》したことの象徴のようなものだろうから。

だったら、もしもそれほど大量のエネルギーをオリジナルが手に入れたら、おれの力など必要ない、と考えるかもしれない。そのときは、あっさりおれを消しにかかる可能性だって否定できない。そこまではいかないとしても、——とにかく、どう見たっておれのほうが立場は弱いんだ。協力するにしても対立するにしても、交渉《こうしよう》のための武器として、——今回の敵《てき》の魂《たましい》が欲しい。それはおれが依然として魂を回収できる『代行者』であることの証明ともなる。だからこそ、今回の事件の犯人は、おれの手で倒さないといけないし、そのためにも、対決が予想される文化祭の開催までに、アトリと会って、こちらに引き入れておきたい。

せめて協力を取りつけるか、マニュアルだけでも、確保したい」

相手を倒し、魂を奪《うば》う。悪魔《あくま》のミカタの戦い。

日炉理坂《ひろりざか》に起きているという、《知恵の実》による異常。

対決の予想される、文化祭——

いきなり詰め込まれた情報を咀嚼《そしやく》しきれず、頭がくらくらするのを感じた美里《みさと》の耳に、宮知《みやち》の言葉が聞こえてくる。

「……だが、実際問題どうやって会う？　アトリちゃんは舞原家《まいばるけ》でも重要人物、当然護衛がついている」

「——できれば和歌丘《わかおか》で『偶然《ぐうぜん》一人に』なるまで待ちたかったが、……実際いままでチャンスを待っていたわけだが、もう、文化祭までそう日もない。こうなったら、こちらで会える状況をつくるしかないな」

「だから、どうやって？」

「そりゃあもう、今回新たに加わった、頼れる仲間！　山本《やまもと》さんにどうにかしてもらうしかないだろう？　——だからよろしくね？　山本さん！」

——は？

「なな、なんで？　なんであたしが？」

「省略するけど、最終的には、エムのため！　だからお互いに、がんばりましょう！　エムのため！　おれどちらかといえばエスだけど、それでもやっぱり、エムのため！　エム！　おまえってばしあわせものだなあ！　ほらいってやれ！」

「ミサト。すき。がんばれ」

「……あ、あ、あんたは、あんたらは……」

いや、確かにエムは守りたいけれど。

そのために、労力を惜しむつもりはないけれど。逃げるつもりもないけれど。

——あたしになにができるというのか。

いったいなにをさせる気なのか――

宮知《みやち》とねねが合掌《がっしょう》しているのを視界の端《はし》に収めつつ、美里《みさと》はがくりと、うなだれた。

## 4.

「卵いる人――」

「あ、あたしはけっこうです。塩だけで」

「うそ？　山本《やまもと》さん正気？　起きてる？　朝ちゃんと顔洗ってる？」

「……ワタシがいうのもなんだがノビ、余計な口は危険を招くぞ」

しまったな。キムチを持ってくるべきだった。本場の、おいしいやつがあったのに。おれはキムチにも一家言《いっかげん》あって――」

「「とりにかえれ。ミヤチ」

夜の九時前。

鍋《なべ》の具材が少なくなったことで、水炊《みずた》きは雑炊《ぞうすい》へと移行した。

もっとも美里は雑炊どころではなかった。

頭の中は、ノビにいわれたことで占《し》められている。

ノビの計画は、実に単純なものだった。

おまえそれ計画じゃあないだろう、と反射的に口にしてしまったくらい。

それこそ美里にもやれるようなな。

断るのが難しいレベルの。

でも、だからって、実際にやれるかどうかは別問題で――

（――いや、でも、やるしかないんだ、あたしにしかできないんだから――）

ぱたん、とドアが閉まる音が聞こえて、美里はわれに返った。

気づいてみると、――ノビがいない。

「あれ？　ノビは？」

美里の問いに、雑炊《ぞうすい》を取り分けつつ、宮知が答えた。

「コンビニだ。卵を見ていたら、煮卵が食べたくなったんだと。ついでにキムチとお茶も頼んでおいた」

「……あ、ちょ、あたしも行ってきます！」

返事を待たず、美里はノビを追いかけた。

マンションの出口で、美里《みさと》はノビに追いついた。

「……あれ、山本《やまもと》さん？ どうしたの？」

「……いや、その、あたしも、ちょっと……」

ノビの顔を見て、心音が、早くなる。

いいよどんだ美里を見て、ノビは笑った。

「計画のことなら、そんなに気負わなくてもいいって。……もしもどうしてもできそうになかったら、また別の手を考えるし。二案、三案、いつだって可能性は無限にある」

「……べつに、あたしは――」

そうだ――いや、違う。

追いかけたのは、自分がやらなければならないことのせいで、不安を感じたから――だけど、でも、じつは、それだけじゃない。

本当は、二人きりになるためだ。

二人きりで、聞きたいことがあった。

ノビがしようとしていることを知ってから、ずっと――だが、なかなかその機会がなくて、聞けなくて、でも、いま、ようやく――

心音が、早くなる。

「山本さん？」

「……あんたも、大概《たいがい》よね」

「いきなりなにが？」

美里は鼻で笑って告げる。

「あんた、本当に、堂島《どうじま》コウと協力できるわけ？　サクラにイハナさんまで取られといて。……まだ好きなんでしょう？　冬月《ふゆつき》さんやねねさんだっているくせに、――それはともかく、本当に、手を組むつもりなの？　オリジナルと。……結局無理なら、意地なんて――」

――違う、そんなことを聞きたいんじゃない。

できるさ、とノビは笑った。

「……組めるさ。日奈《ひな》を生き返らせるためなら。悪魔《あくま》とだって手を組めた。自分相手ならもっと簡単」

――そうだ。

ノビ・コースケ／堂島コウは、冬月日奈を生き返らせようとしている。

そのために、《It》を完成させて、自分の望んだ《知恵の実》を生み出させようとしている。

そのためだったら恋人の仇《かたき》とも、気に食わない相手であろうオリジナルとも仲良くできると いう。つまりそれだけ本気ということで、冗談《じようだん》ではなく《It》を完成させるつもりなのだと いうことで、――だったら、その《知恵の実》を使えば――

たとえば鴨音木エレナと神名木唯も、生き返らせることができるのか？

いや、わかっている。

——そんなこと、二人の覚悟《かくご》への裏切《うらぎ》りだ。

エムをも冒瀆《ぼうとく》することだ。

……でも、ただ聞いてみるだけなら、そう、可能性を知るだけなら、それぐらいなら?

気がつくと、ノビがじっと、見つめていた。

現実にはありえない、奇跡《きせき》への鍵《かぎ》を持つ存在。

ただ在るだけで、悪魔《あくま》の誘惑《ゆうわく》へと変わる、これがきっと、代行者。

心の奥底を照らし出す、鏡のような——

耐え切れず、視線をそらした瞬間《しゅんかん》、ノビが、そっと手を伸ばし。

美里《みさと》の頰《ほお》から、髪《かみ》を撫《な》でた。

思わずびくっと震《ふる》えてしまう。

「な、なによ!」

「ん? いや、山本《やまもと》さんって、やっぱりかわいいなって思って。うん。もっと自信を持っていい。堂島《どうじま》コウぐらい、山本さんなら簡単におとせるよ。なにしろおれが保証する」

「……なんの話よ。いったい」

「山本さんにあいつを誘惑《ゆうわく》してもらえたら、いろいろ楽になるかなって」

「絶対しないわよそんなこと!」

金切り声を上げた美里に、ノビはうん、とうなずいた。

「それでいいよ。山本さん」

「は？」

「いくらおれでも、本当にいやがることまでさせるつもりはないからさ。あくまで効率の面からの話だけどね。

……つまり、逆にいえば、できない、と思うことは、させない。

山本さんなら、やれると思ったからこそ、あんなことを提案した。

でもできないと思ったら、いつでも、いまみたいにいってくれればいいからさ」

「……あ、ああ、そう」

かすかに微笑《ほほえ》んで、美里の耳もとに手を当てて、子供相手にするように、髪の毛を撫でているノビ。

くすぐったくて、なぜか動けず、されるがままで、美里はただただ視線をそらす。ノビの顔を見られずに。

いったいなんなんだ、こいつ——いったいなにをしているんだ。

ていうか、どうしてしまったんだ？　なんでされるがままなんだ？　あたしは——

「……あれ？　コウ？」

ぴしり、とノビは、固まった。

美里《みさと》の頬《ほお》に手を置いたまま、ぎぎぎ、とロボットのようにぎこちなく首を回していく。

美里も凍《こお》りついたまま――

（……え、エム？　『監視《かんし》』はどうしたの？　かいくぐってきたとか？　それともまさか、エムが鍋《なべ》に夢中で忘れてた、とか――？）


「…………ジィ・ニー？」


ノビに呼びかけられて、広いおでこを露出して、髪《かみ》を一本の三つ編みにまとめた褐色《かっしょく》の肌《はだ》の少女は、たたた、と走ってよってきた。

美里も知っている舞原《まいばる》イハナの腹心、ジィ・ニー。

ただし、今日はいつも着ている特徴的な黒いスーツではない――仕事中ではない、ということか？　だからエムが見逃したのか？

ジィはどこか遠慮《えんりょ》がちに、話しかけてきた。

「やっぱり、コウか。よかった。一瞬《いっしゅん》、よく似た別人かと思ってしまった。……でもどうしたんだ？　もう夜なのに」

「お、おまえこそ？　どうした？」

「私は今日は非番だ。ちょっと考え事をしたくてな、……歩いていて、気がついたらこんなところに——ちょうど考えていたところだが、まさか、本当におまえに会えるとは——」

いいかけて、そこでようやく、ノビの陰にいた美里《みさと》に気づいたのか。

ジィもまた、固まった。

美里のほおに手を当てたままのノビを見て、当てられたままの美里を見て、なにかを悟《さと》ったようにうなずき、慌《あわ》てて離れる。ついでにノビも美里から手を放す。ようやく。

ジィはどもりながら、いった。

「……そ、そうか。山本《やまもと》どのまで、コウの手におち……、いや、その、……コウの思いを、受け止められたか。め、めでたいことだ。おめでとう。相手が山本どのなら、サクラさまもお喜びになることだろう。……その、コウ、よくやった」

「ええ？　ちょっと？　ま、待ってください？　ジィさん。それ、ちが」

「そうですわよジィさんあなた勘違《かんちが》いしていましてよ？」

「謙遜《けんそん》しないでいい。……さすがはコウ、大したものだ。これでついに小鳥遊《たかなし》に、並んだな」

「「ちょっと待て」」

ジィのせりふに、ノビと美里は同時につっこんだ。

二人で顔を見合わせたのち、美里が、たずねる。

「……あの、ジィさん？　ちょっと、聞きたいんですけれど」

「私に答えられることであれば」

「……小鳥遊って、あの人ですよね？　うちの学校の、……女の子が好きで、恋人がたくさんいるとかいう――あの、小鳥遊恕宇《じよう》？」

「ああ」

「……あの人に並んだっていうことは、――堂島《どうじま》コウって、サクラとイハナさん以外に付き合っている人が、ほかにも？」

「……付き合っている、といえるかどうかはわからないが、私の聞いた限りでは、いんと「違うっ！」、みんと「違うっ！」ＭＳ72もとい、レイ「おれ違うっ！」――おい？」

「……し、知ってるでしょ山本さん、……おれ、違う……」

ジィが人物名を挙げるたびにお尻《しり》にひざを打ち込まれ、ノビは悶絶《もんぜつ》した。

ノビの言葉に、そうなのか？　とジィは目を見開く。

「そうなのか？　……ああ、でも、……そういわれると、確かに、わたしも、自分の目で確認したわけではないし、……ただ、みんながいっていたから、本当だとばかり……そうだよな。一緒に寝ていたからといって、そうなっているとは限らないよな？」

（山本さん、足がおれの足に乗ってる）

（知ってる）

次第に増える荷重に耐えつつ、はっはっは、とノビは乾《かわ》いた笑い声を上げた。

「……はっはっは。そうだよジィ・ニー。勘違《かんちが》いするな。このおれがそんなハレンチなこと、するわけないだろう？　していたらおれは本当にもうどうかしている。ていうかどうしちまったんだ？　おれは？　なんか悪いもんにでもあたったか？　……ていうかそいつは本当に、堂《どう》島《じま》コウなのか？」

「……気が多いところはいかにもあんただと思うけど？」

美里《みさと》の冷たいつっこみに、ジィのフォローが続いた。

「いや、その、……そう気に病まなくてもいい、コウ。……あのな？　イハナさまがいうには、……『ノットB』のこととかあって、……いまのおまえはある種の病気のようなものなのだそうだ。だからコウ、……その、お大事に」

コウは乾いた笑みを浮かべる。

「——お大事に、か。ふふ、ふふふ。……ジィ。やさしい言葉をありがとう。そんなおまえだからこそ、おれはあらためて、命に懸《か》けて誓《ちか》うよ。いくらおれでもそこまではしない。もしもおれがそんな不誠実なことをしていたら、次会ったときに後ろから、ばっさり切られてかまわない。ていうかむしろヤってくれ。手加減せずに。お願いだから」

「わ、私は別に、おまえのことを不誠実だとは思っていないぞ？　おまえがそういうやつだというのは知っているし、……その、不誠実だというならむしろ、——むしろ、きっと、わたしのほうが――」

語尾は吸い込まれるように、夜の闇《やみ》へと、消えた。

「……ジィ？」

怪訝《けげん》なノビの問いかけに、どこか泣きそうな表情で、ジィは、懇願《こんがん》するように、いった。

「……なぁ、コウ、……おまえは、もう、その――」


「――冬月日奈《ふゆつきひな》のことは、諦《あきら》めたのか？」


ノビの顔になにを見たのか、怯《おび》えたように、慌《あわ》てて言葉をつなげていく。

「い、いや、いいんだ、私はそのどちらでも、おまえが自分で決めたことなら、……お嬢《じょう》さまの望みでもあるし、うん。みんな、しあわせそうだし、――おまえだって、いつまでも死人に縛《しば》られることはない。諦められるならそれがいちばんんだ。うん。わかっている。わかっているんだ。わたしだって。……だから――」

「……」

「すまない。変なことを聞いて。私はただ、確認しておきたかったんだ。もう、おまえは、私の、……いや、違う、そうだ、私はイハナさまと、サクラさまと、そしておまえのしあわせを望む。だからいいんだ、これで」

「……」

「……ああ、でも、周囲には、いいかげん、ちゃんとはっきりさせておいたほうがいいぞ？　小鳥遊《たかなし》や真嶋《まじま》にも、――そうだ、それに、ホミンにも。……あいつ、おまえの『バイト』の件で、なにやらとても悩んでいたようだから。最近あまり眠《ねむ》れていないみたいだし、時間があるなら会ってやってくれ。……では、私は、そろそろ、これで……」

「待って」

去ろうとしたジィを、呼び止めて。

ノビはしばらく、褐色《かっしょく》の少女の顔を見つめていた。

なにかいいかけては口を閉じ、を繰り返し、一瞬《いっしゅん》美里《みさと》を見やって、すぐに視線をもどして、パン、と両手で自分のほおを叩《たた》いたのち。

おもむろに、いった。

「……なぁ、ジィ。おまえ、まだ、おれのこと、好きか？」

「え？　それは、……わ、私は、もちろん、おまえのことを」

答えかけたジィをさえぎって、ノビは言葉を続ける。

「あー、いい！　ちょっと待って。そのまえに、もうひとつ、これからたとえ話をするから、そちらのほうに答えてくれ」

「あ、ああ」

「あるところに、王さまがいました。王さまは、それまでは普通の王さまでしたが、ある日突然暴君になり、いうことを聞かない家来の首を刎《は》ねはじめました。

と、ここに、二人の忠臣がいます。

ひとりは、王にはなにかの思惑《おもわく》があるのだと信じ、ただ黙々《もくもく》と、王の指令のままに家来の首を刎ね続けました。

ひとりは、王だって間違えるもの、王の乱心はたとえおのれの命を失おうとも正してみせる、という決意を持って、王を諫《いさ》めようとしました。

さて、どちらが王の忠臣として、正解なのでしょう？」

「……さ、さぁ、……どちらかな？」

首をかしげてたずねたジィに、ノビはあっさり答えを返す。

「なに、どっちでもいい。だから好きなほうを選べ。おまえがどちらを選んでも、おれはいいやおまえは間違っている、その逆こそが正解だ！　っていっておまえを説得する自信があるから。だから、ほら！」

「……え、だ？　だが」

「カップルと理屈はどこでもくっつく。正解なんて状況によっていくらもあるんだ。だからおれはどっちをおまえが選ぼうが、逆だ！　と主張してみせる。いまのおまえは間違っていると、おまえを納得させてみせる！　それらしい理屈を展開してな！　なぜだかわかるか？　それはな、おれがおまえを大好きで、だから説得したいからだ！」

「はう、あ？」

「だからおまえは、逆にいうなら、どちらを選んでもいいんだ。そのどちらだって、おれが正解にしてみせる！　正解だっておまえを納得させてみせる！　いいか？　ここでいちばん大事なことは、相手に対して働きかける意思を持つことだ。『従う』にせよ『諫《いさ》める』にせよ、自分のなかだけで終わらせるな。『信じる』にせよ『疑う』にせよ、自分のなかだけで完結するな！　疑問があれば聞け！　殴《なぐ》ってでもいってくれ！　納得したいと、説得したいと、そういう気持ちを無視するな！　自分の中に閉じ込めるな！　そして、……ジィ、頼むから、おまえのなかだけで、気持ちを、想いを終わらせないでくれ。……少しでも、おれを好きだという気持ちが残っているんなら、……一人で見切らないでくれ。できれば見捨てないでくれ。……聞きかけて、やめて勝手に納得なんて、悲しいことは、やめてくれ……」

「……あ、う……はうあ？」

ノビは手を伸ばし、ジィを胸もとに抱《だ》きよせた。

びくり、と震《ふる》えて身体《からだ》を硬くし、それでも抵抗しないジィを、力強く、抱きしめる。

しばらくして。

抱きしめられたまま、おでこをノビの頭にこすりつけるようにして、ジィは、ぼそぼそと、言葉をつむぎはじめた。

「……あのな、コウ。私も、おまえが、大好きだ」

「……ああ」

「……でも、いまのおまえは、私の好きなおまえと違って、……でもそれは、他人の決めつけだって、勝手なイメージだって、いっていて、……そうなのかもしれなくて、だったら、間違っていたのは、私で、不誠実なのは私のほうで、でも、だけど——」

ノビは、笑って、首を振った。

「……いいや、おまえほど、誠実なやつはいないよ。それはおれがわかってる。だから。……おれのことで、傷つけちゃって、ごめんな。——ジィ。……つらい思いをさせてしまって、本当に、ごめん——」

やがて。

ジィは自分から手を伸ばし、ノビに抱きついて、泣きはじめた。

そしてノビは、そんなジィが泣き止むまで、そのままでいた。

堂島《どうじま》コウとして、のままで。

5.

「……それじゃ、おれはもう少し予定があるから」

「う、うむ。……では、私は、これで……」

「そのまえに！　きみはほら、コンビニの裏《うら》にトイレあるからいってきなさい！　女の子なんだから、顔とか、身だしなみはきちんと、ね！　ハンカチ持ってるか？」

「あ、う、うむ。そうだな。私だって、女だしな、……じゃあ、また」

挨拶《あいさつ》をして、どこか名残惜《なごりお》しそうに、それでも未練《みれん》を振り切るようにきびきびときびすを返し、コンビニの裏へと走りかけたジィを、ノビは、「待って！」と後ろから大掛かりに抱《だ》きしめた。

「はうあ！　な、なんだ！」

「いいか？　ジイ。トイレで鏡を見たら、自分の姿を見つめて、あらためて、これからおれがいうことを、思い返せ。

……さっきいったのはな、見切りをつけるな、ってことじゃないんだ。

おまえはとってもいい女だ。だから、見切りをつけるときは、そのときは、——おまえから振られるんじゃない！　おれなんか、おまえのほうから振ってやれ！　いいな？」

「……ああ。わかった」

笑顔を見せて、ジィ・ニーは走っていった。

場には、ノビと美里《みさと》が残される。

はぁ、とノビと美里は同時に、ため息をついた。

照れたように、ノビが口を開く。

「……まったく、おれのオリジナルは、いったいなにを考えているんですかね？　いくらいろいろあったにしても、……ていうかもしもジィのいうのが事実なら、……いやいや事実のわけないですけど！　単なるうわさでしょうけど！　でもイハナとサクラのことにしたって、いくらなんでもおれってば、日奈《ひな》ほっといてなにやってんだ？」

「……ケダモノ？」

「……ですよねー」

あうう、と肩《かた》を落としたノビに、美里は首を振り、気を取り直して、たずねる。

「よかったの？　結局あの人、あんたのこと堂島《どうじま》だと思いこんでいたみたいだけど。……実際のところ、よくばれなかったわね。端《はた》から見ていてひやひやしたわ」

……本当にばれていなかったのか？　とも思うが。

「信じ込んだら真っ直線、そこがジィ・ニーのジィ・ニーたるゆえん」

純朴《じゅんぼく》そうなあの人なら、気づいていながら気づいていない？　ということもあるのかもしれない。

「……あんたも、バカじゃない？　堂島《どうじま》の味方をするようなことをして。……いっそこっちに引き抜けばよかったのに」

試すような美里《みさと》の言葉に、ノビは、笑った。

「いやいや。……まぁ、正直、確かにあいつは欲しいけど、……でもあいつが好きなのは、堂島コウ、であって、……おれじゃないから。……そんなのって、切ないし。

それにどうせ、自分から来てくれないと意味ないしね？　……山本《やまもと》さん、みたいに？」

「だから、あたしは、あんたじゃなくってエムのために――」

自分の意思でなければ意味がない。

――だからノビは、堂島コウのフォローをするようなことをいったのか？

それで彼女まで取られても――どう見てもジィ・ニーはコウに惚《ほ》れているようだったし、コウ／ノビもまんざらではなかったように思う――このコピーには後悔はないのか？　どうしてそんな、『意地』を張るのか？　張れるのか？

美里の視線の先で、ノビは考え込んでいた。

どことなく、真剣な表情で。

が、美里の視線に気づいて、寸前の表情を消してたちまち笑顔になる。

「ところで山本さん。……確かにオリジナルはもてもてみたいですけれど、……夢を忘れたっぽい挙句の果てにジィを傷つけ泣かしているようなあいつと、毎日野望に燃えているおれ――どう考えてもおれのほうが、かっこいいと思いません？」

「かっこいいとは思わないけど、……まあ、ましかもね」

「だったら、おれのほうが格上《かくうえ》だ」

――声を低くして、どこかニヒルに吐《は》き捨てる。

「……だったら、協力するんだとしても、……おれから下手《したて》に出ることはねぇな」

「……もしかして、怒ってる？」

「――あー、まぁね。ちょっとだけ。ふがいない、『自分』に。……なにやってんだよ、おれは。……まさか、諦《あきら》める、ってことは、いくらなんでもないだろうけど――ま、いいか」

さてと、とノビは笑って手を叩《たた》いた。

「それでは山本さん。あとはお願いね！　うふっ！」

「……は？」

「ジィがトイレからもどってきたら、一緒に帰って、フォローして？　じゃないといろいろ困るでしょう？　たぶん向こうにはおれがいるから！」

「……は？　は、……は？」

「だいじょうぶ。ジィは義理堅いから、オリジナルを見ておれのことに気づいても、たぶん内緒にしてくれると思う。あいつ、あれで頭の回転もそう悪くないし。……ただ、ジィは不意打ちに弱いから、そこは山本《やまもと》さんがフォローして――山本さんも困るでしょ？　本当は三鷹《みたか》家にいるはずなのに、おれといたのを報告されたら」

「……な、は、あんた……」

「だいじょうぶ！　山本さんなら絶対やれる！　ま、やれなくったってそのときはそのとき。最悪おれたちのこと、ばれてしまってもいいから。……いったろ？　生きてさえいれば、おれがどうにかしてみせるって。だからまぁ、気負わずに、本番前の予行演習ってことで――それとも、無理？　できそうにない？　だったら――」

「……やるわよ。ええ」

ノビの、気遣《きづか》う言葉が挑発《ちょうはつ》的に聞こえて、気がつくと、応《こた》えていた。

ああ、そうだ、やってやる。

あたしにだって、『意地』はある。

これぐらい、なんでもない。見事にやりとげてみせる――

「やればいいんでしょう！　まかせなさい！　ええ！」

「オッケー。んじゃ、よろしく。こちらからも確認するけど、なんかあったらエムに連絡入れて？　……あー、雑炊《ぞうすい》残しとく？　何日持つかわからないけど、いちおう気持ちってことで」

「食べれ！」

「ん。じゃあ、がんばって！」

無責任に告げると、そのまま、——家にもどるかと思いきや、向きを変え、ノビはコンビニへと入っていった。

ガラス窓の向こうから笑顔を向けてくるノビにしかめっ面《つら》を見せると、美里《みさと》も、ジイが向かったトイレの方へと、歩き出す。

——頭の中で、シミュレーションを開始しつつ——

ええと、まず考えるべきことは、ノビについてごまかしてもらうこと。

そして、そうだ、ノビのいうとおり、あたしも三鷹家に泊まっていることになっていたから、そのこともどうにかうまい言い訳を、考えて——

ああ、やってやる。

これぐらい、完璧《かんぺき》にやり通してみせる。あいつに負けてはいられない。

あたしの『意地』を、見せてやる！

「あれ？　……山本どの？」

「……わ！　……どうも。ジィさん。……あの、あたしの用事はすんだので、舞原家《まいばるけ》まで、ご一緒していいですか？」

「ああ。もちろん。では――」

棚《たな》の陰に隠《かく》れてこちらを見ているノビに、ジィに見えない角度から中指を使うサインをつくってみせると、美里《みさと》はジィを追って歩き出した。

――雑炊《ぞうすい》は食べ損ねたけれど、空には真円《しんえん》に近い月が浮かんで、肌寒《はださむ》くも心地のいい、夜だった。

# 第四幕／決意と誓いと、『堂島コウ』

1.

「舞原家《まいばるけ》の弱点、――それはそのワンマン経営？　にある」

ノビは美里《みさと》にそういった。

「……ハナちゃんも気をつけているみたいだけど、その用心すらトップのハナちゃんの判断だからね。ハナちゃんとサクちゃんに舞原家全体が心酔《しんすい》していて、絶対王政、というか、むしろなにかの宗教団体のような――それは舞原家の長所であると同時に、弱点でもある。

たとえばおれは、舞原家という後ろ盾《だて》がなくても、一対一ならハナちゃんにはまず勝てない。頭脳の回転はもちろん、戦闘能力的な意味でも。

でも、五対五、いや十対十くらい、百対百でもいいけれど、集団戦なら、そうそう負ける気はしない。

極論すれば、結局向こうはどれだけ数が増えようが、全部『ハナちゃん』という駒《こま》なんだ。

そして、たとえどれほど強力だろうと相手が駒を一種類しか使えないなら、――ああ、おれは負けない自信があるね。……ワンマン、という点では小鳥遊《たかなし》もイハナに似たところがあるし、そういう意味ではやっぱり、おれにとって強敵《きょうてき》なのは、ハナちゃんや小鳥遊よりも、『部長』やナナちゃん――『みークル』だろうな。おれや小鳥遊、ハナちゃんはいうに及ばず、宮知《みやち》だってみークルなわけで、そう考えると本当に、みークルにはいろいろな駒がそろっていて、だからこそ敵に回すと厄介《やっかい》で――」

「……で？　ようするに？」

「失礼。話がそれました。ようするに、イハナとサクラさえ押さえれば、舞原家の攻略《こうりゃく》はたやすいってこと。あの二人の決定に、舞原家は諾々《だくだく》と従う。……そして山本《やまもと》さんは、そのトップに干渉《かんしょう》できる――とくに、ハナちゃんの弱点でもあるサクちゃんにいうことを聞かせられる数少ない人で――」

◆

「……もう一回、いってくれる？」

ぽかん、とした感じで首をかしげた舞原サクラに、美里は、さっそく作戦の危うさを感じながら（こんなの作戦といえるか！）、提案を繰り返した。

美里《みさと》の言葉に、サクラはさらに目を見開く。

「……ええと、つまり、簡単にいうと、山本《やまもと》さん、あたしとハナちゃんとコウが本当にうまくやっているのか、密着取材をしたいってこと？」

「……ええ。そうね、密着取材はいいえて妙《みょう》ね。――とにかく、自分の目で確かめたいの。悪いけどあたし、サクラになんていわれようと、どうしても信じられないから。男一人に女二人で仲良く――なんて、そんな都合のいい三角関係が成り立つなんて、ありえない！　絶対だれかが無理しているに決まっているんだから！」

「――そんな！　おれは無理なんてちっとも！」

「あんたは黙《だま》ってなさい！　堂島《どうじま》コウ！」

美里はサクラの後ろに控えていた堂島コウをにらんで一喝《いっかつ》し、できる限り自然に視線を逸《そ》らした。

ここはサクラの自室で、美里とサクラは、カーペットに座布団《ざぶとん》を敷いて座っていて。

堂島コウは、いかにも慣れた感じで、サクラの背後にあるベッドに寝そべっている。

美里とサクラは洋服の普段着なのだが、なぜだかコウは、和装の着流し姿。

だらしなく気崩《きくず》した着物の上にサクラかイハナのものだろう女物の打掛けをマントのようにかぶり、頬杖《ほうづえ》をついている姿は、なんというか、色っぽい。自分は着物にフェチでもあるのかと思うくらい。

気がつくと、はだけた胸やのぞく素足に思わず目を奪われてしまい、認めるしかない。確かに堂島コウは、容姿に恵まれていると。

……ていうか、素材は同じはずなのだが、このノビには感じぬあふれる色気はなんなんだ？　なんだか唇《くちびる》も妙になまめかしいし、こいつ男の分際でグロスとかつけていないだろな？　いや認めない、認められない、男子はもっと健康的であるべきだ、男子高校生はすべからく甲子《こうし》園《えん》球児のようにあるべきで——しかし見れば見るほど現実のものとは思えない、まるで『幻覚』みたいな——

……『幻覚』？

「いやん。山本さんのえっち」

「サクラ。やっぱりいますぐこいつと別れなさい。あたし、こいつはなんか、生理的に受けつけない」

「もう。冗談《じょうだん》でもそんなこといわないでよう。コウもえっちとかいわないの。むしろサービスしてあげて？」

「ほらみなさいサクラにだって悪い影響——いや、あんたはもともとこんなか。いいから堂島、妙《みょう》なBGM口ずさみながら肩《かた》出すな！」

コンコン、とドアをノックする音。

「あ。ハナちゃん？　入って！」

「サクラ。いったいなんの用ですか？　わたしは忙しいのですが、——ああ、あなたは」

手もとで携帯端末《たんまつ》を操作しながら部屋の中に入ってきた舞原《まいばる》イハナは、美里《みさと》に気づき、端末を背後のジィ・ニーに預け、会釈《えしやく》した。

無表情なその顔に、美里はエムを思い浮かべる。

なお、イハナは着物を着て、髪《かみ》の毛を後ろにまとめあげていて（そういえば体育祭のときもこんな髪形をしていた）、その横に立つジィ・ニーは、いつもと変わらぬ特徴的な黒服姿（よって舞原家の『スタッフ』は、黒服組と呼ばれることも多い）。

ジィは美里の姿に、一瞬《いっしゅん》はっとした表情を見せた。

——あのあと結局ジィは、ノビと邂逅《かいこう》したことを舞原家に報告せず、美里のアリバイについても話を合わせてくれた。

それをきっかけに、美里とジィはそれなりに、話をするようになった。

もっとも、するのは世間話ぐらいで、時おり聞きたそうな顔をしてくるが、ジィがノビについて問うてくることはなかったし、美里もあえて話さなかった。ジィがあくまで舞原家のスタッフとしてノビと一線を引いていることをおもんぱかって。

ジィは美里に挨拶《あいさつ》すると、ベッドに寝転んだまま出迎えたコウを見て、わずかに表情をゆがめた。

あれから何度か、ジィは堂島コウと、『きちんと』話をしようと試みたらしい。

が、昼は互いに忙しくて時間が合わず、夜は、――『思わず』避《さ》けてしまうのだとか。

わからないでもない。

いまベッドに寝ている『アレ』に、夜出会うのは、美里だって遠慮《えんりょ》したい。

ていうか昼でもあまり、会いたくない。

この男、学校では普通の癖《くせ》に、舞原家では、なんでこんな、妙《みょう》に退廃的な雰囲気《ふんいき》（――ああ、そうか、この感じ、どことなく『ザ・ワン』に似ている――）をまとっているんだか――

またも見入っていたことに気づいて、しかもコウににやにやされて（うわ、腹立つ！）、美里は咳払《せきばら》いをしてごまかした。

イハナが無表情に、いった。

「つまり、わたしたちが三人で、本当に仲良くやっているのか、自分の目で確かめたいと？……小人閑居《しょうじんかんきょ》して不善《ふぜん》を為す、という言葉を知っていますか？　山本美里《やまもと》。そんなに暇《ひま》だというのなら、文化祭の準備を手伝いなさいな。少なくとも時間は潰《つぶ》せるでしょう？」

「……いきなりけんか腰《ごし》じゃない。舞原さん」

「あなたがいったいどこのナニサマなのかは知りませんけれど、わたしは忙《いそが》しいのです。そもそも、わたしはわたしたちの関係を余人《よじん》に評価してもらう必要を感じていません」

「もう！　ハナちゃん！　そんなことをいわないで！　あたしは認めてもらいたいの！　山本さんは大事な友だちなんだから！」

「うんうん、サクラはやっぱりいいこだねー」

抱《だ》きついてきたサクラをしっかり受け止めて、美里《みさと》は思いっ切り勝ち誇った表情を浮かべてイハナを鼻で笑う——いや、こういう真似《まね》をするから、実はサクラよりシスコン度の強いイハナにつんけんされてしまうのだが。

ノビはイハナの能力をとてもかっているようだし、美里自身もイハナが優秀な人物であるということについて異論はないのだが、そして悪人だとも思わないのだが、それでも、そりが合わないものはしかたがない。

ちなみに、イハナを高く評価している一方で、ノビはどうも、サクラのことは普通のお嬢《じょう》さま、と考えているようなのだが、この点については美里の考えは逆だ。

むしろサクラの方が、敵《てき》にすればイハナよりずっと厄介《やっかい》になる——美里は友だちながら、そう思う。

いや、遠慮《えんりょ》のない親友だからこそ、サクラについては見誤っていない自信がある。

ノビがまったく気づいていないこの点が、いつか、ノビの足もとをすくわなければいいのだが——舞原家《まいばるけ》の弱点について語られたとき、美里はそう感じたが、しかし結局、ノビにそのことを伝えなかった。

下手《へた》に警戒《けいかい》されて、舞原家を敵に回されてはたまらない——ノビや宮知《みやち》にはそういうところがあるから。

あたしは親友とエムとの間で板ばさみ、なんて事態は絶対に、ごめんだから。

だいじょうぶ、ノビには舞原家《まいばるけ》と敵対《てきたい》する気はないんだから――

意をあらため、美里《みさと》はなるべく友好的に、いった。

「もちろん、お忙《いそが》しいお姫《ひめ》さまに、無理に、とは申しませんわよ？　だいたい、この三人でいちばん無理をしてそうな人は、やっぱり、……だれとはいわないけれど、その人はやっぱり、それを知られるのはつらいでしょうし？」

「くだらない挑発《ちょうはつ》に乗るほどわたしは子供ではありません……が」

ジィから携帯端末《たんまつ》を受け取り、操作しながら、イハナは静かに返した。

「……そうですね。山本美里《やまもとみさと》、あなたの思惑《おもわく》など知りませんが、コウ、サクラ、そう日もないことですし、二人が真面目《まじめ》に練習してくれるというのなら、今日の予定を変更し、この時間を劇の練習に充《あ》ててもかまいません。三人で通しての台詞《せりふ》回しも確認しておきたかったところですし。どうです？」

「うん！　わかった！　ちゃんとやる！」

「コレは心外？　ハナちゃん？　ワたシがマジメでなかっタことなどアリマスカ？」

「その返答がもーまじめでねーわ！　……はっ？　な、なによ、堂島《どうじま》、サクラ、その顔は！」

「ね？　山本《やまもと》さん、ちゃんと突っ込んでくれるでしょ？」

「ああ……　おれたちのユニットにはぜひともほしい人材だ……」

「……っ。とにかく、山本美里、あなたが勝手に密着するのはかまいませんが、その代わり約束してください。もしもわたしたちの関係に無理を感じられなかったら、謝罪し、潔《いさぎよ》くわたしたちの関係を認めることを。もちろん、学校においてもです。……確かに、あなたには影響力がありますから」

「……わかったわよ」

では、とイハナはジィに向き直った。

「それでは予定を変更し、わたしとサクラは午後からの時間を、劇の練習に充てることにします。執務室にスケジュールの変更を伝えてください」

イハナの言葉をサクラが継《つ》ぐ。

「あ、じゃあついでにレイにも伝えてくれる？　あたしの予定もキャンセルだって。あと、邪《じゃ》魔《ま》を入れないように、と」

「はい」

さらにイハナが補足する。

「……あと、ジィ。あえていうことではありませんが、――わたしたちは劇の練習をするだけですから、――山本美里がなんといおうとも、そのことはみなにも誤解のなきように」

美里はちゃちゃを入れた。

「……なによ？　舞原さん。恋人とかいっていながら結局は、口ばっかり？　堂島といちゃいちゃするのをみんなに知られたくない？」

「理解できないなら何度だって繰り返しますが、わたしは挑発《ちょうはつ》には乗りませんし、あなたの目的などいっさい関係ありません。はっきりいっておきますが、山本美里《やまもとみさと》、わたしにはプライベートな時間など、ほとんどないのです。これから行うことも、ゲストをおもてなしするための、舞原《まいばる》主体の劇の練習——いわば舞原の公務であり、さらにいうならわたしは仕事中に恋人といちゃいちゃしたりはしません。公私の区別ははっきりさせるべきであり、だからこそ、そのことを誤解しないように、といっているのです。

……ただし、これは個人的な意見ですが。

公私の区別はつけるつもりですが、それでも、にじみ出てしまうものはあるでしょう。わたしたちが恋人だといっているのがはたして口だけかどうか、——むしろあなたの減らず口、密着取材とやらが終わった後でも聞けるかどうか、いまからとても楽しみです」

「うわ、ハナちゃんが、もえている？　ようしあたしも負けないぞっ！」

「こいつはやべぇ……なにがやべぇっておれがやべぇ……真っ白な灰になるほどにもえつきちまいそうな気がするぜぇ……へへ……へへへ……」

三者三様の反応をながめつつ。

……あれ？　と、美里は思った。

なんだろう、この、とてつもない間違いを犯してしまった気分は。

虎《とら》が棲《す》んでいる洞穴《どうけつ》に入ってしまい、さらに尻尾《しっぽ》を踏んでしまった感覚は。

別に危険はないはずなのに、いったいなに？　この『取り返しのつかない感』は——

「では、ジィ。あとはよしなに」

「よしなに！」

「……どうせなら、ジィもここにいたら？　ジィも本当は知りたいんじゃない？　おれたちがうまくやっているのか、……いまのおれが本当に、しあわせなのかどうか——」

「いえ！　私は！　けっこうですので！」

しゃちほこばった礼をして、ジィはロボットのような動作で回れ右をした。

挑発《ちょうはつ》するようなコウの言葉に、瞬間《しゅんかん》湯沸かし器のように一瞬《いっしゅん》かっとした（——ああ、同じバカでもこういうところがノビとは違う、ノビはこんな冷たいバカはいわない——）美里だったが、そんな美里を一瞥《いちべつ》したジィの表情に、激情はたちまち鎮火《ちんか》した。

なに？　ジィさん、……その、心配するような——あるいは同情の視線は。

売られていく子牛を見るような、痛ましいものを見る目つきは。

あたしはただ、この三人の関係が本物かどうか、確かめようとしているだけだよ？　——もちろん、真の目的は違うけど、でも、確かめたかった気持ちにうそはなく、つまりあたしはこれから、この三人が本当にうまくやっていけているのか、確かめるだけで、だから危険はないわけで、それは要するにこれからこの三人がべたべたいちゃいちゃするのをずっと近くで味わい続けるということで、しかも、三人をこの場に引きつけておかなければならない以上、無視したり興味を逸《そ》らすわけにもいかず、　ただただひたすら耐え続け――

――あれ？

よく考えるとそれって、非常にきっつい拷問《ごうもん》のような――

――あたし、もしかして、……甘《あま》かった？

思わず、ドアの向こうに消えかけたジィを呼び止める。

「……あ、ちょ、ちょっと待って？」

「なんですか？　いまさら逃亡は許しませんよ？」

「いや、ちがくて、そうじゃなくって、やっぱジィさんも一緒に――「無理です！」――そうじゃなくて、ちょっと待って、心の準備というか、――そうだあたし、連絡しないと！　三鷹《みたか》家《け》に！　用事ができたから、そっちに行くのは夜になるって。今日も約束してたから――」

「ええ知っています。最近あなたが木下《きのした》や朝比奈《あさひな》と三鷹家に入り浸っていることは。その連絡はこちらでしますから安心なさい？　ではジィ・ニー。お願いします」

「は、はい！　では！　――その、山本《やまもと》どの、……お大事に！」

「あ、ちょ、ちょっと、お願い、待って、もう少し、心構えを――」

――パタン、と。

やけに大きな音を立て、ドアは、閉まった。

名残惜《なごりお》しげに出口を見つめる美里《みさと》の背に、酷薄《こくはく》な声が、響く。

「それでは存分に、味わってもらいましょうか――」

「これは劇の練習ですから、山本さんも、思うところがあったら忌憚《きたん》なき意見を聞かせてください。……では、その、……コウ、あの、……隣《となり》、失礼します。これは劇の練習ですから」

「ねーえ、コウ、こ・こ・か・ら――」

「こらこら、あ・せ・る・な？　二人とも。まずはじっくりゆっくり、はじめから――」

突如広がった、たとえるならば桃《もも》色をした空間の、片隅《かたすみ》に一人、放り出されて――

――山本美里は、覚悟《かくご》した。

2.

「三鷹家《みたかけ》に、連絡がいったぞ。……ただし、山本《やまもと》さんの携帯からではなく、舞原家《まいばるけ》――ジィ・ニーからだったようだが。伝言は、予定通りのものだ」

「…………了解。それじゃ、こちらも作戦開始といきますか」

「いまさらだが、気をつけろよ？　――無線はこちらで傍受《ぼうじゅ》している。いざというときの中継《ちゅうけい》ポイントは頭に入っているな？　イヤホンはちゃんとつけとけよ？　見回りのスケジュールやカメラの位置は伝えられるが、それが絶対ではないことは常に念頭において置け。あと――」

「ハンカチとちり紙は持ったよオカン、他にあるか？　なにだいじょうぶ、まかせとけ」

「そうだそうだ。心配するな。二人とも。ノビは、このヒダリ・ジンゴロウが見事に守ってみせようとも。なにしろワタシとノビは事実最強のコンビだからな！　わははは！　こればっかりはエムにも負けん！　うわははは！」

「……いずれせかいをしはいする」

「よし、そんじゃ、いい知らせを楽しみに――」

◆

大城跡《ゆめあと》と日炉理坂《ひろりざか》の境界たる山道につくられた休憩《きゆうけい》用の高台——遠く、日炉理坂高校の第二校庭に建つ『巨大みこし』が見える場所に、小鳥遊恕宇《たかなしじよう》は、立っていた。

大城跡と日炉理坂を行き来するたびそこで止まり、しばし『巨大みこし』をながめることが、最近の恕宇の習慣だった。

みこしとは、神の乗る輿《こし》。

ならばあれほど大きなみこしに乗るのは、はたしてどんな神さまか。

もともとは各クラスがみこしをつくり、競い合うはずだったのが、いつのまにか、学校全体で力を合わせ、クレーン車等を使わずに人力だけで文化祭開催《かいさい》までにひとつのみこしをどこまで大きくできるか——そういうテーマになっていた。

堅実に、大工さんや建築会社のプロを実地に招いて勉強し、足場まで組んでつくられている『巨大みこし』は、いまや、地上三階分までに達している。

このままでいけば間違いなく、文化祭開始時には校舎《こうしや》の高さを超えるだろう。

実際、持続力と計画性、という点において、今文化祭にかける日炉理坂《ひろりざか》高校生徒の結集度は、先の体育祭の比ではない。

いくら体育祭時の『熱血化』による影響が残っているとはいえ、普通、ここまでやれるものなのか――

もっとも小鳥遊恕宇《たかなしじょう》は、その『異常』に気づいていない。

恕宇だけではなく、イハナも、当の生徒たちはもちろん日炉理坂の大人《おとな》も、だれもこの事態を異常と感じていない。普通の学校なら、社会なら、生徒の安全を考えてこれほどのオブジェクト建造を認めるはずもないだろうに――それはもちろん舞原家《まいばるけ》という独裁君主を戴《いただ》く日炉理坂という土地の特殊性もあるのだろうが、気がつくと、だれもが『それ』を普通に受け入れている。――ところどころで聞かれる『幻覚』のうわさと同じように。

実際のところ、恕宇は、――いちおう『巫女《みこ》しまくり！』発案者の一人としての義務ははたしてはいたが、その内心は文化祭どころではなかった。

現在、恕宇は、『ノットB』を探して和歌丘《わかおか》を走り回ってはいない。

先日、レイから渡された《知恵の実》によって、『日奈《ひな》』消滅という危機は当面、なくなったから。

が、それはあくまで一時しのぎ、根本的な解決とはならない。

なにより『日奈』が、その《知恵の実》を使用することを嫌《きら》っている。

いまは堂島《どうじま》コウを止めるため、という大義名分《たいぎめいぶん》があるが、いつか、それがなくなれば――

確かに、『こんな状態』をいつまでも続けられるとは思わない。

だからといって、先輩《せんぱい》と『日奈』のどちらかが失われるなんて現実、認められるはずがない。

絶対に二人とも『手に入れてみせる』――『きっとなにか手段はある』――時間ができるとそのことばかり考えていて、そうしてふと気がつくと、恕宇は、日炉理坂高校第二校庭に建立《こんりゆう》中の『巨大みこし』を視界に探してしまうのだった。

『巨大みこし』を目にすると、なぜか、心が落ち着き、……いや、むしろ、ざわざわとざわめき、ふつふつと力が湧《わ》いてくるように、感じられてくるのだった。

遠くに『それ』を、ながめながら、思う。

たかが高校生でも、人力しかなくても、その力を合わせれば、あれほどのものを建造できる。

ならばこの世に、できないことなどあるだろうか。

そうだ、たとえ小さな人間の力でも、合わせれば、やがて神へとも、届く――

（――そう、解決する手段は、すぐそばにある――）


「――小鳥遊？」

知った声にいきなり呼びかけられて、恕宇は息を呑《の》み、ついで深呼吸をした。

だれよりも弱みを見せたくない相手の登場に、急いで態度を取り繕《つくろ》う。

ざっ、ざっ、と土を踏みしめる音とともに、横に堂島《どうじま》コウが立ち、その姿を見て恕宇《じょう》は、コウと会うのがずいぶん久しぶりであるように思った。

いや、確かにお互い忙《いそが》しいが、実際には久方《ひさかた》ぶりということはなく、学校でもよくすれ違ったり、二、三、言葉を交わしたりしていたはずだが――

――そういえば、こいつと『だけ』会うのが久しぶりなのか？

「……どうした？　こんなところに。――久々だな、コウ。おまえが一人でいるのを見るのは」

恕宇の挨拶《あいさつ》に、コウは首を振った。

「いや？　実をいうといまだって、おれはハナちゃんサクちゃんと一緒《いっしょ》にいるんだ」

「ほう？　で、二人はどこに？」

「残念ながらここにはいない。さらにいうと、い、い、い、おれもいない。い、い、い、おまえもおれに、い、会、っ、て、い、い、ない、い」

「……どういう意味だ？」

「これから話すことは、オフレコだ、ってことだよ」

恕宇の方を向くことなく、ただただ遠くの『みこし』を見つめているコウに、恕宇は、自分も『みこし』に視線を向けて、そっと呼吸を整えた。

不意を突かれて混乱している内心を、整理しつつ。

……なぜ、コウがここにいる？

いまの言葉はどういう意味だ？　オフレコ？

考えられるのは、最悪の想像――

（――まさか、こいつ、私がレイから《知恵の実》を受け取ったことを、知って――？）

――ふと、視線を感じて。

恕宇は振り返り、いつのまにかこちらをじっと見つめていた、コウと視線を合わせた。

背筋に冷たいなにかが走るのを感じ、それをちらとも表に出さず、恕宇は軽口をたたく。

「……なんだ？　そんなに私を見つめて。思わず見とれてしまったか？」

恕宇の言葉に、コウは顔を背けて、笑った。

「うん。ぶっちゃけ、見とれてた」

「……は？」

「なるほど。いまならわかるよ。おまえは本当に、すごい美人だわ。女の子好きだっていうのは確かにもったいない。それはそれでステキ！　と思わなくもないが、――男としていわせてもらえば、やっぱりもったいない」

「なるほど。おまえの口からそんなこと、確かにオフレコでなければ聞けないな」

おお、とコウは、わざとらしく、手をたたく。

「……おお！　そうだった。時間がないので手短にすませよう。……小鳥遊《たかなし》。おれについて、いろんなうわさとか聞いたりしているかもしれないが――」

「ああ？　聞いたぞそういえば。いよいよ私に並んできたらしいな。というか、もはや私に勝ち目はなさそうだな。なにしろこの私まで口説《くど》いてくるほどだ。さすがの私もそこまではできん」

「いえ、うわさはうわさです。踊《おど》らされてはいけません。そのへん先輩《せんぱい》にもしっかり伝えておくように。……お願い。ここのところは本当に、切にお願い。……それはそれとして、……ここからが、オフレコなんだけど——

——おれは、日奈《ひな》の復活を、諦《あきら》めていない」

恕宇《じょう》は、じっと、コウの横顔を見つめた。

そこには気負いもなにもない。当然のことをいった、という表情。

恕宇自身にも驚きはない。

確かに、コウが迷っている、といううわさは聞いていたが、最初から信じていなかった。

……いや、迷うことはあるだろうが（自分だって悩んだし）、それでも結局は諦めないだろうと思っていた。

なにしろこいつは『堂島《どうじま》コウ』だ。諦めたりするはずがない。

いったん折れたって、何度でも立ち上がってくる。

——それにしても、そうか。

やはりこいつは、『代行者』をやめるつもりはないのか。

『代行者』であるために、戦い続けるつもりなのか。

だとしたら、やはり、私の『願い』をかなえるには——


「……場合によっては、おまえが『代行者』になっていたかもしれないけどな?」


「——なんだと?」

突然聞こえてきた言葉に愕然《がくぜん》として、恕宇はコウをにらみつけた。

コウもぎょっとし、恕宇を見た。

「な、なんだよいきなり大声出して」

「うるさい、それよりいまおまえ、なんといった? ——いや、すまん。——実は、その前から話を聞いていなかった」

「わぁ。ひでぇ。けっこう大事な話をしていたのに。だから、たとえばの話だよ。ちょっと思いついたんだけどさ、もしもだれかが、『代行者』をつくるために、《ピンホールショット》の事件を起こしたと仮定するなら、——おれを狙《ねら》ったものかもしれないけれど、状況によっては、おれじゃなくっておまえのほうが『代行者』になっていたかもしれないな、って」

「…………ちょ、っと、待て?」

心臓が激しく脈打つのを感じ、動揺を悟《さと》られまいと——意味がないかもしれないが——恕宇は、コウから一歩、離れた。

いきなり話が飛びすぎてないか？　いったいなにを聞き逃した？

いまの話は、どういう意味だ？

『代行者』をつくるため、あの事件が、起きた？

それはつまり、日奈《ひな》の死は――え？

「――どういうことだ！」

「うわ！　だ、だから、たとえばの話だってば！　詰め寄るな！　……いや、だからさ、たとえば、もしもそういう、『夕日を連れた男』みたいな『黒幕』が他にもいたとしたら、おれじゃなくって、おまえを狙った可能性もある、って話。あくまで、可能性の――」

「――――？　いや、――？　――――！」

「……悪いな。こんな話をして。ちょっと考えついちゃったから、整理の意味でも聞いてもらいたかったんだが、――あまり気分のいい話じゃないよな。悪かった。忘れてくれ。それより小鳥遊《たかなし》、おまえ、なんか悩みでもあるの？」

「…………い、いや、別に……」

「そうか？　そうは見えないが――ま、なんかあったらいってくれ。なにしろ借りてばっかりだから、貸しをつくるのは大好きだ！　――とくにおまえみたいな美人さんには」

「……あ、ああ」

「……ああって。美人さんには否定なしかい……」

生返事を返し、恕宇《じょう》は思索《しさく》の海へと沈む。

コウの言葉を、まるでパズルの重要なピースのようにして、それを中心に己のなかから思考の断片を拾い、一枚の絵にまとめあげていく。

『あの事件がつくられたものだった可能性』

『黒幕は別にいる』

『黒幕の狙《ねら》いは最初から、日奈《ひな》だった？』

『ならばなぜ先輩《せんぱい》が襲《おそ》われた？』

──『天狗面《てんぐめん》の男』は、先輩に、いったという。

おまえは最大のイレギュラーだ、と。

──イレギュラーとは、いったいなんの？　いや、違う、そのまえに考えるべきことは、黒幕とは何者か、そしていったい、なんのためにそんなことを──

（──悪魔《あくま》のミカタをつくるため、だと──？）

（──もしかして、私がなっていたかもしれない？）

──気がつくと、少年は、再びじっと、恕宇を見つめていた。

その視線に、、、、、、、ようやく気づいて、、、恕宇《じよう》は、静かに、心を落ち着けた。

……そうか、いま、ここにいるのは――

自分でも驚くほどに冷静になって、口を開く。

「……実に、興味深い推論だな」

「推論なんてレベルじゃないよ。根拠《こんきょ》も何もない、机上《きじょう》の妄想《もうそう》だ。忘れてくれ」

「いやいや、謙遜《けんそん》するな。とてもじゃないが六人近い女性と関係を結んでいるとうわさされているような、腑《ふ》抜けた男に考えつけるものじゃない。……どうでもいいが、あと一人加われば、七人――いわゆる『プレアデスの乙女《おとめ》』と同じ数になるな」

「なるほど、それは昴《プレアデス》の名を持つ男としては目指さないわけにはいかないな！　うわさの理由はそういうことか！　んなわけあるかい！」

「……だから、か？」

「なにが？」

「……イハナとサクラが、『おまえ』と正式にくっついた……だから、舞原家《まいばるけ》に姿を見せないのか？」

目の前の男は困ったような笑顔を浮かべ、首を振った。

「ああ。『ノットB』のことか。そうだな、そのことを知っているとすれば……それも否定はできないが、おれは、もっと単純に考えていいと思うけど？」

「……舞原家《まいばるけ》に、その推論の黒幕がいると考えているから？」

「いや、そっち方面じゃなくって、——ようするに、家を飛び出してしまった以上、手ぶらでは、帰れない、みたいな？　……いつか帰るにしても、それなりにビッグになってからじゃなきゃ？　ハードボイルド、じゃなくってむしろ、ロックンロール？」

「なるほど。男の子だな。男の子らしすぎて」

「信じがたい？　それもまた、帰れない要因だったりするかもな？　——おれだってそんなの信じられないし、説明もしにくいから。説得できる自信はない」

「……だろうな」

恕宇《じょう》はじっと、目の前の男を凝視《ぎょうし》する。

相手も、まったく物怖《ものお》じすることなく、視線を合わせてくる。

ひょうひょうとした表情に、恕宇は拍子抜《ひょうしぬ》けして考える。さて、最初の疑問にもどろうか

——なぜ、こいつはここにきた？　私の前に姿を見せた？　レイから受け取った《知恵の実》のことなど、こいつは知らないはずだが——

いったいどうして、さっきのような話をした？

——そして私の態度から、こいつはなにを読み取った？

「……いいなぁ。小鳥遊《たかなし》さんのこの雰囲気《ふんいき》。ちょっとした隙《すき》や油断が命取り——みたいな？」

「それがいいのか。おまえもなかなかオツな性癖《せいへき》をもっているな。……なんだったら、実際に

ヤってやろうか？」

「まじで？　うわ、どうしよう？　おれ、ドキドキしてきたよ！」

恕宇は、視線を値踏みに変えて、相手を見つめる。

もしも戦うことになったら──相手は男、しかも《Ｉｔ》の加護がある──それでも、純粋な格闘戦で自分が『堂島《どうじま》コウ』に負けるとは思わない。

──が、それは向こうもわかっているはず。

わかっていて姿を見せたというのなら、なにか切り札を持っていると考えるべきか？　いや、はったりで相手に深読みさせて自滅を誘《さそ》う、それが『堂島コウ』のやり方だが──

「……それにしても、『ノットＢ』は本当に、よく舞原家から逃げおおせているな」

『ノットＢ』の力だけじゃないだろうな。どっかの組織に匿《かくま》われているか──だがまぁ、どんな助けがあるにせよ、『堂島コウ』である以上、利用されるだけってことはないだろうし。

そして『堂島コウ』である以上、目的は変わらないだろうし」

「……ふむ。確かに。……なら、無理につかまえる必要はないか？」

「みんながそういうふうに考えるようになれば、意外とひょっこり出てくるかもよ？」

「かもな。堂島コウのコピーだけあって、度胸だけはありそうだし」

だけですか、と少年は、ため息をついた。

「……とりあえず、小鳥遊さん。いまの話は忘れてくださいな？　おれの目的のことも、推論のことも、――おれはここには来ていないし、おまえもおれとは会っていない」

「……」

返事をしない恕宇《じょう》を気にする素振りも見せず、さてと、と伸びをして、少年は遠くの『巨大みこし』に向き直った。

「……ところでさ、小鳥遊《たかなし》。おれ、あらためてきちんと見るのははじめてなんだが――おまえには『アレ』、なんに見える？」

「……なに？　なにって、……確かに少し大きいが、みこしはみこしだろう？」

恕宇の言葉に、少年は笑った。

「みこし、ねぇ。……おれにはあれ、『塔《とう》』に見えるな」

「……塔？」

「ああ。なんだっけ？　旧約聖書に出てくるやつ。解釈はいろいろあるようだが、一説に、人間の驕《おご》りの象徴とされたりもする――バブルの塔？」

「……バベルの塔か」

「そうそうそれそれ。……おまえもさ、メガネを外して裸《はだか》のような、素直な心で見てみれば、また物事の違った面が目に見えたりもするかもな？」

「……どういう意味だ？」

「……ていうか、アレを見て、少し大きいだけのみこし、とかいっている時点で自分が変だと思わないのか？　まったく異常に思わないのか？　あんな巨大なモニュメントをつくっていることも、町中から聞ける奇妙《きみよう》なうわさも――そしてそれらを、この土地のだれも不思議に思っていないことも。

ズバリいってしまえば、いま、この土地には、いろいろ異常が起きている。

だからまあ、おまえならだいじょうぶかもしれないが、油断しないよう気をつけろよ？

おれのいいたいことは、それだけだ。じゃあな。……また」

「……」

「繰り返すが、今日のことは内緒《ないしよ》だぜ？　舞原家《まいばるけ》にも、――おれにもな」

そういうと、少年は、振り返らずに歩いていった。

一瞬《いつしゆん》追いかけ、しかし結局手を出さずに見送って、恕宇は、あらためて『巨大みこし』に目をやった。

少年の、言葉の意味を考える。

あいつはいったい、どうして姿を見せたのか。

なにをしたかったのか。なにを話したかったのか。

どうして、話をする気になったのか――

――しばし、『巨大みこし』をながめたのち。

周囲に、人影がないことを確かめて、恕宇《じょう》はそっと、『メガネを外した』。

そして、『それ』を、ながめた。

◆

距離を取り、周囲に人影がないこと、恕宇が追いかけてこないことを確認すると、少年――ノビ・コースケは山道を外れて木立に分け入り、木の根元に、座り込んだ。

高鳴る心臓をなだめつつ、はぁ、と大きく息を漏《も》らす。

「……ああ、あせった……にしても、……どこで気づかれたんだ？　ヘマした覚えはないんだが、……やっぱり、ジィのようにはいかないか――」

独り言のようなノビの言葉に、手をついていた木の表面に唇《くちびる》が現れ、答えた。

「わざわざ話しかけるからだ。バカか？　それとも本当に妙《みょう》な性癖《せいへき》があるのか？」

「……本番前に、安全な場所で試しておきたかったんだよ。ここならいざっていうときすぐ逃げられるし、おまえもいるしな」

「そりゃあもちろん、ワタシがいる以上、危険なことなどなにもないがな！　なにしろワタシはソロモン王のお墨付《すみつ》きの、おまえの最強のパートナーで――」

和歌丘《わかおか》ではなく大城跡《ゆめあと》から侵入した結果、なんと、小鳥遊《たかなし》恕宇に出会った。

これぞ神のお引き合わせと調子に乗って、《レフトアーム・スピーキング》の制止を振り切り接触《せっしょく》したのはよかったが――

「にしても、うわー、こんなにあっさり見抜かれるとは。リハーサルどころかまったく自信がなくなった。とはいえいまさら中止ってわけにもいかないし。よし。次は慎重《しんちょう》にいくぞ！」

「立ち直りが早いのはけっこうなことだが、……タカナシ・ジョウはあのままでいいのか？　舞原家《まいばらけ》に連絡されたらことだぞ？」

しばらく考え、首を振り、ノビは笑った。

「……たぶん、だいじょうぶだよ。……あいつはあいつで、なにかやりたいことがあるみたいだから。あいつもけっこうワンマンだからな。一人で完結し、なにかを考えてんのなら、たぶん、乱戦は望むところだろうし。どちらにせよ、いまさらどうしようもない。

――さて、いくか」

『代行者』という言葉にえらく反応してたし――出かけた言葉を呑《の》み込んで、ノビは立ち上がった。

恕宇のリアクションが気になることは確かだが、いまは考えても仕方がない。

……やっぱり気になるが、というか、自分でいっておきながら、なんだが、確かに、小鳥遊《たかなし》恕宇《じょう》はとても『代行者』向きの人材で――

（――もしかして小鳥遊のやつ、……あまりにふがいないオリジナルのおれに見切りをつけて、自分が次の『代行者』になるつもりだった、とか？）

（いや、さすがにそれはないか、あいつはいちおう日奈《ひな》復活には反対だし、――でももしもそうだったら、――目的が同じなら、協力者としてはオリジナルよりやりやすいんだけどなぁ。なんていうか、気持ち的に――）

ぶん、と大きく頭を振る。

「やめやめ。いまは考えるな、おれ！」

「なんだ？」

「いや？　小鳥遊ががんばって、謎《なぞ》の『黒幕』やら今回の事件の犯人を見つけてくればいいなぁと。そこをおれが横からかっさらう！　これがいちばんの理想形！　自慢《じまん》じゃないがこれまでの事件も、ほとんど小鳥遊たちが解決してきたようなものだしな！　おれだけじゃ、とてもじゃないが不可能だって自信がある！」

「なんで危険を冒《おか》して話しかけたのかと思ったら、そんな虫のいいことを考えていたのか。まったく、おまえというやつは――」

「適材適所、適材適所！」

それにしても、久しぶりに小鳥遊と会話したなぁ——失敗を引きずるどころか少し浮かれた気分を感じつつ、ノビは、木立から山道にもどり、歩き出した。

——さて、次はいよいよ本番、堂島《どうじま》アトリとの対面だ。

「はっきりいってしまえば、おれとエムちゃん、……そしてジンゴのサポートがあれば、ノビが日炉理坂《ひろりざか》に潜入《せんにゅう》し、帰ってくるのは簡単だ。——日炉理坂にいくだけならな。問題となるのは、アトリちゃんの護衛だ」

「ああ。あいつらをアトリのそばから離せない以上、直接会ってごまかす手段が必要だし、説得の時間を考えると、すぐにばれるのも困る。この一回で説得できなかったら、——もう文化祭までチャンスはないし」

宮知《みやち》とノビの言葉に、美里《みさと》は大きくため息をついた。

「わかったわよ。つまり、なんとか堂島《どうじま》とサクラとイハナを三人きりにして、舞原家《まいばるけ》から引き離せ、ってことね？」

「そう。すぐに確認できないようにさえしてくれれば、あとはこちらでごまかすから。舞原家じゃ、サクちゃんハナちゃんの都合による急なスケジュールの変更なんて、しょっちゅうあるし、——その決断力と柔軟性《じゅうなんせい》が、絶対主義の強みでもあるんだけど。とにかく、山本《やまもと》さんが

3.

時間をつくってくれれば、おれがアトリを説得する。こちらに引き込めないまでも、協力を約束させてみせる。……まかせて？　だれかに力を借りるのは、おれの得意分野だし？」

「ええ。身をもって味わっているわよたったいま。……うう、でも、気が進まないなぁ。サクラをだますのは……」

「だますんじゃなくって、守る、と考えよう。別に、敵対《てきたい》しているわけじゃないんだし、イハナだって、サクラに『こちらの世界』のことはなにも教えていないんだから。おれたちが教えるのは違うだろ？　関わらずにすめばそれがいちばん！　サクちゃんみたいな普通の女の子に、こんな世界は似合わない！　だから守るんだ山本さん！　おれたちの手で！　友だちを！」

「……あたしには、似合うんかい」

「くぉ・らるる」

「さすがはエム。いいことをいう。さて、それじゃあ、細かいところを合わせましょうか」

――このとき、美里がバカップル（三人組だけど）というものを甘《あま》くみていたことは、否《いな》めないだろう。

同じく、ノビも。――自分を待ち受けているものを。

◆

アトリの居場所は、すぐに確認できた。

もともと、コウが一人暮らしをしていたマンションの一室。

さらにいうなら、そこは『ノットB』が生まれた場所でもある。

アトリは最近、中学校の放課後や休みの日、ほとんど毎日七階にあるその部屋を訪れ、軽く掃除してしばらく時間を過ごしたのち、父親のいる家へと帰宅していた。

おそらく、大隈《おおくま》さんから伝言を聞いて、アトリなりに考えたのだろう。

探しても『ノットB』は見つけられないことを悟《さと》って、逆にこちらがたずねやすいように、決まった習慣をつくったのだろう。

そんなアトリには、ボディーガードが二人、ついている。

一人は八咫《やた》烏《がらす》星鴉《せいあ》。

とある事件で知り合って、コウが直々《じきじき》にスカウトした、妙《みょう》な日本語を操るヒスパニック系の少年（名前は偽名《ぎめい》と思われる）。

もう一人は冬月《ふゆつき》シュウ。

親代わりであった師を火事で失い、日炉理坂《ひろりざか》の冬月家に引き取られた（冬月家の主、健三郎《けんざぶろう》は、多くの孤児を養子とし、世に出すというボランティアをやっている――表向きには）、ジイ・ニーと同じ系統の武術を修めている少年。

二人ともアトリと見かけの年齢《ねんれい》が近いため、ともに中学校に通いつつ、アトリの友人兼ボディーガードをしている。アトリの強い拒絶もあって（「こう見えたって悪魔《あくま》なんです！　見習いだって取れたんです！　人間の警護なんて必要ありません！　ベルゼバブさまに笑われちゃうじゃないですか！」）、ボディーガードは二人だけ。

それだけに、アトリに認められ任されているこの二人の責任は重く（もっともアトリとしては友だちのつもりなのだろうが）、当然ながら二人とも、そのことを自覚しているだろう。つまり、二人だけだから、と警備を甘《あま》くみるのは間違いで、むしろ二人だけ、という状態である以上、いざというときの態勢は万全に整えられているとみなすべきだろう。なにしろアトリはかなりの重要人物《VIP》なのだから。

だからこそ、山本《やまもと》さんに無茶をしてもらうことになった。

ここからは、小鳥遊《たかなし》のときのようなへまはできない――さすがに緊張《きんちょう》するのを感じ、気合を入れなおすと、ノビは、周囲を確認しながら、落ち着く意味でも階段を使い、七階へと向かった。

古いタイプのマンションなので、ネット環境も整っておらず、オートロックでもない。監視《かんし》カメラの類《たぐい》も不自由で、さすがに警備に問題があるため、体育祭後、『堂島《どうじま》コウ』は舞《まい》原家《ばるけ》へ引っ越すことになっていたのだが、いや、引っ越したからこそいまここに堂島コウはいないのだろうが——ああちくしょう、オリジナルのやろう、……若い身空《みそら》で同棲《どうせい》に近いことをしているんだ、おれもその気だったわけだし、本当に、二人とも、いくところまでいってしまってもおかしくない——うわぁ、いやだ、考えたくない——

なんの障害もなく階段を上がり、七階についた。

なんの邪魔《じゃま》も入らず、ドアの前に立つ。

周囲に目がないことを確かめたのち、深呼吸をして、ノビはインターフォンを押した。

《……はい？》

少年の声が答えたが、ノビはかまわずもう一度、インターフォンを押した。

二度。三度。

《……もしもし？》

四度。五度。六度。インターフォンを連打する。一緒にドアを殴打《おうだ》する。

おもしろさと、懐《なつ》かしさを覚えつつ。

——ピンポンピンポンピポピポピポピポピポピポピポピポピポピポピポピポ——

——どんどんどんどどどどどどどどどどどどどどどどどどどどどどどど——

《…………あなたは、いったい、なんのつもりで――あ、こら待て！　セイア！　とめろ！》

《へぇ？　いってぇなんの――のわ？　アトリ？》

どたどたという物音がして、弾《はじ》けるようにドアが開き、勢いよく、女の子が飛び出してきた。

両手を開いて、抱《だ》きつくような態勢をとっていた中学校の制服を着た少女は、ノビを見て、メガネの下でその赤い目を見開き、凍《こお》りつく。

「コウにー……、さん？」

「よ、アトリ。会いに来たぞ？」

ノビは笑って答えながら、――少しだけ、泣きそうになる。

……まさか、こいつ、一目見ただけでおれが『おれ』なのをわかったのか？

ちくしょー感動させやがって、ていうかおれ、本当に、一回大泣きしてから、涙《なみだ》もろくなったなあ？　……ていうかやっぱり、小鳥遊《たかなし》も、それで？　うわぁ、姿は同じのはずなのに、あいつら、それだけおれをよく見ていたということか――ていうかそんなにオリジナルといまのおれって違っているのか？　よく考えたらよくない状況の気もするが、――なんていうか、うれしい。泣きそうになってしまうくらい。

本当に、感動屋になってしまったものだ。

でもそれを悪いものだとは思わないから、おれを泣かせてくれた、ねねさんには感謝してもしきれない。

ちょっとだけ目をウルウルさせつつ、とりあえず、手を広げたままアトリが動かないので、こちらのほうから抱《だ》きしめようと、ノビは抱擁《ほうよう》の姿勢で近づいた。が。

「……堂島《どうじま》さん」

「……こ、コウ?」

「なんだ、兄さんか」

聞こえてきた三つの声に、今度は自分が、固まった。

(……え?)

まず、最初の声は、冬月《ふゆつき》シュウのもの。

「……そこで、止まっていただけますか?」

コウが固まった隙《すき》にアトリの前へと回り、自分の左腰《ごし》に、まるで刀の鯉口《こいくち》を切るかのように、右手を伸ばしている。

ジィ・ニーが持つ刀のようなものは見えないが、そこになにかを武器の類《たぐい》を持っているのだろう。動けば切るといわんばかりに——物騒《ぶっそう》な反応だが、護衛としては上等だ。

そして、次に聞こえた声は、

「……コウ、……くん? どうして、ここに? イハナ、と、サクラさんは?」

それはこちらのせりふですよ、先輩《せんぱい》。

……どうして先輩が、アトリと一緒に、ここに?

久しぶりの姿に——そして日奈《ひな》に似ていることに、ノビはまたも泣きそうになる。

だが、計算外の存在だった真嶋綾《まじまあや》の登場にひたれぬほどに、それ以上の衝撃《しょうげき》でノビを驚かせたのは、アトリの横でにやにやしている三つ目の声の持ち主、八咫烏《やたがらす》星鴉《せいあ》の姿だった。

驚愕《きょうがく》のあまり、口から出かけた言葉を、ノビは必死におさえる。

（——せ、星鴉？　おまえ、——女の子だったのか？）

懐《なつ》かしい真嶋綾の姿以上に、星鴉の正体に驚いてしまうなんて。

ちなみに星鴉は、シュウと同じ舞原家の黒服姿。

胸がとくに膨《ふく》らんでいるわけでもない。

体型も、ほとんど変わらない。

だが、なぜか、わかる。

星鴉が男の子ではなく、女の子だということが。

——こんなにはっきりしているのに、なぜいままで、気づかなかったのか？

というか、どうして突然わかったのか？　それだけ、おれに見る目ができたということか？

以前のおれはぼんくらで、でもいろいろあったおかげで成長できたと？　だから久しぶりの小鳥遊《たかなし》が美人に見えたり星鴉の正体がわかったり——過去のつらい体験が実《み》になっているということか、そう考えるとうれしいなあ。ていうかこれまたねねさんのおかげかもしれなくて本当に感謝しきれない。ああ、でも、よく考えたら納得できる。だからイハナは迷うことなく星鴉をアトリのボディーガードに決めたのか。同性だから。おかしいと思ったんだいくら年が近いとはいえ男を二人もつけるなんて（いやもちろんイハナの判断は全面的に信頼しているけれども）。……でもそうか、当然ながらハナちゃんは、星鴉《せいあ》の性別を知っていたんだ——ていうか、落ち着け、ノビ・コースケ、いまは混乱している場合じゃなくて、それより考えるべきことがあって、つうかいったいなにに動揺しているんだおれは——

「兄さん？」

星鴉の怪訝《けげん》な声に——声変わりしていないので男声というにはやはり微妙《びみょう》——ノビは我に返って星鴉から視線を外した。

それにしても、危ないところだった。

オリジナルが星鴉のことを知っているかどうかは知らないが、下手《へた》すれば、いきなりばれるところだった。よかった動揺が声にならなくて——ていうかオリジナルは、あと先輩《せんぱい》とシュウ、そしてアトリは気づいているのだろうか？

……非常にどうでもいいことだが。

とにかく落ち着け、いまは星鴉よりも、先輩について——

「……いちおう確認しますが、あなたは堂島《どうじま》コウ、ですか？」

ノビが綾《あや》に話しかける前に、シュウが口を開いた。

油断なくこちらを見つめるシュウに、ノビは笑って——ようやく冷静になって、首を振った。

「……いや？　おれは堂島コウじゃない」

「「ええ？」」

アトリと綾が声を上げ、星鴉の目が、メガネの奥でかすかに細まる。

が、シュウという少年だけは、その表情に変化はない。

「……つまり、あなたは――」

いいかけたシュウをさえぎって、ノビは続けた。

「なぜなら現在堂島コウは、イハナとサクラと一緒《いっしょ》にいるはずだからだ。だからこんなところにいるはずがなく、おまえらはおれを見ていない、これを前提としてほしい――ＯＫ？」

「はははは！　わわわかりました！　ほら、シュウ！　セイア！　いいですね！」

うなずいたアトリをちらりと見やり、シュウは首を振った。

「……ですが、『あなた』もご存知のように、ぼくたちの仕事はアトリを守ることです。そしてそのために、アトリの前に『あなた』が現れたときは、必ず『堂島コウ』の居場所を確認するよういわれています。たとえなんといわれようとも、規則を曲げることはできません」

ああ、とノビはうなずいた。

「わかってる。お勤めご苦労。……アトリのお守《もり》、いつもありがと。

……ただ、こちらもいわば『極秘任務』でな、アトリと、――ちょうどよかった、先輩にも、聞いてほしいことがあるんだ。……おれの《知恵の実》のことで。だから正直、おれがいまここにいるって知られるのはまずいんだな？」

「なんといわれましても――」

「だからわかっているって。おまえたちがおれがだれだか確認するのは当然だ。むしろしてもらわないと困る。見逃すような杜撰《ずさん》なことをされたらこれから安心してまかせられなくなるし。

――ただ、これもわかってほしいんだ。これが『極秘任務』だってこと。

だから、確認する相手は、ハナちゃんかサクちゃんにしてほしい。

この二人なら事情を知っているから、ていうか現在進行形で、二人はおれのアリバイを、つくってくれているんだから」

「……お嬢《じょう》さまがたに直接、ですか？」

「ああ。……まぁ、あとは、ジィでもいいけど――」

シュウはしばらくノビを見つめていたが、やがて、ポケットから携帯を取り出した。

ワンプッシュで、どこかにかける。

なんでもない振りを装って、ノビは耳をそばだてる。『いざ』というときに備えつつ。

――だいじょうぶだ、たとえだれに電話をかけようと、問題となるのは『聞き方』だから。

おれがいったオフレコ――極秘任務、という言葉を正しく理解しているなら、聞き方も、当然それに配慮《はいりょ》したものになるはずで――

ただやはり、いんやみんではやばい。あの二人は勘《かん》がいいから。

イハナとサクラなら、シュウと星鴉《せいあ》はおそらく直通の番号を知らない。

そして、もしも確実な相手――ジィ・ニーに連絡を取ったなら――

シュウが、口を開いた。

「……ああ。ジィ姉《ねえ》？　――すいません。堂島《どうじま》コウの現在位置を知りたいのですが、――劇の練習中？　……お嬢さまの自室で？　……そうですか」

よし、その聞き方ならだいじょうぶ！　とノビは内心ガッツポーズを取った。

さらに突っ込んで聞くべきか、シュウが迷った一瞬《いっしゅん》の隙《すき》をとらえ、携帯を奪《うば》う。

シュウが抗議／あるいは取り返そうとするより先に、話しはじめる。

「よっ、ジィ。……悪いな？　面倒《めんどう》なことを手伝わせて！」

《……こ？　こここ、コウ？　なな？》

混乱した小声を耳に快く聞きながら、シュウたちを意識して、ノビは続けた。

「すまない、事後承諾《しょうだく》になっちまったな。本当に、勝手なことして悪いと思っている。ただ、どうしても、アトリとオフレコで話す必要があったんだ。おまえも知っての通り、いま、おれはいろいろいわれているみたいだからな？　おれの本音を、誤解させたままおくのはちょっと、アレだし……おまえもそういってくれただろ？　だから、きちんと話そうと――。……本当に、悪い。話したらすぐにもどるから、ここはひとつ、かんべんしてくれ」

話しながら、心の中で謝罪する。

あの夜、おれと山本《やまもと》さんのことを舞原家《まいばるけ》に報告しないでくれたジィなら、きっと今回も、なんとかごまかしてくれるだろう。

その結果、もし後日、このことが知られたら、ジィの立場は困ったことになるだろうが――そのことは、本当に悪いと思うが、でもこちらだって選べる手段はそうないわけで、まあ、敵《てき》に回るつもりはないから見逃して、ということで――

「――と、いうわけで、マジに、ごめん。巻き込んで。いつか埋《う》め合わせはするから」

《はう、あ、はうあ、あ》

「じゃあ、本当にすまんがそういうことで、許してね？　……あと、山本さんのこと、よろしくな！」

それだけいうと、ノビは通話を切って、シュウに携帯を返した。

あとは、ジィが見逃してくれるのを信じることにして、なにげなく、いいながら。

「……ああ、やばい。ジィには事後承諾《しょうだく》だったから、帰ったらたぶん怒られる？　シュウ！　電話をかけた責任を取って、あとで一緒に謝ろうな！　きちんと！」

「なんでです。ぼくには関係ありません」

「そんなこというなよ、冷たいなあ。一蓮托生《いちれんたくしょう》って知らないの？　まあいいか。そちらはあとで話し合うことにして、――そろそろ中に入らせてもらっていいかな？　けっこう風が冷たいし」

「……はい」

「よ、よかったです！　……では、その、こちらへどうぞ！　……コウ、にーさん」

ようし、ひとまず、乗り切った――！

――久しぶりの自宅は、最後に見たときと、ほとんど変わっていなかった。

寒々しいフローリングの、ほとんど家具の置かれていないリビングは、中央に、見覚えのないホットカーペットらしきもの。

その脇《わき》には小さなテーブルがあり、ペットボトルとコップが載《の》せられている。

知らぬカーペットとテーブル――かつて自分が過ごしていた部屋を見て、幾分かの懐《なつ》かしさとともに、ノビは、思った。

ああ、ここはもう、自分の家ではないのだな、と。

いや、それをいうなら、そもそもここが自分の家だったことなどないのだ。

堂島《どうじま》コウでもなく、葉切洋平《はぎりようへい》でもない、人間ですらないかもしれない、――それが、自分。

過去を失い、現実から追われ。

日奈《ひな》への想いも、――いつの間にか、変質し。

泣かないと誓《ちか》った誇りも、ねねさんの胸の中で、失った。

好きな人も、友だちも、――夢も、想いも、あらゆるものをいっせいに、奪われて。

考えるだけで震《ふる》える身体《からだ》を感じつつ、思う――

——ああ、これが、『武者震い』というやつだ。

ここからおれは、取りもどす。

いまあるものを使って、いまはこの手にないものを、これからおれは、取りもどす——いや、手に入れる。失ったからこそ、あらためて。いまあるおれの力で。これって——

——やばいじゃないか?

——燃えるじゃないか?

これが意思ってやつじゃないのか?

——そうだ。おれは、ノビ・コースケ。名すら自分で選んだものだ。

すべてを自分の力で、自分自身で勝ち取っていく。

世界相手に、向こうを張って。

——この震《ふる》えを、知っている。

武者震《むしゃぶる》いを、知っている。

おれにはできる。おれならやれる。敵《てき》が大きければ大きいほど、闘志が燃える。冷静になれる。日奈《ひな》も黒幕も関係ない。おれが決める。おれのために。おれが願う。おれの意思で——

なぜだか泣きたい気持ちになり、思う。

ありがとう、アトリ。この場所で待っていてくれて。

——ノビは深呼吸すると、振り返り、ついてきた四人を順に見て、いった。

「……さて、ちょうどいい。先輩《せんぱい》も聞いてください。星鴉《せいあ》とシュウも、……まぁいいか。ただし、さっきもいったけど、これはオフレコだからな。絶対に、だれにも漏《も》らすなよ？　……きっとおまえらも、いろいろと、おれが迷っているとか、あと女性に手当たり次第——いやこちらはいいか。とにかく、おれについて、いろいろなうわさを聞いていると思うんだが——だからこそ、ここであらためて、いっておこう」

——いや、おれが生まれたこの場所で、あらためて、誓《ちか》おう。


「おれは、日奈の復活を、諦《あきら》めるつもりはない」


おれは、必ずおれの夢を、願いを——野望を、自分の手で、かなえる。

「……今日、ここにきたいちばんの用件は、それを伝えることだ。だから、アトリ、先輩、あらためて、これからも、よろしく！　そしてシュウと星鴉も、よろしく頼む！　正直自分がいちばんよくわかっている。——おれはおれだけじゃ、なにもできない。ほかのみんなの協力がないと、おれの夢はかなえられない。……だから、おれはあらためて、ここに誓う。……たとえなにがあろうとも、おれがおれの願いを諦めることは、絶対にないと」

「……コウにーさん」

「……コウ……」

「……ただし、これは、ここだけの話だ。口外しないように。うわさも否定しないように。いや、女性プラス手当たり次第のほうは——先輩《せんぱい》ならわかってくれますよね！　そんなのただのうわさだって！　ええ嘘《うそ》ですとももしも本当だったなら次会ったとき、その豪腕《ごうわん》でおれの頭をかち割ってくれてかまいませんから！　それはともかく。

とはいえいまのはオフレコで、ここだけの内緒話《ないしょばなし》で、おれはあくまで表向きには、まだ迷っている、ということにしておいてください。先輩もアトリも、あとシュウと星鴉《せいあ》も、いいな？——ていうか、今日、おれはここに来ていないし、おまえらもなにも聞いていない。わかったな？」

アトリは元気よくうなずき。

綾《あや》は、どこかためらうような表情を浮かべた。

わかってまさぁ、と星鴉がうなずき。

しかし、とシュウがたずねる。

「でもどうして、そんなうわさをそのままにしているんですか？　この際だからはっきりいいますけれど、アトリや真嶋《まじま》さん以外にも、舞原家《まいばるけ》でもけっこう混乱している人、いますよ？　ホミン先輩なんか今朝もすごい顔していましたし、……ジィ姉《ねえ》、とかも」

ノビは、頭を掻《か》いた。

「……その理由について答えることはできないが、……ぽつり、ともらしてしまうなら、……そうだな。いわゆるひとつの、あぶり出し、とか——？」

「……あぶり出し——？」

「ああ。だからこそ、今日のことは内密に頼む」

あぶり出し？　とアトリが首をかしげ、シュウと星鴉がどこか納得げにうなずいたのを見ながら、ノビは、いま即興《そっきょう》で考えついたことが、実際に当たっているかもしれない可能性について考えてみた。

自分や、たぶん小鳥遊《たかなし》も、だれかにいわれるまで気づけなかったことだが、——オリジナルか、あるいはイハナが、なにかをきっかけに気づいた、ということはないだろうか。

——大隈《おおくま》さんがいっていた、『黒幕』の存在に。

だから、その『黒幕』を探し出すために、あぶり出すために、わざとオリジナルは、悪魔《あくま》のミカタを続けることを迷っているようなふりをしている、という可能性は、ないか？

なにしろみずから『代行者』をつくりだそうとするほどの相手だ、堂島《どうじま》コウが諦《あきら》めかけている、なんてうわさをきいたら、悪魔のミカタを続けさせるためなにか手を打ってくるに違いない、それを狙《ねら》っての風説流布《るふ》、というのはどうだ？　ありえない話ではないはずだ。少なくとも堂島コウが諦めた、なんて話よりは。

そう考えれば、いんやらみんやらに手を出した、なんていうのもその一環かもしれなくて、つまり、『忠臣蔵《ちゆうしんぐら》』で有名な大石内蔵助《おおいしくらのすけ》が、仇《かたき》を油断させるために芸者遊びをしたという逸話《いつわ》のように、昼行灯《ひるあんどん》の真似《まね》をして敵《てき》を油断させるために流した『嘘《うそ》』で、だったら本当は手なんか出していないということで——という説はどうだろう？　うん、意外とこれが真実じゃないか？　だって、いくらなんでもこのおれが、まだ日奈《ひな》が好きだと断言できるこのおれが、イハナのことすらかなり迷った挙句であるのに、サクラにまで、さらには他の女性にまで手当たり次第に手を出すなんてことあるか？　いやない！　——だったらもしかしたらイハナのことも——いやさすがにそちらのほうは、おれも覚悟《かくご》していたことだし願望が混じりすぎだろういいかげんに現実を見ようか——

「……こ、コウにーさん？　どうしたんですか？　喜んだり怖い顔したり、いきなり泣きそうになったり——」

「……現実って、つらいよなぁ、……アトリ……」

ぶんぶんと大きく首を振り、気を取り直すと、ノビは四人に向き直った。

「……さてと。それじゃあ、アトリ、……ここからは細かい話になる。ちょっとデリケートな話になるんで、……すいませんが先輩《せんぱい》たちは席を外していただけませんか？　そういえば、先輩、どうしてここに？　アトリに用が？」

ノビの問いに、真嶋綾《まじまあや》は、しばらく答えなかった。

やがて、顔を挙げ、ノビを見つめた。

その表情に宿るなにかに、真剣さに、ノビは思わず、息を呑《の》む。

——なんだ？

どうして先輩は、こんな顔をしておれを見るんだ？

さっきから、どこかためらうような、シリアスななにかが起こっているような。

まるで泣きそうな、でも笑っているような、この顔は、どこかで見たことがあるような——

ノビが口を開く前に、綾が、つぶやくように、いった。

「……あの、コウ、……くん。アトリちゃんと、話すまえに、……あたしも、話したいことがあるんだけど、いいかな？」

「……アトリじゃなくて、おれと、ですか？」

「うん。きみと」

うなずいた、その顔を彩《いろど》るのは、はかなげな笑み。

「……ちょっと、屋上に、出ようか」

◆

「風がありますね。寒くないですか？」

「うん。平気。きみは？　羽織《はお》るものとかなくていい？」

「はい。だいじょうぶです。……思い出しますね。先輩《せんぱい》。『あのとき』のこと――」

「……ああ。そうね。……あのときは、ほんとに、ありがとう」

「いえいえ。お礼なんて。ただどうしてもというのなら、形に残るなにか的《てき》なものが」

――あたしのほうが先だったのに、綾《あや》さんずるい！　どうしていつもあたしは後回し――なんてぶちぶちいっているアトリをシュウと星鴉《せいあ》にまかせて、ノビと綾は、マンションの屋上に出た。

冬の到来目前らしく、屋上を吹く風は刺《さ》すように冷たいものだったが、ノビには気にならなかった。

身体《からだ》がぽかぽか、興奮していた。

「……でもまぁ、話は早めに済ませたほうがいいかもしれませんね。なんでしょう？　……ところで先輩、どうしてアトリのところに？　もしかして、おれへの話と関係が？」

「……まったく無関係、ってわけじゃないけど、その——」

それきり、口を閉ざしている綾。

催促《さいそく》することなく、ノビは待つ。綾が話をはじめるのを。

——二人きりになると、どうしても、意識する。

久しぶりの、真嶋《まじま》綾の姿。

——それはとても懐《なつ》かしくて、会えてうれしかったが、でも、それ以上に胸を襲《おそ》うのは、綾からどうしても見つけてしまう、日奈《ひな》の面影《おもかげ》。

先輩には、悪いと思う。

だが、自分ではどうしようもない。

頻繁《ひんぱん》に会っていた『堂島《どうじま》コウ』のころとは違い、本当に久しぶりだからか。どうしても、考えてしまう。たとえメガネをかけていようと、先輩はやはり、日奈に似ていると。実際には、けっこう違うところもあるのだが（たとえば眉《まゆ》。日奈は眉毛《まゆげ》が太かった。だれもが日奈の特徴としてその部分をあげるほど。これは大きな違いのはずなのだが——）、しかし、油断していると、思わずはっとしてしまう。

だからこそ、自覚する。あらためて。

自分はやはり、日奈のことが、好きなのだと。

イハナやサクラにも悪いけど、でも、やっぱり――

……すみません。先輩《せんぱい》。先輩を目の前にして、こんなことを、考えて。

でも、自分ではどうしようもなくて、だからこそ、おれは――

「――とりあえず、きみのこと、なんて呼べばいい？ 『ノットB』？ それともやっぱり『堂《どう》島《じま》コウ』？」

……血が引く音を、聞いたように思った。

まさか小鳥遊《たかなし》やアトリだけじゃなく、先輩にまで気づかれた――？ わーお、これじゃまるきりピエロというか、知っている人にはそんなにばればれなのかおれ？ ――それとも当てずっぽう？ かまをかけている？ ――いや、どちらにせよ、ここは――

――内心の動揺をまったく表に出さず、平然と、ノビは、答えた。

「……いまは、ノビ・コースケと名乗っています。呼ぶときは、ノビ太、あるいはノビ助と。それかマイ・ダーリンの三択《さんたく》で――ところで、後学《こうがく》のために教えてほしいんですが、なんで、わかりました？」

「だって、自分でいったじゃない。堂島コウはここにいないって。きみがコウじゃないんなら、残る可能性はひとつだけ。不可能なものを除外して、残ったものは、どれほどありえない結論であっても真実である。でしょう？　――って、恕宇《じょう》がいってた」

「正確には、ある名探偵《めいたんてい》のせりふです。小鳥遊の名言ではありません」

というか、いまの返答は、本気なのかそれともバカにされているのか、ノビは首をひねった。

これが小鳥遊なら間違いなく後者だが、真嶋綾《まじまあや》の場合、天然である可能性が捨てきれない。

なにしろ「だって、あたし、バカだから」が口癖《くちぐせ》のような人だから。そういや最近聞いてないなぁアレ、正直嫌《きら》いな言い草なんだけど、でも懐《なつ》かしい――いや、現実逃避《とうひ》はやめろ。さっきからどうしたんだおれ、久しぶりの日炉理坂《ひろりざか》だからなのかもしれないが、いまは郷愁《きょうしゅう》にふけっているようなときではない。

「あの、先輩――」

「まあ、証左《しょうさ》はあるのか、っていわれれば勘《かん》、としかいえないんだけどね。でも、正面から聞けば、きみは偽《いつわ》らないと思った。コウの武器は、正直さ、そして真実の強さを体感的に知っていること、こう評したのはイハナだったかな？」

「ほぉ？」

「きみは確信している。妹が宇宙人にさらわれたことを。それを真実だと『わかっている』から、きみは、妹は宇宙人にさらわれたと、今日までいい続けることができた。だれになにをいわれても、揺らがない真実の強さ――それが堂島コウという少年の、根っこ」

「……先輩？」

「だからきみは知っている。真実の使い方を。だれの言葉か、日炉理坂《ひろりざか》版狼《おおかみ》少年、とはよくいったものよね。真っ白な真実と、その境界たる『グレー』の領域。それは、普通ならば『黒』――ルール違反のはずなのだけど、真実しかいわない人間の口から出れば『白』、正しさを味方につけられる。狼少年は嘘《うそ》しかいわなかった結果、本当のことまで嘘だと人に思いこませた。同じように、きみは正直さを武器にして、灰色のものまで白へと変える。そしてグレーの領域でこそ、本物の『白』は際立って輝く。それがきみの、はったりの真価――

……って、恕宇《じょう》がいってたけど、どう？　あたしにはよくわからないけど？」

――心臓が、激しく高鳴っていた。

手を、胸もとに、服をぎゅっと握《にぎ》り締めていた。

なんだろう、この気持ち、――先輩《せんぱい》を前にしているからか？

それとも先輩が、あまりに日奈《ひな》に似ているからか？

外見だけじゃなくって、いまの言葉の奔流《ほんりゅう》は、まるで――本物の日奈からいわれているようで、――そんなこと、ありえないって、わかっていても――

かろうじて、答える。

「……ぶっちゃけ、小鳥遊《たかなし》のいうことはおれにもよくわかりませんが、褒《ほ》められているんだと受け取っておきます。ただまぁ、おれは決して、嘘をつかないってわけではないですけどね。人間ですし。だからそこを過剰《かじょう》に期待されるとつらいというか、――それで、……先輩は、ようするに、いったいなにを、いいたいんです？　話って、なんですか？」

綾《あや》は、再び、押し黙《だま》った。

なにかをためらうような、考えこんでいる様子に、もしかして、とノビは思う。

もしかして先輩は、小鳥遊になにかいわれているのだろうか。

さっきのせりふは明らかに、先輩が考えつくようなものではない。ならば小鳥遊の仕込み？

つまり先輩が話そうとしていることは、先輩ではなく小鳥遊からのメッセージ？　おれを見つけたときのために、暗記させられているとか？　だとしたら、油断はできないな——

気を引き締めなおしたノビだったが、——そして、もう決して見くびっているつもりもなかったのだが、それでも、ようやく綾の口から出てきたせりふには、鳥肌《とりはだ》が立った。

意を決したように表情を引き締め、綾は、いった。

「……ねぇ、ノビ太……ノビ、くん」

「もしも、……『冬月日奈《ふゆつき》』の死が、仕組まれたものだったとしたら、どうする？」

——バカな、と思った。

まさかこの短い時間に、小鳥遊から連絡があった、とか？

それとも——さっき考えていた『あぶり出し』、あれは当たっていて、イハナかオリジナルが推測したことを聞いた、とか？　だがそれでは、あの小鳥遊《たかなし》の、知らなかったらしい表情は？　あれが演技だったとでも？　過剰反応《かじょう》を考慮《こうりょ》され、小鳥遊だけが、聞かされていなかったとか？

——それともまさか、先輩《せんぱい》が自分で考えた？

ノビは、頬《ほお》をたたいて、笑った。

「……ちょっと、びっくりしました。すごい、大胆《だいたん》な発想ですね？　——それはつまり、おれを悪魔《あくま》のミカタにするために、日奈《ひな》は殺された、と？　事件の裏《うら》には『黒幕』が？　そりゃまたいったい、どこからそんな考えが——」

「もしも、それが仮説じゃなくて、本当だったら？　——きみが真実だと思っていたものは、本当は、真実じゃなかったとしたら？　きみのいちばんの武器が、使えなくなっても——それでもきみは戦える？」

「……なにを、いっているんですか」

「推理したわけじゃない。妄想《もうそう》でもなんでもなくて、あたしは、知っているの。あの事件には、裏の存在、そう、『黒幕』がいたことを。——だってあたしは、直々に、聞かされたんだから」

ノビはじっと、綾《あや》を見つめた。

……忘れていたわけではない。

『ザ・ワン』事件が起きる前、綾は、天狗面《てんぐめん》をつけた男に襲《おそ》われた。

そのときは見事撃退《げきたい》したが（それも綾一人の手で）、しばらく、綾はふさぎこんでいた。

季節が変わってからも、時おり、綾はなにかに悩む様子を見せた。

天狗面の男になにかいわれたらしいが、かたくなに、綾は話そうとせず、そのことは、小鳥遊ともども気にしていたのだが――

「……天狗のやつが、なんと？」

「……本当なら、いうべきじゃないのかもしれない。だって、いまあたしがしていることさえ、あいつの計画通りなのかもしれないいし、――だからこそ、あいつはあのとき退《ひ》いたのかもしれないし、――でも、あたしは、――このままじゃ――」

「いったい、なにを、いわれたんです！」

気がつくと余裕《よゆう》がなくなっていて、声を荒げてしまったノビに。

躊躇《ちゅうちょ》した後、絞《しぼ》り出すような声で、綾は答えた。

「天狗面の男は、いったわ。『真嶋綾《まじま》』は、『イレギュラー』だと。――本来なら、山崎《やまざき》が襲っていたのは、『冬月日奈《ふゆつき》』だったと。山崎の勘違《かんちが》いで、『真嶋綾』は、襲われたのだと」

「――そんなことを――」

そうか、とノビは、唇《くちびる》を嚙《か》んだ。

当然、想定しておくべきことだった。

『黒幕』が存在するというなら、――つまり先輩は、そいつに巻き込まれたということだ。

おれを悪魔《あくま》のミカタにするために、そいつは、日奈《ひな》の殺害を考えただけではなく、——そのせいで、先輩《せんぱい》は、——あんなやろうに——

「なにを考えているのか、なんとなく、わかるけど、……いま、あたしが話しているのは、そういうことじゃなくて。

あたしがいいたいのは、きみになにかをさせるため、暗躍《あんやく》している人間が、いるってこと。

——それでもきみは、自分の夢を、かなえたい？」

ノビは、静かに、綾《あや》の表情をうかがった。

なぜそんなことを聞くのかと。

『黒幕』が本当に存在するなら、——自分がその手のひらの上で踊《おど》っているというのなら、確かに、巻き添えにされた先輩には申しわけなく、思う。

でも、先輩にもわかっているはずだ。たとえ操られているのだとしても、それでも自分は、先輩の意に沿うような答えは返せないことを。それなのになぜ？　傷つくことがわかっていて、それでも答えを聞きたいのか？　決意を確かめたいのか？

迷った末、ノビは、オブラートに包むことを諦《あきら》め、答えた。

「……ええ。——それでも。——すいません。こんなことというのは、犠牲《ぎせい》にされた先輩には申しわけないですが、おれは、やっぱり、日奈のことが、好きだから——」

「――その気持ちさえ、つくられたものだったとしても？」

ノビはきょとんと、綾を見た。

なにをいわれたか、わからなかった。

聞こえなかったわけではないが、意味がわからなかった。

つくられたって、なにが？

おもしろいことをいうなぁ、このひとは。

頭を悩ませ、理解する努力を放棄《ほうき》し、しかたなく、ノビは、問う。

「すいません。もう一度いっていただけますか？　ちょっと、よく、わからなかったので」

まったく感情の読めない、能面のような表情で、綾は、いった。

「……天狗面《てんぐめん》の男は、あたしに、こういった――」

「――堂島コウと小鳥遊恕宇の、冬月日奈への想いは、『真実』ではない、と。

すべては、『代行者』をつくるため、自分が生み出したものだと」

ノビは、乾いた笑い声を、上げた。

「……さすがに、ちょっと、冗談《じょうだん》がきついですよ、……先輩。……そんなこと、できるわけ

がないでしょう？　気持ちを――『恋』を、つくりあげる、なんて。はは」

　おれの日奈《ひな》への想いが、――だれかのつくりもの、だと？

　そんなバカな。いくらなんでもそんなこと、――そこまで――やれるはずが――

　強《し》いて笑顔をつくったノビに、淡々と、綾《あや》は続ける。

「きみと、恕宇《じょう》の、冬月《ふゆつき》日奈への想いは、つくられたもの。――『代行者』誕生の供物とするために、きみと恕宇は、恋をさせられた」

「――いやいや先輩《せんぱい》、そいつに担《かつ》がれていますよ絶対に！　――好きになるよう仕向ける、なんて、――催眠術《さいみんじゅつ》とかで、ですか？　いえいえいえ！　妙《みょう》な幻想《げんそう》があるようですが、催眠術ってそんな便利なものじゃありませんて！」

「――そう、催眠術じゃ無理。だから長い時間をかけて、洗脳――いいえ、『教育』した。きっと子供の頃から、自然に、少しずつ、――冬月日奈の顔立ちが、面影《おもかげ》が好みになるように。電流とエサを使ってマウスに迷路の抜け方を教えるように、――本当に、少しずつ、時間をかけて、きみと、恕宇に、『本物の気持ち』が芽生えるように――」

「教育て、……そんな、……できるわけが、――いや、理論的にはともかく――」

「だから、きっと、その気持ち自体は、本物で、――ただし、そう育つように仕向けられたもの。きみを『代行者』にするために、人の手によって育てられた、気持ち――」

「すいません、ちょっと、マジで、黙《だま》ってくれますか？　――いや本当にすいません、ですが、ちょっと、じっくり考えたいので——」

「——だからこそ、逆に、強く、固く、きみはいつまでも『冬月日奈《ふゆつきひな》』を、忘れられず、こうしていまだって——」

「先輩《せんぱい》！」

ようやく、綾《あや》は、口を閉じた。

静かになった屋上の、手すりにもたれかかって、ノビは必死に、混乱した頭を落ち着けようとする。

——いいから落ち着け、冷静になれ。さっきからおれ、おかしいぞ？

だいじょうぶ、よく考えれば穴は見つかる、先輩はきっと騙《だま》されている、なにしろ先輩だからなあ、信じ込んでもしかたがない、早く反論を見つけて、先輩を安心させてあげなくちゃ——

——謎《なぞ》の黒幕は。

『代行者』を生み出そうとした存在で。

そのために、もっとも確実な手段は、探すよりも自分の手でつくりあげることで、そこまでは、自分でも推測していて、だからきっと、亜鳥《あとり》の事件は、って——

——空白で埋《う》まった、子供の頃の記憶《きおく》。

考えたことはある。

もしかして、自分は事件当時を思い出せないのではなく、故意に忘れさせられているのではないか、と。

なぜなら、その記憶の中には『黒幕』がいるかもしれないから。

だからこそ正体を知られないように、そいつがおれの記憶を封印したのだとしたら——その可能性を何回も、考えてみた。ありそうな気がした。催眠術《さいみんじゅつ》やらでそこまでできるかどうかは知らないが、それこそ《知恵の実》でも使っているのかもしれないと。

だが、——もしもそれが可能なら。

そういう技術を持つというなら、時間をかければ、確かに、——あるタイプの女性を好きになるように『洗脳』することだって、決してできない話ではなく——

「——で、でも、それって、絶対変ですよ。もしも恋をさせたというなら、男のおれはともかく、なんで小鳥遊《たかなし》の相手が同性なんです？」

「その考え方が間違っている。——『黒幕』の目的は、恋をさせることじゃなくて、『代行者』をつくることで、——現実ではどうにもできないことを、変えられるのが《知恵の実》でしょう？」

——確かに、同性相手の恋愛は、どう取り繕《つくろ》っても一般的とはいい難《がた》い。

そしてきっと小鳥遊は、自分の恋のためならば世界とだって戦うだろう。

いや、そう育てられたということか？

「……」

「ここからはあたしの想像だけど、——もともと、『黒幕』が本命にしていたのは、恕宇《じょう》のほうだったんだと思う。《It》完成のネックになるのは『イブ』だから、逆転の発想で女性の恕宇を選んだのかも。そして、きっと、『堂島《どうじま》コウ』は——

たぶん、だけど、——山崎《やまざき》も、コウや小鳥遊《たかなし》と同じように仕向けられていたんだと思う。

……ううん、もしかして、他にもそういう『当て馬』が、いたのかもしれない」

「……日奈《ひな》を、好きになるように——『当て馬』？　——それは、つまり？」

考える。

子供の頃の自分は、妹の事件のせいで、はっきりいって、日炉理坂《ひろりざか》のはみだし者だった。

（——だから、目をつけられたのか？　つけこまれたのか？　つまり、亜鳥《あとり》の事件は直接的には関係ない？　——事件が起きたからこそおれが、選ばれた？）

実際に小学生の頃から、ギャングの真似事《まねごと》のようなことをしていた。

日奈と出会って丸くなれたが、もしもあのままだったら。

——本当に『黒幕』によって、日奈への『想い』が植えつけられていたのなら。

そうだ、山崎だって、別に真嶋綾《まじまあや》が憎《にく》くて襲《おそ》ったわけではなくて、逆に異常といってもいいほど好きだったからこそあんなことをしたはずで、それは、つまり、もしかして、状況によっては、きっかけによっては、日奈や先輩《せんぱい》を襲っていたのは山崎ではなくおれだったのかもしれないと――？

「――おれたちは、日奈を襲って、小鳥遊を『代行者』にするための、『当て馬』だった、と？」

「……コウの場合は、子供だし、同年代だし、純粋に、恕宇《じょう》の競争相手《ライバル》として選ばれたのかもしれない。本当のところはわからない。――結局は、あたしの勝手な想像、だけど――」

だがしかし、計算違いの事態が起きた。

日奈そっくりの、真嶋綾というイレギュラーが現れ。

小鳥遊恕宇ではなく、『当て馬』のはずだった堂島コウのほうが『代行者』となった。

「……もしもそれが本当なら、ずいぶんとずさんな計画ですよね？」

「ううん。計画ですらない。『黒幕』がやったことは、ただ、恕宇に恋心を芽生えさせただけ。コウに好みを植えつけただけ。山崎に、ある顔立ちの女の子を好きになるよう仕向けただけ――そしてそれは、それだけなら、決して犯罪とはいえないことで、――そいつが積極的にしたのは、《ピンホールショット》という『誘惑』を与えたことだけで――」

ただ、種《たね》をまいただけ。

水や肥料《ひりょう》を与えたかもしれないが、基本的には、花が咲くのを待っていただけ。

細部にいたるまで緻密《ちみつ》に計画されたことほど、計算違いにもろくなる。

むしろ大雑把《おおざっぱ》な方が、いざというとき臨機応変《りんきおうへん》にやりやすい、ということもある。

なにしろ結果的にとはいえ、いろいろなイレギュラーが起きたにもかかわらず、『黒幕』の意図通り、『代行者』は生まれているのだから。

ノビは、少しずつ、——ようやく、自分が落ち着きだしたのを感じた。

頭が冷《さ》たく冴えていくのは、やっと、理解したから。

ノビが素質としてもっとも脅威《きょうい》に思うものは、忍耐力。

忍耐力こそ、ほかのどんな能力をも凌駕《りょうが》する可能性を秘めた、最強の素質。

——種《たね》をまいただけで、あとはただただ不可視《ふかし》の未来に耐えていたというのなら、こいつには、その素質がある。まさにもっとも恐るべき敵《てき》——

——敵を前には、冷静になれ。

油断ならない素質を持つ敵相手なら、なおのこと。

そいつのことは、許せない。絶対に。

だが、だからといって、熱くい続ける必要はない。復讐《ふくしゆう》という料理は冷ますほどにおいしくなって、そして何より問題は、『敵』もそれを知っている相手なのだということだ。だからこそ、落ち着かないといけない。冷静に、相手以上に料理を冷まさなければならない。

大事なのは、料理を食べ逃さないこと。

そして、できうるかぎり、おいしくいただくこと。

ならばなおのこと、冷静に——

すいません、とノビは綾《あや》に、頭を下げた。

「先輩《せんぱい》が、時々様子がおかしかったのは、――その話のせいだったんですね」

「……うん」

「そうか。そのことについて、ずっと一人で耐えていたから――でも、もっと早く話してくれればよかったのに。おれか小鳥遊《たかなし》かイハナ――小鳥遊とイハナはダメか。その話が本当なら、天狗《てんぐ》の正体は非常に限られますからね。二人にはいえないか。……ってことは、うわぁ、結局おれがたよりなかったわけか。……本当に、すいません。つらい思いをさせて。――でも、これだけははっきりいっておきます。これからは、そういうの、一人でためこまないでください。よくないし、それに危険です。なんだって、自分のなかだけで終わらせるのは」

「……ノビ、くん」

「あと、……話してくれて、ありがとう、ございます。……頭から信じたわけじゃないですが、それでもおれ、こんなに動揺していますし、――重要な局面で『敵』からいきなり告げられていたら、たぶん、とんでもない命取りになっていました。いまこのときに、聞けて、本当に、よかった。これで心構えをしておくことが、できます」

ふう、と大きく息を吐《は》いたノビに、綾は首を振った。

「……こんな話を聞いて、それでも、きみは、続けるの？」

「ええ。もちろん」

「――きみのなかの『冬月日奈《ふゆつきひな》』への想いは、真実じゃないのに？　操られているのに？　だれかの書いた筋書きだと、わかっているのに、——それでも諦《あきら》められないの？」

「……ちょっと、先輩《せんぱい》」

「『天狗面《てんぐめん》の男』はいったわ。きみと恕宇《じょう》の想いは、もはや決して消すことができないと。長い時間をかけて形成されたそれは、もう人格の一部なんだって。だからあなたたちは冬月日奈《ふゆつきひな》への想いをなくすことができず、もうほかのだれにも恋することなどできないんだって——

——でも、あたしはそうは思わない。

人間は、生き物は、そんなに弱いものじゃない。

恕宇だって、……似ているからかもしれないけど、『真嶋綾《まじまあや》』に好意を抱《いだ》けているし、『堂島《どうじま》コウ』だって、イハナとサクラを受け入れられた。どれほど深く根付いていても、きっと自分は変えられる。自分を『教育』しなおせる。もう恋なんてできないなんてことは絶対にない！

それが人間の可能性——

——そしてきみは、もう、知ったんだよ？　自分を操っているものを。

自分の想いが『真実』じゃないと。

だったらきっと、きみはもう、『冬月日奈』という呪《のろ》いを、きみを呪縛《じゅばく》するものを、自分の意思で打ち砕ける！　そうでしょう！」

「お願いですから、やめてください。先輩。——おれの、日奈への想いを否定するのは」

「だって！」

「そうなるよう、仕向けられたというだけで、おれの想いが偽物《にせもの》であるということにはなりません。人間だって、しょせんは化学的なロボットなんですから。成り立ちがちょっと特殊というだけで、おれの想いの確かさは、むしろそいつのお墨付《すみつ》き？　それに――」

ノビは笑った。

「……おれは、ずっといい続けていました。日奈の復活は、日奈のためじゃなく、おれ自身のためだって」

「……それは、でも」

「ええ。実をいえば、それはかっこつけているだけだったんでしょうね。口ではそういいながら、心のどこかで思っていたんでしょう。こんなことをしているのは、日奈のためだって。日奈のためだからこそ、おれは悪魔《あくま》の手先になって他人の魂《たましい》を奪《うば》えるんだって。そう考えて自分の行為を正当化していたんだと思います。……情けない話ですけれど。

だからこそ、コピーのおれは、逃げ出したとき、ショックを受けた。

オリジナルがいまだに立ち直れていないのも、そのせいもあるんでしょう。

コピーのおれは、日奈を生き返らせられることを知りながら、逃げて、そのときは動揺していただけかもしれませんが、いまも、もどればすぐにも日奈を復活させられるのに、そのくせオリジナルのもとにもどっていない。

――なぜなら、おれは、気づいたから、――いや。いいかえます。

――ノビ・コースケの夢は、いまはもう、本当に、『日奈《ひな》のため』じゃ、ないから。

……いえ？　いわせてもらえば、もしもそれしか他に方法がないなら、自分自身を捧《ささ》げることも考えますけどね？　少なくとも、最初の頃はそうでしたし。でも、いまは――」

ノビは手すりに手を乗せて、空を見上げた。

風が強いせいか、雲がほとんどない、寒いだけの甲斐《かい》がある、快晴。

眼下に広がる日炉理坂《ひろりざか》を見渡して、空を背に、ノビは照れた笑みを浮かべて、いった。

「――先輩《せんぱい》？　おれはいま、世界に、――こんなにでっかい相手に、ケンカを売ろうとしているんですよ？」

「……」

「舞原家《まいばるけ》の庇護《ひご》をなくして、ようやく、おれは気づいたんです。おれは世界を相手に、自分の力で戦いを挑《いど》もうとしているんだって。この世界を、自分のリアルな力で、変えようと、まさにケンカを売っているんだって。

女の人には、わかりませんか？

これって、すごく、燃えるんですよ。

言い方は悪いですけれど、自分自身にひたれるんです。やばい、おれってすげぇ！　って。

それがまたオツというか、自分にあっているというか――正直、すごくわくわくするんです。

このおれは、――こんなちっぽけなおれが、世界相手にいったいどこまでやれるんだろうって。

いまなら、常に謎解《なぞと》きを求めて、試《ため》し試されたがっていた、日奈の気持ちもわかります。

あいつの趣味を、面倒《めんどう》くさい、なんていって本当に悪かった。

——自分自身を試せること——そして勝つこと、この快感は、何物にも、代えられない」

「……コウ」

「——そして、こんなおれにも、仲間がいます。おれを手伝い、一緒《いっしょ》に夢見てくれる仲間が。

おれと同じように、この状況に燃えてくれ、自分から戦ってくれる、心強い仲間が——

だから、『黒幕』や悪魔《あくま》がなにを考えていようと、だれになんといわれようとも、おれは、
おれの野望を、諦《あきら》めません。絶対に。

——あと訂正《ていせい》、ノビですノビ。いまのおれは、ノビ・コースケ。

いくらオリジナルとはいえ、あの野郎《やろう》の内心まではわかりませんから」

「……ノビ、くん」

「そして、——この夢が本当に、おれの夢になったからこそ、おれの想いは揺らぎません。

たとえ仕組まれていたって、——おれはやっぱり、日奈が好きで、だからあいつを生き返らせて、——どうだおれってすごいだろう！　と、びっくりさせてやりたいです。本気のおれが見てみたいって、いってくれていたあいつに、おれが本気になったならこんなことまでできるんだぞ！　と。……だから浮気は大目に見てね、とか——」

「……浮気？」

「いやあのまぁその浮気とはいえ本気もあって世界には！　ステキな！　女性がいっぱいいますしね！　ほら！　先輩《せんぱい》も！　いったでしょう！　人間は生き物で弱くないのが可能性だと！　つまりその伝《でん》で！　仕組まれた想いなんかに負けませんよオレはっていう——」

「……」

「まぁ、それはおいといて」

ようやく、かすかに——でも確かに——微笑《ほほえ》んだ綾《あや》にほっとして、あらためて、ノビは、いった。

「……つまりは、そういうことです。おれは、——決して、諦《あきら》めませんし、負けません。『黒幕』なんかにはもちろん、——小鳥遊《たかなし》にも、イハナにも、先輩にも、——オリジナルにも、そして日奈《ひな》にも」

この世界にも。

現実にも。

必ず、おれは、夢をかなえる。

ああ、そうだ、いまならはっきり断言できる。

——これはもう日奈のためではなく、おれの、おれ自身の『野望』なんだ。

だから、絶対、譲《ゆず》らない——

思わずこぶしを握《にぎ》ったノビに。

綾は、今度こそ、はっきり笑みだとわかる表情を浮かべた。

そっと、つぶやく。

「――そう。きみのそういうところを、あたしは好きに、なったんだ」

「ドキ！」

「……そうだ。ここには謎《なぞ》があり、そして、解かれることを待っている――だったら悩むことなんてない。まずは謎を解き、あとはそれから考える。悩んでばかりじゃなくって動く――いつだってそうしていたのに、裏側《うらがわ》のことを、――止めることばかりを考えて、そんな基本を、――忘れていたのは、あたしのほうだ」

「……ええと？」

「ありがとう。……ノビくん。やっぱりきみは、強いね。おかげでなんだか吹っ切れた。あたしも、いいとか悪いとか、うだうだ考える前に、自分にできることをする。――先のことで悩むまえに、もう少し、がんばってみる――

……だからあたしにも、いわせてね？」

「な、なんでしょう？」

少女は目じりに浮かんでいた涙《なみだ》をそっとぬぐうと、笑顔で、いった。

「――あたしだって、きみに負けるつもりはないから」

「ええと、それは、どういう意味で」

「……勝負、だよ」

◆

綾《あや》が出て行き、アトリが来るまで、ノビはずっと、屋上の手すりにもたれて空を見上げていた。

その背中に、おそるおそるの声がかかる。

「……あの、こ、……にーさん？　綾さんが出て行かれましたが、そろそろあたしの番では？」

「……ああ。ごめん。…………なぁ、アトリ」

「はっはい？　なんでしょう！」

振り返らぬまま、ノビは背後のアトリに、たずねた。

「結局、先輩《せんぱい》は、どうしてここに来てたんだ？」

アトリは走りよってきて、ノビの横に立つと、答えた。

「――はい！　あのですね、《知恵の実》の、――『知恵比べ』のルールについて詳《くわ》しく聞きたかったそうです」

「……そりゃまたなんで？」

「ええとですね、いっていました、《知恵の実》の戦いは、結局《知恵の実》の能力と制約、すなわちルールをどう利用するかが勝負の分かれ目になるのだと。だからルールを最大限に利用できるよう、基本的な部分からもっとくわしく聞いておきたいと――」

「なんだ。先輩も、もとからその気なんじゃやねぇか」

ずるずると、手すりにもたれて座り込み、思う。

反則だよなぁ、あの顔は。

あまりに似ていて、魅力的《みりょく》で――先輩を前に悪いけど、この気持ちが『黒幕』に仕向けられたものだというのなら、一瞬《いっしゅん》、先輩を日奈《ひな》と見間違えてしまっても、おれに罪はないよなぁ？

「……あの、……ええと、その、……お、にい、さん？」

呼ばれて、ノビは、ようやくアトリに視線を向けた。

中学校の制服に身を包んだ、エムと同じ、赤い目の少女。

本当の妹ではない、それでもかわいいと思う、大事な存在――

――ああ、そうか、と、思う。

大隈《おおくま》さんから『黒幕』の話を聞いたとき、おれはもちろん、腹が立った。

でもその一方で、うれしくも、思ったんだ。

ついに、――ようやく、『亜鳥《あとり》』の手がかりがつかめたと。

『黒幕』さえ捕《つか》まえられれば、亜鳥も見つけられるのでは、と。

でも、先輩《せんぱい》の話が真実なら、結局、『黒幕』と亜鳥《あとり》の事件には、なにも関係ないということに——ああ、そうか、おれはまた、この手から、亜鳥の手がかりを失ったのか——

「………ああ、あの？」

ノビの視線を捉《とら》えて、元気、だったか？」

ノビの視線を捉えて、アトリは勢いよく、話し出す。

「はい！　あ、あの！　——その、……お久しぶりです！　いえ？　ええと、その、——そちらのほうこそ元気でしたか？　あたし、ずっと心配していたんです！　風邪《かぜ》とか引いてないかな、とか、寂しくないかな、とか、——だって、コウにーさんのほうもすっごく落ち込んでましたし、だからきっとコウにーさんもそうじゃないかなって、だってやっぱりどちらも大事なコウにーさんですし、……いや？　その、ええと——？」

「大隈《おおくま》さんに聞いてない？　おれ、いまは、ノビ・コースケって名乗っているんだ。だから呼ぶのはノビでいい」

「はい！　では、ノビにーさんと」

「お兄《にい》ちゃん、でもいいぜ？」

「ええ？　ほんとですか？」

「ああ。せめてものお詫《わ》びだ。今日は本当に、ごめん」

「……ええと？」

座り込んだノビがぽんぽんと自分のひざの間を叩《たた》いたのを受けて、アトリはノビに背中を向けて、そこにかしこまって座った。

後ろから包まれるように抱擁《ほうよう》されて、そのままノビにもたれかかる。

アトリをぎゅっと抱《だ》きしめて、その頭頂部《とうちょうぶ》にあごを乗せ、ノビは、いった。

「……さっきな、ちょっと、ショックなことがあったんだ」

「そうなんですか？　でも綾《あや》さん、とてもさっぱりした顔をしていましたけど——？・」

「ああ、世の中ってのはそういうもんだ。覚えておけ。だれかのしあわせはだれかの不幸で成り立っている。だからたとえ、いまおれが不幸であったとしても、そのぶん先輩《せんぱい》やハナちゃんたちがしあわせなんだというのなら、まったく後悔はないんだぜ！　どう？」

「けなげです！　さすが！」

「——と、いうわけで、次はおまえがおれをしあわせにしてくれる番だ。きっとおまえも悔《く》いはないって信じてる」

「……なんというか、信頼って、オモいものなのですね。

……だから、ごめん、なのですか？」

ノビは目を閉じて、深呼吸をすると、自分の状態を確かめた。

はあ、ふう、と大きなため息でアトリの首筋をくすぐって笑い声を上げさせつつ、告げる。

「さっきも誓《ちか》ったとおり、『おれ』は、日奈《ひな》復活を諦《あきら》める気は微塵《みじん》もない。

……でも、オリジナルのほうは、迷っているって聞いている。……だから、アトリ。おれと一緒《いっしょ》にこないか？　おれは必ず、《It》を完成させてみせるぜ？」

ぴたり、と固まったアトリから少し身体《からだ》を離し、やさしく髪《かみ》をなでてやる。

しばらくして、アトリは、答えた。

「……ノビにーさんも、大事です。……けれど、あたしには、コウにーさんも、大切です。だから、それは――」

そうか、とノビはうなずいて、振り向こうとしたアトリを制し、抱《だ》きしめる。

少女の、小さな耳の造形に妙《みょう》な感心をしつつ、口を近づけ、ささやく。

「今日はさ、本当は、おまえを連れて帰りに来たんだ」

「……あの、でも、あたしは」

「ああ。おまえがそう答えることは予想がついていた。だからおれは、全力で、全身全霊《ぜんれい》をもっておまえを説得するつもりだった。こう、熱く、激しく、狂おしいほどに、資料を提示し、損益について説明し、未来を語り、理と情と徳に訴えて、……最終的には泣き落とそうとか思ってたんだけど――

けれど、ごめんな。正直いって、もう、そんな気力が残っていない。

……先輩《せんぱい》との話で、思っていた以上に、おれ、ダメージ受けていて、いやもちろん、先輩のせいじゃないんだけどな？　とにかくまあ、……当然、っちゃあ当然か、あれは、本当に、きつくって——、ごめんっていうのは、そういうこと」

「……ノビ、にーさん、その」

「ああ。そうだ。にーさんと、いってくれて、……コピーのおれを受け入れてくれて、ありがとな。おれの心配をしているって、大隈《おおくま》さんから聞いたとき、本当に、うれしかった」

「いえ！ そんな！ そんなことをいったら、あたしだって、……その……」

そうだな、とノビはアトリの頭を撫《な》でながら、思う。

ここにいるのは、悪魔《あくま》が生み出した存在《レギオン》。本物の妹『亜鳥《あとり》』ではない。

でも、それをいうならおれだって、本物の『堂島《どうじま》コウ』ではなくて、そのコピー。

さらにいうなら、自分のなかにある『冬月日奈《ふゆつきひな》』への想いさえ、だれかにつくられたものであるらしく、——たとえそうであったとしても、日奈への気持ちは揺るがない。そのことは、自信を持っていえるけど、でもそれさえ、つくられた気持ちで、そしてそれは自分だけではなく、小鳥遊《たかなし》も、先輩《せんぱい》も、そして日奈まで、みんなが、そいつの手によって——

「……の、ノビ、にーさん？ あの——」

「——あー。悪い。しばらくこっちを向かないように」

「……え、ええ、はい」

「……そうだな。どうせ、今日はもう、説得なんてできる状態じゃないし。久しぶりに、普通に会話とかしようか。……近況とか、話してくれるか？ 学校とか、どうだ？ 二学期になってけっこう経《た》つけど、楽しいか？　いじめられたりしてないか？」

「だいじょうぶですって！　そうですね、穂垂《ほたる》くんって覚えていますか？　コウにーさんもびっくりするくらい、女の子みたいな男の子の！　あのですね、このまえシュウとセイアと穂垂くんとで――」

一所懸命《いっしょけんめい》話をはじめた妹の、耳に心地いい声を聞きながら、ノビはそっと、アトリの首筋に顔をうずめた。

唇《くちびる》を大きく開けて、こみあげる嗚咽《おえつ》を押しとどめながら、心の中で、そっと、つぶやく。

――本当に、ごめんなアトリ、今日は、おまえのために来たはずだったのに。

でも、今日だけは、かんべんしてほしい。

そうすれば、おれはだいじょうぶだから。

うん、きっと、おれは立ち直れるから、――だから、悪い、いまだけは――

# 4.

山本美里《やまもとみさと》が、舞原家《まいばるけ》から三鷹家《みたか》へ――そこからこっそり嘉門《かもん》ねねの部屋へ――正確にはその下の部屋へ――帰り着いたのは、もう日が暮れたあとだった。

出迎えてくれた宮知《みやち》とエムの姿に脱力し（ちなみにエムは、なぜかメイド服を着ていたが、癒《いや》される気がして文句はなかった。気力も残ってなかったし）、倒れこみながらエムに抱《だ》き着く。

「……え、エムぅ。……あたし、守ったよ。……身体《からだ》の貞操《ていそう》は。……心は、もう、ダメかもだけど。むしろむちゃくちゃ陵辱《りょうじょく》された気分だけど、――て、いうか、あの三人、砂糖《さとう》に魂《たましい》売り渡してる――もうしばらく甘《あま》いものは見たくない――」

「よくやった。ミサト」

「……その、とにかく、ご苦労さまでした山本さん。……お風呂《ふろ》を沸かしてあるけれど、どうする？　着替えは嘉門さんのを借りればいい」

「……うん、もらう、ただちにさっぱりしたい……ところで、そっちは？」

エムがどこか自慢《じまん》げな顔になり、まるでなにかを包むように、両手を胸の前に、置いた。

と、エムの胸から突き出るように——しかし服を破ることなく——本らしきものが現れる。

ただしよく見ると、表紙が一方にしか残っていない、ちょうど真ん中から半分に破られたような——

「……うわ？　すごいじゃないエム！　手品じゃないよね、これ！　これが魔法《まほう》……っていうか、これがその、『マニュアル』？　うわ、触《さわ》れる？　マジで？　ええ？　いったいどういう原理なの？」

目の前で起きた超常現象に、興奮しながら『マニュアル』に触《ふ》れる美里に、エムは自慢げに胸を張った。

「そうだ。これでもうアトリはひつようない。ノビにはエムがいればいい」

ぽん、と宮知がエムの頭をたたく。

「こら。そういうこといわない。ノビが悲しむだろう？　仲良くしろっていわれただろう？」

「ここにいないものとなど、なかよくなんてしようがない」

つまり『マニュアル』だけ、……ということは、アトリという子の勧誘《かんゆう》には失敗したのか？

だからここに姿がないのか？

『マニュアル』から手を放すと、美里は室内を見渡したのち、宮知にたずねた。

「……そういえば、ノビは？　もう帰っているんでしょ？」

「…………上の部屋。嘉門《かもん》さんと一緒だ」

「え？　嘉門さん、今日は遅番の仕事じゃなかった？」

「……そうだったんだが、無理いって、早く帰ってもらった」

「……なにかあったの？」

「らしいな。おれも詳《くわ》しくは聞けていない。まだ、心の整理がつかないらしい。アトリちゃんの説得もできなくて、話し合った結果、『マニュアル』を半分だけもらってきたんだと。これでもいちおう役に立つからと。……だからまぁ、――制限つきだが、『マニュアル』を入手し彼女に協力を取りつける、という目標は達成できたわけだな」

ふう、と息を吐《は》いたのち、美里《みさと》の表情になにを見たのか、宮知《みやち》はいかつい顔に力強い笑顔を浮かべた。

「なに、心配しなくてもだいじょうぶ。ノビのことだ、いまごろ号泣《ごうきゅう》しているかもしれないが、明日《あした》には元気になっているさ。あいつは雑草のような男だからな。そのことはおれが保証する」

「……べ、別に、――ていうかそれで当然ね。なんだかんだいって、エムを守るためにはあいつの力が必要なんだし。だからあたしもがんばったんだし、ここまで巻き込んでおきながらいまさらリタイアされても困るもの」

……それにしても、あの底抜けに明るいやつが、部屋に閉じこもりっぱなし、なんて、いったいなにがあったのか――

「……それより山本《やまもと》さん、堂島《どうじま》コウの印象は？　どうだった？」

「――はっきりいうけど、――あいつ、もう諦《あきら》めているんじゃない？　なんていうか、気持ち悪いぐらい、……その、妙《みょう》な雰囲気《ふんいき》はあったけど、おれは男だ！　的な覇気《はき》は全然感じなかったわよ？　いや、男なのは確かだったけど――ってなにをいっているんだあたしは！　……とにかく、なんていうか無気力っぽくて、正直、顔が同じじゃなかったら、ノビのオリジナルだなんて思えないわね」

「……ふむ」

「ただまぁ、イハナさんとサクラと三人で、しあわせそうではあったかな？　……うん。それは思った。複数人での恋愛って成リ立ツンダッテワカッタヨ・アタシモチャント・アノシアワセゲナ・カップルヲ・シュクフクシテアゲナクチャ・ネ！・サッソクアスカラクラスノミンナニオシエテアゲテ・ランランラン・ウフフフフ――」

「し、しっかりするんだ山本さん？　ああ瞳孔《どうこう》が開いてる――？」


――その日はついに、ノビは、美里たちのいる部屋に、顔を出すことはなかった。

# 一時閉幕／『ノビ・コースケ』という男

次の日には、宮知《みやち》の言葉通り、ノビ・コースケは復活していた。

まあ、美里《みさと》も予想はしていたが。

◆

◆

「やぁ山本《やまもと》さん！　おはよう！　昨日《きのう》は心配かけました！」

インターフォンをかき鳴らし、はつらつとした顔で部屋に入ってきたノビは、確かに普段どおりのノビ・コースケで、一泊していた美里は寝起きの姿を見られないよう枕《まくら》を投げつけ追い出しつつも、正直拍子抜《ひょうしぬ》けしていた。

一見した感じでは、ノビに、無理をしている様子はなかった。

──少なくとも、表面上は。

ノビを追い出したドアの向こうから、宮知の声も聞こえてくる。

「朝っぱらから元気だな。おはようノビ。あとジンゴ」

「うむミヤチ。おはよう。朝から呼び出して悪いな」

「別にいいさ。……嘉門《かもん》さんはどうした？」

「……あー、ねねさんは、もうしばらくは起きてこられないかも。昨日は無理、させちゃったから」

なにを？　なんてつっこまないぞ絶対に、と心の中で吐《は》き捨てつつ、美里はバスルームで洗顔を終え、鏡を見ながら身支度《みじたく》を整える。

化粧《けしょう》などする必要はない。まだ高校生だから。と、棚《たな》に並んでいる化粧品類を見て、ねねを思い出しながら自分にいいきかせてみたり。

隣《となり》ではエムがむにゃむにゃと、自分の髪《かみ》を食べている。

ドアの向こうで、宮知がたずねるのが聞こえた。

「なんとか立ち直ったようだな。……で？　いったいなにがあった？」

まずジンゴ、ついでノビが答える。

「すまないが、そのことについては、こいつにもう少し、時間をやってほしい」

「……ああ。心の整理はつけたつもりだが、正直、いまだ現役の火薬庫って感じだ。あまり触《ふ》れたくないかも。……独《ひと》りで溜《た》め込む気はない。いずれは聞いてもらうけど、でもいまは無理、もうちょっとだけ、待ってくれ」

「……おまえがそういうなら、いいさ」

「さすがはミヤチン」

「ミヤチンいうな。……で？　こんな朝早くから呼び出した理由は？　その話でないならなんだ？」

「いやいや、昨晩《さくばん》はおまえ、拝《おが》めなかったろ？　おれの尊顔を。だからお詫《わ》びに……こらこら、いきなり帰ろうとするな。お茶の一杯も飲んでいけ。……あー、山本《やまもと》さん？　そろそろいい？　廊下《ろうか》は寒いんですけど？」

「ちょっと待て！　ていうか朝から押しかけてくるな！」

ねねさんに借りた寝巻きから自分の服に着替え、エムにもきちんと服――おそらく宮知《みやち》が用意したものだろう子供服――を着せ、ようやく美里《みさと》は、男二人の入室を許した。

宮知は、コンビニの袋《ふくろ》を提《さ》げていた。

買ってきたおにぎりで簡単な朝食をすませると、ノビはごほん、とのどを鳴らして、いった。

「……さて。まずは、――とりあえず、山本さん。昨日《きのう》はご苦労さまでした。おかげでうまくいきました」

「うまくいったの？　へーえ？　じゃあ、アトリさんはいまどこに？」

「……山本さんってときどききついよね。おれもうすぐなにかに目覚めちゃうかも。……そのときは、ごめんなエム。おまえの名前、もらっちゃうかも」

「エムはおそろい、すき」

「……で？　結局、なにがどうしてどうなったの？」

「……ええと、じつは、おれの過去にちょっとした、——いやかなりの、ぶっちゃけまったく大げさでなくおれ的世界新聞の三面記事を飾りかねないレベルの事件がありましてね？　そのあまりの衝撃《しょうげき》に、アトリの説得ができませんでした。ただまぁ文字通り泣き落とした結果、『マニュアル』を半分こにしていただけまして、——半分でも『機能』に支障《ししょう》はない、とアトリは保証してくれたけど、——エム？　どうだ？」

「だいじょうぶ。アトリなんてひつようない」

「……ちょっと向こうで泣いてくる」

「いまの、うそ。アトリ、すき。うそだけど」

「うそかよ！　よかった安心したよ！　でもなんで二回いったの？　それはともかく、……まあ、そういうわけで、最善とはいえないまでも次善の目標は達せた、ということで——」

ゴツン、といきなり額《ひたい》を床《ゆか》にこすりつけると、ノビは悲痛な叫びを上げた。

「すいませんでしたごめんなさい山本さん！　反省してます！　罰も受けます！　だからひどいことはやめて！」

床《ゆか》に唇《くちびる》が生まれ、こちらも懇願《こんがん》をはじめる。

「ワタシからも頼む！　昨日《きのう》は本当に、こいつにとってきつかったんだ！」

「別になにもしないわよ！　ていうかあんたらのなかで、いったいあたしはどういうポジションになっているのよ！　……いや、確かにあたしはすぐ怒るけど――」

「それにすぐに手も出るしね？　――いやとんでもない！　山本《やまもと》さんはやさしいよ！　巷《ちまた》でもあの子はやさしいと評判だよ！　少なくともおれはそういい続けますこの命がある限り。だから命ばかりはお助けを、――はい悪ふざけはもうやめます。……それで、ですね、まぁ、確かに昨日はいろいろと、きつかったんだけど、おかげでわかったこともあって、それで、考えたんだけど――」

そこでいったん言葉をとめて、順々に、美里《みさと》、エム、宮知《みやち》の顔を見回したのち、ノビは、告げた。

「やっぱりここで、方針転換！　……舞原家《まいばるけ》はもちろんのこと、堂島《どうじま》コウとも敵対《てきたい》する気はないけれど、――それは変わらないんだけど、やっぱり、基本的には組まず、おれたちメインでやることにしようかと思うんですが、どうでしょう？」

宮知はにやりと微笑《ほほえ》んで、美里《みさと》はぎょっと、ノビを見た。

「な、なんで？　あんなに協力的だったのに――」

「もちろん、協力する気はいまでもあるよ？　堂島コウとも、舞原家とも。

ただ、なんていうか――『黒幕』のこと関連で、さすがのおれも、ちょっと我慢《がまん》できないことがあって、……がんばれば、一日二日は耐えられる。耐えてみせる。けれど、ごめん、先の見えない長期間はとても無理――」

ノビの言葉に、美里はさらに、驚いた。

「……ほ、本当にそれが理由なの？」

うん、ごめん、とノビは、神妙《しんみょう》にうなずく。

「ごめん。わがままなのはわかっているけど、……でもこの前、山本さんにもみんなにも、いったよね？　無理なら無理といってもいいって。無理をさせるつもりはないって。我慢できることを我慢するのは妥協《だきょう》だけれど、我慢できないことをさせるのは、犠牲《ぎせい》だ。そしておれは余計な犠牲を出す気はないし、その中には、当然おれも、含まれる！　だからおれは、犠牲にならない！　それがおれの、方針だから！　そして、おれは、口はばったい言い方だけど、リーダーだから。まずはおれから規範を示さなきゃ、だれもついてこないだろ？」

「いっていることは正しいんだけど、なんか、違うような――」

ノビの言葉を茶化しつつ、美里は内心、どきどきしていた。

まさか、こいつが、無理、とまでいうなんて。

口では軽くいっているが、この男の口から出るというのは相当なことだ。

なにしろ野望のためなら、恋人の殺害を計画し、妹をさらったかもしれない『黒幕』とだって協力できて、自分の好きな人と付き合っている『自分』とだって手を組める、と平然といえる男なのだ。そこまで妥協《だきょう》のできる男が無理、と口にするなんて、いったいどれほどのことがあったのか？　『黒幕』になにをされたというのか？　それこそ第一目標にしていたアトリの説得すらできなかったほどの——

「……シリアスな話、おれ自身、びっくりしているんだけど、正直、いまのおれは、『黒幕』を前にしたとき冷静でいる自信がない。そして、——ああそのまえに、『黒幕』の正体についてはだいたい絞《しぼ》れた。矢傷がネックなんだけど、それはともかく、で、ここからが重要なんだけど、たぶん『黒幕』は、おれに正体をつきとめられ、いろいろもろもろ知られることを気にしていない。それも、夏の時点から」

「…………夏からだと？　それは、つまり」

「ああそうだ。おれの魂《たましい》集めがいったん終わる『ザ・ワン』事件の前からだ。そのときから、いままで——コノヤロウ、なんか切り札でもあるのかどうか知らないが、そのことについては大した度胸といわざるを得ない。だからこそ、認めるしかない。冷静さこそがおれの武器であり、それを欠いた状況では、こういうやつには勝てないと。だからいまの状態で、『黒幕』と顔を合わせるのは避《さ》けたい。せめて、こいつに会っても冷静でいられるって判断できるようになるまでは、舞原家《まいばるけ》とは、手を組めない」

「……じゃあ、その人、やっぱり、舞原家の……？」

「うん。重鎮《じゅうちん》。はっきりいって、イハナでも簡単には手を出せない。そういうやつが、いつ正体を知られてもかまわないって態度でいるというのは、控えめにいっても、やばい。——はったりかも、とも思うんだがなあ。ああもう、ちくしょー、だ。やっぱりどう考えても、こちらの準備なくは会えないね」

「……なんだかんだいって、冷静ね」

「いや、だっておれ、こいつを許す気、ないから」

——なぜだろう、美里《みさと》の背中に、うすら冷たいなにかが走った。

それが表情に出てしまったか、ノビは安心させるかのようにやわらかい笑みを浮かべると、立ち上がった。

窓から差してくる朝日を見つつ、続ける。

「そして、この『黒幕』が、なにかの目的で『代行者』をつくりあげようとしたことは、間違いないっぽい。……だからこそ、……いまおれがいうのもなんだけど、それでもあらためていってておくけれど、みんなも、この方針は、できる限り、守ってほしい。

『——いらない犠牲《ぎせい》は許さない。みんなで一緒《いっしょ》にしあわせになろう——』

これは、おれの、——おれたちの、これだけは変わることのない方針だ」

「……」

「はっきりいって、おれたちがこれからやろうとしていることは、――この世界にけんかを売ることだ。そんな大それたことをしようっていうのに、ただ夢をかなえるだけじゃ、もったいないだろ？　もっと欲張りにいかなくちゃ。はっきりいって割に合わない。最低限、おれたちみんながしあわせにならなくちゃ」

「……」

「それは、きっと大変な道になる。――ただ夢を求めることより難しいかも。でも、そもそも世界にけんかを売ること自体が大変なんだ。だったらいっそ、夢は大きく持とう。その方が燃える。その方が震《ふる》える。――そうだ、いまのおれは、――もう、夢をかなえることだけを考えているわけじゃない。どう夢をかなえるか、それだって、重要なんだ。むしろそちらのほうこそ？　そうだ。おれは、夢をかなえるつもりはあるけど、夢に縛《しば》られるつもりはない――『黒幕』のせいで、おれ、こだわっちゃっているのかも知れないけれど、でもそれこそが、これがだれのためでもない、だれに与えられたものでもない、おれ自身の夢だという、証《あかし》になる、と思うんだ。

そしてこの道は、もしかして、――堂島《どうじま》コウが目指すものとも違う道になるかもしれない。ていうか、あいつが落ち込んで暗い気分のまま、ただただ日奈《ひな》復活だけを目指すなら、それをいちばんに考えないおれと衝突《しょうとつ》する可能性は高い。

だからおれは、もう堂島コウのコピーであると思うのは、やめて、正式にノビ・コースケ、二十歳《さい》、と名乗ることにする。

それをあいつが認められないというのなら、『堂島コウ』を、否定してやる。『ノビ・コースケ』のこのおれが」

「……」

「まあ、そうなるとは限らないし、意外と一緒にやれちゃうかもしれないけれど、――とにかく、おれは確信している。『堂島コウ』より『ノビ・コースケ』の選んだ道の方が大変で、つまりおれのほうがかっこいい、ということを。うん。だからおれは、自分の道を間違っていないと断言できる。でも、言葉だけじゃ意味なくて、やっぱり世の中、力は必要だから、――甘いことを貫き通すためにはシビアな力が必要で、だからこそ、いざというときのために、堂島コウにも、そしてむかつく『黒幕』にも、負けない力を蓄えておきたい。そのためにも、舞原《まいばる》家《け》に頼らずにすむように、おれたち自身の地力をあげておきたい。おれたちだけの足場がほしい。――スタートから出遅れているから、いろいろ大変だろうけど――

――そういうわけで、だからやっぱり、基本はおれたちメインでいこうと思うんだけど、……どう？　宮知《みやち》？」

宮知は笑って、手を上げた。

「おれはそれでかまわない。いや、そもそもおれは最初から、舞原家と手を組むことは反対だった。ああ。世界にけんかを売るのなら、どうせなら、おれたちメインでやりたいからな。方針変更に賛成だ」

「さすが宮知《みやち》！　先見《せんけん》の明《めい》があるなぁ——よいしょ！　山本《やまもと》さんは？」

「……あたしは、……舞原家《まいばるけ》、っていうか、サクラとの間で板ばさみにならないですむのなら、それでもいいけど——」

「おれもサクちゃん大好きです！　だからめいっぱいがんばります！　山本さんは友だち思い——よいしょ！　エムは？」

「いずれせかいをしはいする。よいしょ」

「志が高いなあ、よいしょ！　これで全員、方針転換ＯＫだな！」

「……なんならノビ、ワタシのことを忘れられなくなるまで一日中しゃべくりまくっていてもいいんだぞ？　よいしょ！」

「なにいってんだジンゴ、おれたちはいわば一心同体だろう？　聞くまでもないってことだよ？　よいしょ！　よし、これで意見の統一はできた！　おれのよいしょはさすがだな！　よいしょ！」

「よいしょ」

「……エムが真似《まね》をするから、へんなポーズはやめてくれない？　いっとくけど、それはよいしょとは違う！　なんてつっこまないからね、よい……いい？」

「いま、もしかして……いえ、なんでもありません」

けれど。

——ノビがぽろりともらしたように、ノビのいっていることは、甘《あま》いのだろうと美里《みさと》も思う。

ノビをバカだと、そんなの無理だと笑う者が、そもそもノビがやろうとしていることを、やりとげられるだろうか。

——いいや、できるはずがない。絶対途中《とちゅう》で現実に負けて、言い訳に逃げる。

だったらやっぱり、ノビ・コースケという男には、『可能性』があるのだろう。

昨日《きのう》、いったい、どんなことがあったのか、知らないけれど。

とてもつらいことだろうというのは、想像できる。

あれほど積極的だった舞原家と手を組むことを、考え直し。

大切な妹の説得すら、できなくなってしまうほどの——

それほどつらい目に遭《あ》って、それでもなお、立ち上がれるというのなら。

戦うことを諦《あきら》めないといえるなら。

甘さはむしろ、強さと呼ばれるべきもので。

それはもしかして、いつか、いっていることを実現させられるかもしれないほどの——

では、と手を叩《たた》き、ホワイトボードを壁にかけ、マジックを持つと、ノビは口を開いた。

「方針の方も決まったところで、次に、これからの話なんだけど、……いちおう、半分とはいえ『マニュアル』も手に入ったわけですから、文化祭の準備をしつつも、そろそろ次の段階も視野に入れておくべきかなと、思うわけですが——」

ノビの意を汲《く》み、宮知《みやち》がうなずく。

「……三鷹家《みたかけ》、だな」

美里《みさと》は、声を上げた。

「……ちょ、ちょっと待って？　三鷹家ってどういうこと？　あんなに協力してくれているのに、まさか、昇《のぼる》くんまであたしたちに巻き込む気？」

三鷹家！　とホワイトボードに描いたノビが、ちっちっち、とマジックを振る。

「いやいや逆々。相変わらず認識甘《あま》いな山本《やまもと》さん。こんなにアリバイづくりやらで協力させてしまった以上、もう三鷹家も、無関係ではいられないって。だったらそろそろ、きちんと教えてあげるべきでしょう？　もはやどっぷりはまっているって」

「そうだな。ついでに山本さんには、木下《きのした》経由で朝比奈《あさひな》にも接触《せっしょく》してほしい」

「いや！　ちょっと！　それこそ待って！　木下は普通の人で——」

「普通の人、なんて世の中にはいない！　しかも木下さんはみークル部長、ナナちゃんの親友で、三鷹家への影響力も強く、そしてなにより山本さんの友だちだ！　きっと山本さんのピンチは見逃せない！　エムのことだって、知れば放っておけないはずだし？　山本さんもエムのこと、紹介《しょうかい》したいっていっていたでしょ？」

「いや、あの、だから、うわぁ——あんた——」

とうとう頭を抱《かか》えだした美里に、ノビは先《せん》よりもやさしく微笑《ほほえ》みかけた。

「……だいじょうぶだって。さっきもいったろ？　おれの方針は『使えるものはなんでも使う』、だって」

「『——いらない犠牲《ぎせい》は許さない。みんなで一緒《いっしょ》にしあわせになろう』！」

「おーそうそう。さすが山本さんはわかってる。だから、——最終的には木下さんも、きっとしあわせになれるって！　……途中《とちゅう》は大変かも、だけど——」

「……いいこというなぁ、と、思ったあたしが、バカだった……」

がくりとうなだれた美里に、宮知が気まずげに、フォロー？　する。

「……まあ、すぐに、とはいわないが、まずは文化祭が優先だしな。……だが山本さん。覚悟《かくご》だけはしておいてほしい。俺《おれ》たちが歩いているのは、結局はそういう道なんだと。山本さんなら、覚悟を決められるはずだ。あのときだってそうだった。……それに、どちらにせよ、山本さんほど深入りさせるわけでもない。みークルの便宜《べんぎ》を図ってもらうだけだから」

「うん。無理に深入りさせる気はない。こういうのは、当人の意思が大事だからね。……山本さん、みたいに?」

「…………おのれ、は」

「がんばれ、ミサト! ワタシも応援するから! ……口先だけだが。ほれエムも、いってやれ!」

「ミサト。すき。がんばれ」

——ぽん、とエムに肩《かた》をたたかれて、美里《みさと》はテーブルに突っ伏した。

呪詛《じゅそ》の言葉をつぶやきつつ——

「……なんで、どうして、こんなことに——」

やっぱり悪魔《あくま》だ、この男、ノビ・コースケというやつは。まさに悪魔の代行者だ——

「それでは次の議題ですが、……これまたわれらが山本《やまもと》さんに——」

「ああ! いいわよ! なんでも持ってきなさいよっ! じつはけっこう慣れているから! 小学校からずっと学級委員長、山本美里を舐《な》めるなあっ!」

——いつかはしあわせになりたいと、とっても切に願うけれども。

山本美里の目指した道は、まだまだ先が長そうだった。

《了》

# あとがき

自分の最大の敵《てき》は自分、という言い回しがされるのを聞くと、そうかなぁ？　自分にとって自分がいちばんやさしかったりするような？　と思ったりもするけれど、それが自分のためかというとそんなわけもなく、そういう意味ではやっぱり自分を甘《あま》やかし悪の道へと誘惑《ゆうわく》してくる『自分』こそ最大の敵なのかもしれなくて、でもそういう考え方は少し情けないことのように思えます。

少なくとも他人に対し、おれの最大の敵はおれに締め切りを遅らさせるおれ自身だ！　なんていうのは、恥ずかしいです（いやまぁ事実なわけですが）。

やはり、『最大の敵』は『強大』でなければ。少なくとも、他人に誇れるぐらいには。

倒しがいがなければならない！　みたいな。

そういう視点で考えるなら、自分こそが最大の敵、と考えるのは、真《ま》っ当《とう》だけれどなにかが足りない気がします。ていうか、自分が最大、なんて、どんだけ傲慢《ごうまん》なんだ自分。結局は自分のさじ加減だろうが自分。その一方で、自分こそが最大の敵、という展開は、耳にするだけで熱く感じるものがあるのも確かで、ならばいったい自分のどういう部分が、自分にとって最大の敵になるのだろう、他人から見てもそん色なく『最大の敵』といえるだろう、なんてことを、考えてみたことがあります。

　結論からいえば、それは、きっと、自分の『違う可能性』なのではないのかな、と。

　ひとはだれしも、「あのとき違う行動をしていたらどうなっていただろう」と考えることがあると思います。別に後悔《こうかい》や思い残しなどなくても、単純に、違う行動を取っていた自分を想像することが。あのとき、アイスクリームの代わりにソフトクリームを食べていたら？　あるいは、恋人ではなく家族と過ごしていたら？　それでもいまの自分はいただろうか？　それぐらいのことでなにかが変わるはずもない、と考えるのは早計です。カオス理論はいっています。些細《ささい》な違いがのちに大きな変化を生むと。蝶《ちょう》の羽ばたきがどこかで竜巻《たつまき》を発生させて、『ちょっとした』行動の差異が、とんでもない変化になるのです。実際自分が作家になったのも、『ちょっとした』運命の悪戯《いたずら》のようなものがあったわけですし。

　もしも、あのとき、違う行動をしていたら。

　いまいる自分はおらず、たとえば、『作家』ではなく『大統領』のうえお久光《ひさみつ》がいたかもしれない。

　そいつは自分よりも成功し、充実し、人生の秘密を悟《さと》っているかもしれません。世界の真実に触《ふ》れて、宇宙平和に貢献《こうけん》し、あまつさえ自伝なんか出し、それが初版で百万部売れているかもしれません。そんなやつが目の前に現れたとき、百万部なんて嘘《うそ》でもいえない自分はいったいどうするのでしょうか。いまの自分に後悔はない、と思っていても、もしも現実に『もう一人の自分』が絶世の美女の腰《こし》に手を回して現れたとき、自分は自分も取りえたはずのその選択肢《し》を選ばなかったことを悔《く》やまずにいられるのでしょうか。

恥ずかしながら、断言することはできませんし、きっと冷静にもいられないでしょう。

なにがいやかって、そのすごい大統領が他ならぬ『自分』だということ。

ほかのだれかなら納得できても、他人ではなく自分では——自分にもその可能性があったと知らされるのは、きっと、とてもつらく苦しいことでしょう。

そして、なるほど、そういう『自分』が相手なら、だれに遠慮《えんりょ》することもなく『最大の敵《てき》』と名づけられるかもしれません。

そういう相手に対し戦いを挑《いど》むということは、自分肯定《こうてい》の物語として、きっと燃えるものとなる——

自分はやっぱり、自分にいちばん負けたくないものだなあ、と思います。

と、いうわけで、悪魔《あくま》のミカタ666⑥——『ノットB』——

自分の最大の敵は自分、というのはいつの時代も変わらない普遍《ふへん》的なテーマ、というわけで、今巻は、それを端的《たんてき》に表現している（と自分では思っている）キャラクター、『ノットB』サイドをメインでお送りしました。

そのため、いまだ文化祭がはじまってなかったり、またも堂島《どうじま》コウ？　の出番が少なかったりしますが、その代わりに堂島コウ？　が活躍《かつやく》していますので、ご容赦《ようしゃ》を。

（――それに、まぁ、『ノットＢ』が本当にコウの最大の敵となるかどうかはまた別の話なのですが――）

その辺のところも含めて、楽しんでいただけたらと思います。

今巻でまた、伏線を回収できました。

引っ張ってきたのも今回回収したのも結局自分の都合なのですが、それでもやっぱり、ついに、という満足感があったりします。書いてこられてよかったな、と。そういう意味では自分はきっと、もしも目の前に悪魔が現れ大統領にしてやる、といわれても、やはりこの道を選ぶかなぁ、とか――まぁ実際起きねば確認できないことですし、だれか、試しに自分に悪魔を呼んでみてください。ええ、誘惑《ゆうわく》される準備はいつでもできていますとも。

（まさにこういう自分こそ、最大の敵？　かもしれない）

では、次巻もよろしくお付き合いしていただけますように――

以上、

うえお久光《ひさみつ》、でした。

## ◉うえお久光著作リスト

「悪魔のミカタ　魔法カメラ」（電撃文庫）
「悪魔のミカタ②　インヴィジブルエア」（同）
「悪魔のミカタ③　パーフェクトワールド・平日編」（同）
「悪魔のミカタ④　パーフェクトワールド・休日編」（同）
「悪魔のミカタ⑤　グレイテストオリオン」（同）
「悪魔のミカタ⑥　番外編・ストレイキャット　ミーツガール」（同）

「悪魔のミカタ⑦　番外編・ストレイキャット　リターン」（同）
「悪魔のミカタ⑧　It／ドッグデイズの過ごしかた」（同）
「悪魔のミカタ⑨　It／ドッグデイズの終わりかた」（同）
「悪魔のミカタ⑩　It／スタンドバイ」（同）
「悪魔のミカタ⑪　It／ザ・ワン」（同）
「悪魔のミカタ⑫　It／ストラグル」（同）
「悪魔のミカタ⑬　It／MLN」（同）
「悪魔のミカタ666　スコルピオン・オープニング」（同）
「悪魔のミカタ666②　スコルピオン・テイル」（同）
「悪魔のミカタ666③　スコルピオン・デスロック〈上〉」（同）
「悪魔のミカタ666④　スコルピオン・デスロック〈下〉」（同）
「悪魔のミカタ666⑤　モンストラムレッド」（同）
「ジャストボイルド・オ'クロック」（同）
「シフトⅠ　―世界はクリアを待っている―」（同）
「シフトⅡ　―世界はクリアを待っている―」（同）
「シフトⅢ　―世界はクリアを待っている―」（同）
「シフト　―世界はクリアを待っている―」（単行本メディアワークス刊）
「シフトⅡ　―世界はクリアを待っている―」（同）

本書に対するご意見、ご感想をお寄せください。

■

あて先

〒160-8326 東京都新宿区西新宿4-34-7
アスキー・メディアワークス電撃文庫編集部
「うえお久光先生」係
「藤田　香先生」係

■

電撃文庫

# 悪魔《あくま》のミカタ666⑥

ノットB

うえお久光《ひさみつ》


発行 二〇〇九年二月十日 初版発行

発行者 髙野 潔

発行所 株式会社アスキー・メディアワークス
〒一六〇-八三二六 東京都新宿区西新宿四-三十四-七
電話〇三-六八六六-七三一一(編集)

発売元 株式会社角川グループパブリッシング
〒一〇二-八一七七 東京都千代田区富士見二-十三-三
電話〇三-三二三八-八六〇五(営業)

装丁者 荻窪裕司(META＋MANIERA)

印刷・製本 加藤製版印刷株式会社





ISBN978-4-04-867530-7 C0193

# 電撃文庫創刊に際して

文庫は、我が国にとどまらず、世界の書籍の流れのなかで〝小さな巨人〟としての地位を築いてきた。古今東西の名著を、廉価で手に入りやすい形で提供してきたからこそ、人は文庫を自分の師として、また青春の想い出として、語りついできたのである。

その源を、文化的にはドイツのレクラム文庫に求めるにせよ、規模の上でイギリスのペンギンブックスに求めるにせよ、いま文庫は知識人の層の多様化に従って、ますますその意義を大きくしていると言ってよい。

文庫出版の意味するものは、激動の現代のみならず将来にわたって、大きくなることはあっても、小さくなることはないだろう。

「電撃文庫」は、そのように多様化した対象に応え、歴史に耐えうる作品を収録するのはもちろん、新しい世紀を迎えるにあたって、既成の枠をこえる新鮮で強烈なアイ・オープナーたりたい。

その特異さ故に、この存在は、かつて文庫がはじめて出版世界に登場したときと、同じ戸惑いを読書人に与えるかもしれない。

しかし、〈Changing Times,Changing Publishing〉時代は変わって、出版も変わる。時を重ねるなかで、精神の糧として、心の一隅を占めるものとして、次なる文化の担い手の若者たちに確かな評価を得られると信じて、ここに「電撃文庫」を出版する。

**1993年6月10日**
**角川歴彦**

電撃文庫

**悪魔のミカタ　魔法カメラ**
うえお久光
イラスト／藤田 香
ISBN4-8402-2027-1
「悪魔」で「カメラ」で「UFO」で「ミステリー」で第8回電撃ゲーム小説大賞《銀賞》受賞作で……電撃的ファンタジックミステリー！
う-1-1　638

**悪魔のミカタ② インヴィジブルエア**
うえお久光
イラスト／藤田 香
ISBN4-8402-2075-1
みークルの面々が追う次なる《知恵の実》は、好きなものを消すことが出来るアイテム！ 世の男ドモ、何でも消せれば何を消す？ ……つまりそういうお話です。
う-1-2　654

**悪魔のミカタ③ パーフェクトワールド・平日編**
うえお久光
イラスト／藤田 香
ISBN4-8402-2119-7
舞原妹の指令により舞原姉にデートを申し込むことになった堂島コウ。だが、もてもて男であるコウであるが、どうしても最後の一歩が踏み出せず……！
う-1-3　679

**悪魔のミカタ④ パーフェクトワールド・休日編**
うえお久光
イラスト／藤田 香
ISBN4-8402-2150-2
ついに舞原姉とデートすることになった堂島コウ。デートの先は遊園地で、苦手な絶叫系に次々と乗ることになったコウは、半死半生。そしてその先に……！
う-1-4　686

**悪魔のミカタ⑤ グレイテストオリオン**
うえお久光
イラスト／藤田 香
ISBN4-8402-2174-X
みークルのメンバー真嶋綾の腕に突然取り付いた腕輪型の《知恵の実》。しかも二つ同時！ さらに一つは廃棄処分にされたはずのもので……真嶋綾、大ピンチ！
う-1-5　705

電撃文庫

## 悪魔のミカタ⑥番外編・ストレイキャット　ミーツガール

うえお久光
イラスト／藤田 香

ISBN4-8402-2219-3

小鳥遊恕宇――9歳。日炉里坂で隠れもしない権力の一角、新鷹神社を継ぐものにして、特殊な力を持つ少女。もちろん普通の性格であるわけがなく……！

う-1-6　734

## 悪魔のミカタ⑦番外編・ストレイキャット　リターン

うえお久光
イラスト／藤田 香

ISBN4-8402-2269-X

冬月日奈との出会いによって、徐々に変化し始めた恕宇。だが、恕宇は日奈を打ちのめす計画を捨てたわけではなかった……！　人気シリーズ第7弾！

う-1-7　752

## 悪魔のミカタ⑧ It／ドッグデイズの過ごしかた

うえお久光
イラスト／藤田 香

ISBN4-8402-2317-3

アトリとともに旅に出た堂島コウ。ひょんなことから、同行することになった部長には、とんでもない秘密があった！　超人気シリーズ第8弾！

う-1-8　779

## 悪魔のミカタ⑨ It／ドッグデイズの終わりかた

うえお久光
イラスト／藤田 香

ISBN4-8402-2378-5

部長の逃走劇に巻き込まれた堂島コウは、襲い掛かる試練を次々と乗り越えていくのだが……！　シリーズの様々な謎が明かされる大笑い＆ビックリの第9巻！

う-1-9　790

## 悪魔のミカタ⑩ It／スタンドバイ

うえお久光
イラスト／藤田 香

ISBN4-8402-2432-3

堂島コウ、舞原イハナ、ジィ・ニー、真嶋綾、小鳥遊恕宇、朝比奈菜々那、葉切洋平――彼らの日常を脅かすもの、それは『ザ・ワン』と呼ばれていた。

う-1-10　824

## 電撃文庫

### 悪魔のミカタ⑪ It／ザ・ワン

うえお久光
イラスト／藤田 香

ISBN4-8402-2511-7

『ザ・ワン』の侵入を許してしまった和歌丘。その影響は徐々に広がり始め、だが抵抗する者も現われた！ しかも小学生！ えーっと……が、頑張れ小学生!!

う-1-11 860

### 悪魔のミカタ⑫ It／ストラグル

うえお久光
イラスト／藤田 香

ISBN4-8402-2602-4

吸血鬼によって封鎖された和歌丘に、全ての鍵を握る人物が一人——舞原サクラその人である。彼女を巡って様々な思惑が錯綜し……人気シリーズ第12弾！

う-1-12 895

### 悪魔のミカタ⑬ It／MLN

うえお久光
イラスト／藤田 香

ISBN4-8402-2704-7

吸血鬼から逃げ続けるサクラと美里。吸血鬼に支配された和歌丘と、そこで抵抗を続ける昇——。果たして全ての決着はつくのか!? Itシリーズ完結！

う-1-13 954

### 悪魔のミカタ666 スコルピオン・オープニング

うえお久光
イラスト／藤田 香

ISBN978-4-8402-3721-5

ザ・ワンを倒した堂島コウは、膨大な魂エネルギーを手に入れた。それは、コウの望みをかなえるのに十分な量で……。待望の二学期編、ついに開幕——！

う-1-15 1388

### 悪魔のミカタ666② スコルピオン・テイル

うえお久光
イラスト／藤田 香

ISBN978-4-8402-3917-2

小鳥遊恕宇、真島綾、舞原イハナ——『イブ』候補たちによる、堂島コウ誘惑合戦が始まった！ かつてない（貞操の）危機に陥ったコウ。果たしてどうなる？

う-1-16 1461

# 電撃文庫

## 悪魔のミカタ666③ スコルピオン・デスロック〈上〉

うえお久光
イラスト／藤田 香

ISBN978-4-8402-3974-5

《グレイテストオリオン》の影響で〝熱血化〟してしまった日炉理坂高校の生徒たち。生徒会選挙と体育祭を兼ねた、かつてないイベントがはじまる――！

う-1-17　1482

## 悪魔のミカタ666④ スコルピオン・デスロック〈下〉

うえお久光
イラスト／藤田 香

ISBN978-4-8402-4060-4

『紅白祭』は後半に突入。白熱する試合展開に生徒たちの〝熱血化〟にも拍車がかかる！ そして、堂島コウと葉切洋平の決着の行方は――？ 新章第4弾!!

う-1-18　1497

## 悪魔のミカタ666⑤ モンストラムレッド

うえお久光
イラスト／藤田 香

ISBN978-4-8402-4162-5

舞原サクラが帰ってくる！ 堂島コウは彼女との関係に区切りをつけようとするが……。一方、町では奇妙な体験をする人が増えていた。シリーズ新章第5弾！

う-1-19　1551

## 悪魔のミカタ666⑥ ノットB

うえお久光
イラスト／藤田 香

ISBN978-4-04-867530-7

文化祭開催に向け盛り上がる日炉理坂。その裏側で、舞原家の包囲網から逃げ延びた「ノットB」が動き出そうとしていた！ 人気シリーズ新章第6弾!!

う-1-23　1729

## ジャストボイルド・オ'クロック

うえお久光
イラスト／藤田 香

ISBN4-8402-3552-X

おれのはハードボイルドじゃない。ジャストボイルド《ちょーどいいかんじ》さ。「悪魔のミカタ」のうえお久光が満を持して贈る、不思議な未来のSF探偵アクション！

う-1-14　1316